徐春林 著

中国宁红评传

江西高校出版社
JIANGXI UNIVERSITIES AND COLLEGES PRESS

图书在版编目(CIP)数据

中国宁红评传/徐春林著.--南昌:江西高校出版社,2021.9(2024.9重印)

ISBN 978-7-5762-1762-9

Ⅰ.①中… Ⅱ.①徐… Ⅲ.①纪实文学—中国—当代 Ⅳ.①I25

中国版本图书馆CIP数据核字(2021)第162436号

中国宁红评传
ZHONGGUO NINGHONG PINGZHUAN

出版发行	江西高校出版社
社　　址	江西省南昌市洪都北大道96号
总编室电话	(0791)88504319
销售电话	(0791)88522516
网　　址	www.juacp.com
印　　刷	三河市京兰印务有限公司
经　　销	全国新华书店
开　　本	700mm×1000mm　1/16
印　　张	14.75
字　　数	200千字
版　　次	2021年9月第1版 2024年9月第2次印刷
书　　号	ISBN 978-7-5762-1762-9
定　　价	68.00元

赣版权登字-07-2021-1029
版权所有　侵权必究

图书若有印装问题,请随时向本社印制部(0791-88513257)退换南方有嘉木,修水出宁红。

———题记

徐春林,1981年生,江西修水人。中国作协会员,中国水利作协副秘书长,《大江文艺》执行主编。曾在《人民文学》《诗刊》《当代》《中国作家》《北京文学》《清明》《散文》《青年作家》《黄河》《散文选刊》《散文海外版》《文艺报》《光明日报》等报刊发表300余万字。著有长篇小说《白虎郢都》《活火》、小说集《该死的见面》、散文集《山居羊迹》《芳亭记》等十余部。曾获中国当代文学奖、中华宝石文学奖、人民文学奖、中国小说学会奖等奖项。鲁迅文学院首届自然作家班学员,鲁迅文学院第三十六届高研班学员。

沁园春·中国宁红

蔡文祥

吴楚之交,叠翠山峦,浩浩修河。受上天垂爱,黄公引领,陈门继出,环宇巍峨。凤巘高峰,草堂义学,自古兴文书院多。都偏爱,煮寒泉茗饮,吹盏吟哦。

宁州小种茶坡,看芽叶、翻飞装筐箩。创制茶新法,漫江坤化,茶工之祖,百石输俄。太子叹呼,品冠华夏,得此宁红奏凯歌。更新者,雪岷和老郭,誉赣扬鄱。

(作者系修水县委副书记、县人民政府副县长)

目录
Contents

序章　一片茶叶的重量　/001

第一章　我家江南摘云腴　/005

第二章　此处茶汤养精神　/037

第三章　且将新火试新茶　/052

第四章　此花开尽更无花　/083

第五章　在路上
　　　　——宁红茶人的故事　/103

尾声　一杯宁红伴河山　/155

后记　人间天上,修水茶　/160

附：评传

茶叶深文化　民生大主题
　　——读徐春林长篇报告文学《中国宁红》　张　陵　/163

人在草木间
　　——读《中国宁红》　赵兴红　/167

《中国宁红》：一曲时代的颂歌　朱伟鹏　/169

修水的"中国名片"　陈荣霞　/172

从脚下的土地出发　韩　汤　/174

民族复兴的壮丽凯歌　周其伦　/177

无限的生命热量　何明生　/180

一缕茶香　秦宗梁　/184

宁红的脚印　卢大翔　/188

茶香三色
　　——读徐春林的报告文学《中国宁红》　朱　芳　/191

千年茶史，百载兴衰，一家之言
　　——略论《中国宁红》的史学品格　赵小虎　/195

心中有信仰，脚下有力量
　　——读徐春林的报告文学《中国宁红》　胡丹丹　/198

一款名茶背后千年的"人情世故"
　　——主题视域下的《中国宁红》探析　张蕴华　/200

徐春林报告文学《中国宁红》研讨会发言摘要　/204

序章　一片茶叶的重量

四月的暖风,如同修河的水一般,涓涓流淌。沿着修水河的两岸行走,河水清澈,稻禾翠碧,绿意盈目。微风徐徐吹来,在成片的绿色中掠过,翅翼洁白的大鸟,不时引颈鸣叫,从丛林中飞向天空。

2020年4月26日,孙朝辉早早来到办公室,在办公桌前坐下来,轻轻端起一杯刚刚泡好的宁红工夫茶,喝上一口,然后闭着眼睛,把这天的几件事情在脑海中重温一遍。

上午10点,在县委会议室内,孙朝辉正在部署工作,一条信息闪烁在他的手机屏幕上。会议室外的秘书从手机里看到江西省人民政府办公厅刚刚发布的修水县退出贫困县的消息,第一时间发信息告诉了县委书记孙朝辉。孙朝辉打开手机,脸上露出了会心的微笑,他抑制不住内心的喜悦,清了清嗓子,然后高兴地对参会人员说:"告诉大家一个好消息,修水脱贫了。"会议室内顿时安静了下来,随即孙朝辉又深情地大声重复了一遍:"修水——脱贫了!"顿时会议室内响起了雷鸣般的掌声。"我代表县委县政府,衷心感谢大家所付出的努力。通过几代人的艰苦奋斗,我们终于走出了贫困!这是我们89万父老乡亲几千年来的夙愿,这是一个值得载入史册的日子。"会议室内再次响起了久久不息的掌声。

下午孙朝辉赴漫江乡宁红小镇召开绿色产业发展现场推进会,一路上有些许疲惫,在车上稍稍打了个小盹。车行至半路时,突然醒来,窗外一片绿意盎然,他摇开了车窗玻璃,春风迎面拂来。

受气候影响,修水的春天要比北方来得早,比南方的福建、云南等省市来得迟。阳光在叠嶂的青山间跳跃着。

微风所到之处,花蝶轻语,像是在商讨着一些事情。孙朝辉踩着脚下松软的泥土,朝着宁红小镇茶园的顶峰走去。从这里可以鸟瞰到万亩茶园,鸟瞰到远处的村落和叠叠山峦。

袅袅茶烟在空中浮动,与白云汇集在一起,变成了一团团白雾,茶香像是从缝隙中钻出来的。

正是早春时节,茶农正在采头茶。采茶姑娘的一双双玉色的纤手,在茶叶尖端跑来跑去,像是在拈着阳光,捕捉着丰腴的春色。

蔚蓝的天空中,一群鸟儿正在展示着优雅的舞姿。孙朝辉抬起头,远远望去,丘陵山脉此起彼伏,波澜壮阔。蔚蓝的天空下,千万个金瓶似的山峦上雾霭氤氲,天梯般的层层茶园螺旋式上升,绿意盎然的茶树与红黄色土壤交相映衬。近处的秀美的村庄,像是笼罩着一层轻纱,影影绰绰,在缥缈的云烟中忽远忽近,若即若离,就像是几笔淡墨,抹在蓝色的天边,美不胜收。田成方,水相连,路成网,树成行,地如毯,家家户户都住着两三层的小楼房。附近的小岛上树木葱茏,恰是鸟儿筑巢的绝佳之地。旁边的修河水系,明亮、洁净,就像是一条绿色的丝带,在修水的山川中川流不息。它强有力的脉搏,在渔歌声中此起彼伏。洁白的云朵,静静的舟楫,轻轻的风,暖暖的阳光,簇拥在片片新绿上。白鹤若有若无地在水中拍打着翅膀。天水一色,风光旖旎。

修水古号"分宁",国史有上望之称。它是江西省著名的革命老区,是第一面军旗设计制作并率先升起的地方,也是南方林业重点县,森林覆盖率达72.8%。为了创建美好的生活,修水人民在革命时期献出了两万多宝贵的生命。在深山区移民工作中,有太多的驻村第一书记为了工作,连续几个月都没有回家和亲人团聚。脱贫的心愿,致富的心愿,一直压在他的心头,现在终于有交代了。这是一份时代的答卷,也是一份人民的答卷,更是一份交给自己的答卷。他又撩了撩眼睛,眼睛有些湿润了。

孙朝辉忽然想起了老书记和他握手道别的情形,从老书记紧握着的手里,他感觉有千斤重担在肩。老书记那深情注视的目光,就像是一股激流,一直在他的心中回荡。每次和老书记见面时,他总会千叮咛、万嘱托。他不敢怠慢,也丝毫没有怠慢。这些年来,老书记的嘱托一直让他挂在心头。他始终认为,修水的脱贫,离不开这一方水土的好生态,离不开这一方人民的好作为。今天脱贫终于实现了。他的心里慨叹万分:这何尝只是一届届党员干部的心愿?这也是一代代修水人民的夙愿。

修水素有"八山半水一分田,半分道路和庄园"之称。然而,就是这样一个山区县,在一片小小的茶叶上做文章,却让8万余贫困人口成功脱贫致富,成为中国的茶叶大县。这是茶叶赋予修水人民的希望,也是党员干群奋斗的结果。

如何巩固脱贫成果?如何将扶贫措施和乡村振兴有机融合?修水有着得天独厚的生态资源。修水有绵延千里的幕阜山脉,有连接着上千座海拔六百米高的山坡。发源于黄龙山的八百里修河,自西向东奔腾不息。河不是普通的河,到处是传说,到处是色彩。南崖上的风景似乎永远都是绿色的,如美丽的少女般动人。在河边行走你会听到许多传奇的故事。坐落在修河上的数个水坝,就像先人的飘带,拴着几个随身携带的茶壶,还冒着腾腾热气。

天蓝、山绿、水清,依山傍水,气候宜人,修水自古以来就是适宜栽种茶叶的生态宝地。

宁红是修水的绿色精灵,在修水的雾水中生长。修水的山山水水、人文气象,无一不是带着"宁红"的温度。一部宁红的百年史,就是一部修水人民的生活史、风俗史、社会生态史。山坡上到处是绿色的茶叶,每片叶子在阳光的照耀下,像是一张张茶农的笑脸,在微风的吹拂下轻轻摇曳着,似乎在讲述着千百年来茶人的奋斗故事。"宁红"的力量来自山水,在现实与历史中浩浩荡荡,它将跨越千山万水,与世界的"一带一路"相系相连。

接下来,在乡村振兴中如何有效地衔接?修水自古以来是农业大县,也是全国知名的产茶大县,好山好水养好茶,茶叶占据了绿色产业的重要比例。修水必须抓住宁红品牌,走生态优先、绿色崛起的路子,由巩固脱贫,向乡村振兴发展,让"宁红"这颗万里茶道上的明珠,熠熠生辉。

一片绿叶,一碗茶汤,升华出唯美的信仰;一场茶事,让一片绿叶,迈向文化的殿堂。茶叶的重量就是文化的重量,就是茶农们的希望。修水因茶而荣、因茶而兴;修水人仰茶而生、伴茶而舞、因茶而歌,也创造出了名扬天下、香飘四海、长盛不衰的中国宁红。

人生百代,一叶相连。一片叶子,一种乾坤。"宁红"以它四两拨千斤的魅力,根植于修水厚重的文化沃土。

上善若水,故几于道。低吟浅唱,"宁红"汤汤——

第一章　我家江南摘云腴

藏在典籍中的宁红茶

我出生在赣北修水县罗家窝村。此处与湖北毗邻，高峡深岭，道途艰险，乃"蜀道之难"处。我家门前屋后的山，盛产茶叶。所种的茶叶沁人心脾，味甘形美，齿颊留香。

在修水县城工作和生活后，我时常在修水城南与良塘一带的大街小巷转悠，那是宁红茶最早的改良所和新建的茶博园的地址所在，我想找到一些百年前的气息，或者了解一些现在茶叶发展的现状。修水茶市的情况以及茶的风貌，都是在雾水中滋养成的。

寂静的春夜，一个人静坐在良塘新建的图书馆内。这是一个不大的图书馆，背面是一片茂盛的茶园。在那些泛黄的书中，我眺望到了修水茶叶的天空。修水旧归属宁州，是南方的48个重点林业县。修水属亚热带湿润季风气候区，四季分明，雨热同期，热量丰富，无霜期长，光照较多，雨量充沛。这里土质富含腐殖质，深厚肥沃，自然生态都适合茶叶生长。

据《修水茶志》记载，唐贞观元年（627），江西属于江南道，修水的绿茶开始盛行。公元733年，江西属于江南道西道，在陆羽的《茶经》里被划分为全国八大茶区之一。

修水产茶距今已有1400多年的历史。据《茶谱》记载，宋朝时期修水就盛产"双井白芽"，它是绿茶的一种。

翻阅历史，不仅是修水，整个江西都是中国的重要产茶区。江西在历史上鼎鼎有名的红茶和绿茶有"宁红""双井绿""庐山云雾""井冈翠绿""婺绿""狗牯脑""浮梁茶"等。

东晋葛洪著《幕阜山记》记载："有葛仙翁（即葛玄，三国吴琅琊人，葛洪的从祖父）炼丹井，药臼尚存。山无秽草，惟杞与芳芎之属。有石山产如丹珠。绝顶有石田数十亩，塍渠隐然，非人力所能为！地绝高险，莫能上。有僧园曰长庆，有宫曰玉清。访众徒亦云，鸟道断绝，不可登览。左黄龙，右凤凰，皆在山麓也。"

《幕阜山记》所记载的茶，各种资料佐证，应该是天然野生的，饮用亦限于医药方面，只认为是一种药材，以后的茶叶方由野生而栽培，没有作为商品使用，茶的用途并不广泛。

"双井白芽"是修水的茶名，最早出现在隋唐的书中。《隋书》中曾记有一个颇为怪诞的故事：某夜，隋文帝做了个噩梦，梦见有位神人把他的头骨给换了，梦醒以后便一直头痛。后来一僧人告诉他说："山中有茗草，煮而饮之当愈。"隋文帝服之以后果然见效，于是他逐渐喜欢上饮茶以至到嗜茶的地步。《隋书》中有诗感叹："穷春秋，演河图，不如载茗一车。"因此，隋唐饮茶盛行。

修水茶叶的真正发展，主要是在宋朝。宋朝是中国历史上经济、文化、教育最繁荣的时代，达到了封建社会的顶峰。宋朝人的吃喝好像比较简单而清淡，连有皇帝参加的御宴都不丰盛。御宴有定制，每一盏酒都要有歌舞杂技，酒后品茶，或是以茶代酒，茶从未离开过皇宫。

宋代城市经济发达，富足的物质生活促进了茶文化的进一步发展。在中国茶史中寻觅，不难发现，中国的绿茶发源地原来出自黄庭坚的故乡——江西省修水县杭口镇双井村。双井村是一个有着特殊文化内涵的地标，不仅茶叶在历史上有着深远的影响，茶文化也由此而发扬光大。

当时，黄庭坚与苏东坡等为好友，黄庭坚将双井绿茶带至京城，文人隐士品茶后作诗，因此，有关修水双井绿方面的作品颇丰，尤其是在北宋，应该说是盈千累万。

修水茶在宋朝的影响是举足轻重的。从一批文人雅士的笔墨中可以看出，茶在文学中的深远影响。

欧阳修在《双井茶》诗中赞道："西江水清江石老，石上生茶如凤爪。

穷腊不寒春气早,双井芽生先百草。白毛囊以红碧纱,十斤茶养一两芽。长安富贵五侯家,一啜犹须三日夸。宝云日注非不精,争新弃旧世人情。岂知君子有常德,至宝不随时变易。君不见建溪龙凤团,不改旧时香味色。"听说,当时欧阳修嗜好喝茶,尤其喜欢黄庭坚家乡的双井茶,他精通茶道,这首诗是他对双井茶的"美誉"。

另外,司马光也在《双井茶赠范景仁》一诗中大赞修水好茶:"欲凭洪州真茶力,试遣刀圭报谷人。"

苏轼《鲁直以诗馈双井茶次韵为谢》云:"江夏无双种奇茗,汝阴六一夸新书。磨成不敢付僮仆,自看汤雪生玑珠。列仙之儒瘠不腴,只有病渴同相如。明年我欲东南去,画舫何妨宿太湖。"《西江月·茶词》云:"龙焙今年绝品,谷帘自古珍泉。雪芽双井散神仙。苗裔来从北苑。汤发云腴酽白,盏浮花乳轻圆。人间谁敢更争妍。斗取红窗粉面。"《东坡集注》又云:"自景祐以来,洪州双井白芽,制作尤精,远出日注之上,遂为草茶第一。"

那么,黄庭坚为什么要推荐"双井绿茶"呢?我想除了黄庭坚热爱家乡外,还有一个相对重要的原因,那就是"双井绿茶"本身的品质。可想而知,如果茶不能得到文人的喜欢,黄庭坚也就不会推往京师。"双井绿茶"在宋朝时期可谓名声大噪,通过文人的传播,"双井绿茶"这个名号已成为茶界的旗帜。

修水是典型的江南山区,想要将茶叶大量运出去,恐怕不是件容易的事情。唯一的办法只有依靠水路。

"瑶草一何碧,春入武陵溪。"我自小在修河水边长大,知道它的好处。山环水绕,旖旎风光自不必说,犹记得在浮桥上小坐,看鱼鸟戏水,竹蔓生风,看桥上人来人往,挑着担子的商贾农夫,晃晃悠悠就过去了。修河,一条丰富的河流,总在忙于接纳、沉淀、自净。修河水总是清的,照得见天青、月白,及一切乡愁。

所以说,修水人是幸福的,临着一条秀美的河,守着一汪温情的水。

修水县城就这样被山水包围着,这是一个温暖的怀抱,又像一个澄澈的梦。修水的气质也如水,清澈、通透、柔软,又无时无刻不在变化中。德国诗人荷尔德林说:"人,诗意地栖居在大地上。"这句话用在修水人身上也最合适。

我们都羡慕这样的生活:临水而居,就连欢笑也如水般漾开,一波又一波,环水而绕,连哀愁也顺着眉梢滑落。有水相照,即便最普通的山、树、亭、楼,也变成美丽朦胧的梦境。

在古代,修水茶就是顺着这条河而下,过鄱阳湖进入长江,经江州销往全国乃至世界。茶成了当时朝廷赋税的重要来源,茶多税亦多。

无论是怎样的商品,当发展到一定的程度时,都会面临各自的限制。比如后来朝廷实行"天下茶皆禁"的政策,厉行禁榷法,全部由官方垄断,不准民间"私蓄、盗贩"。所以各地茶农生产的茶叶全在官府掌握之中,政府以产茶数量计算"课税",确定茶叶赋税数额。据史料记载,分宁县是隆兴府内茶叶的主要产地。隆兴府也就是当时修水县域范围。其产茶数量占其中的大部分,茶农所纳茶税为周边武宁、铜鼓县之首。

至元代,修水的茶叶生产仍很旺盛,各地茶叶种植面积陆续增加,其产量仍呈现增长趋势,茶税成为元统治者的重要赋税来源。江西征茶税的官署(榷茶都转运司)设在九江江州。修水自宋起驻有课税局大使一人,九品官,曰典税事,至明英宗正统年间裁减。仅凭这一点,说明修水是重要的茶叶大县。

清道光年间,修水茶铺林立,商贸繁华。这时茶生意尤其兴旺。《申报》记载:"修水茶庄,多集中于该县城西摆上,漫江次之,其他各乡额少。……又该县茶庄,非全系本县商人经营,外地商人来此经营者颇多,惟以本帮人数占多耳。据调查所知,去年修水箱、篓、菁各种茶庄,共计七十三家。"

《江西史稿》载:"南宋时,分宁岁产茶叶228万斤。"由此证明,修水茶在历史上有着举足轻重的意义。

有关"宁红"茶的诞生,历史上有很多种说法。

最早的传说是明太祖在长年征战中,一次兵至宁州漫江乡时,正逢春夏之交,山间瘴气令疲惫不堪的士兵一病不起,昏迷中上吐下泻,浑身发烫,几日下来更见虚弱。而乡野山间无医少药,将士们一个个急得六神无主。正在这时,当地一老者敬奉以变色茶药(发酵红茶),士兵饮后倍觉清爽,三杯下去病去疴除,休养几日后又虎虎生威。明太祖因见宁红茶外观乌赤,汤色红艳,希望从此抗元事业红红火火,"红"在民间有"吉利、兴旺"之意,而"宁"有"天下安宁平静"之意,于是金口御赐:宁红。

其次是史料的记载,有三种。一是《修水问茶》中记载:明洪武二十四年(1391)九月,由蒸制茶改发酵散形红茶。至明宣德年间已形成成熟的红茶制茶工艺。乾隆年间,宁红茶始创成功。中国一种名叫"宁红"的茶在修水横空出世。

二是清代叶瑞延《纯蒲随笔》中记载:"红茶起自道光季年,江西估客收茶义宁州,因进峒教以红茶做法。"这种红茶,称为宁红工夫茶。宁红工夫茶,简称宁红。

三是《祁门县志·食货志》中记载:1875年,徽商胡元龙到修水邀请宁红茶师创制祁红茶。当代茶圣吴觉农先生曾组织专家考证说:"宁红是历史上最早支派,宁红早于祁红九十年。先有宁红,后有祁红。"

关于宁红茶的真正来历,我曾多次向江西省茶叶学会副理事长、茶叶专家吴东生求证。吴东生说,红茶真正的起源应该是起于乾隆年间。他还解释说:"最早生产的是宁红工夫茶,宁红工夫茶不是称之为工夫茶的茶艺,是一种茶名,'工夫'二字,代表茶叶制作过程的精湛和要求。而且这个是有据可循的,清代释超全说:'鼎中笼上炉火旺,心闲手敏工夫细。'工夫指的是,茶叶原料鲜嫩,制作精湛,萎凋均匀,揉捻充分,发酵适度,毛火温高,低温慢焙,精制加工十分精细,程序复杂。所谓慢工细活出好茶,说的就是这个道理。"

宁红是我国最早的工夫红茶之一,在世界红茶市场上享有很高的声誉。

吴东生说到冯绍裘先生。我专程到武汉汉口拜访他的三子冯时健,从他的口中得知冯绍裘先生创制红茶的传奇经历。"我老家在湖南衡阳,父亲兄弟三人,父亲1900年出生,9岁即离家求学,23岁从河北保定农业专科学校毕业。1924年,父亲受邀到湖南安化茶叶讲习所任教,从此与茶叶结缘。""1933年,父亲到江西修水担任茶场技术员,负责宁红茶的初、精制试验工作,他设计了一套红茶初制机械设备,首开我国机制红茶先河,'宁红'一经问世即一鸣惊人。"

冯绍裘是中国茶史上一个不可忽视的人物,是机械茶之父,滇红的创始人,被称为中国著名的红茶专家。他寻得中国红茶宝地,创制出世界一流红茶,并且开启了中国红茶新纪元,为我国培养出大批的茶叶专家。

冯时健说的"宁红",绝不是历史上所记载的"宁红",应该是使用机械后首次生产出来的"宁红"。

后来,冯绍裘又到安徽接受改制"祁红"茶的任务。当时"祁红"茶泡出来的茶水不红,发乌。经过反复试验,冯绍裘发现:鲜茶叶在发酵过程中,残存的叶绿素不仅使红茶叶底发黑,而且影响了红茶的色、味、香。于是,他一反红茶不做夏茶的习惯,试制出新的"祁红"。这年由他主持精制的30担"祁红"茶运到上海,被抢购一空,冯绍裘连同他研制的"祁红"在中国茶界声名鹊起。

宁红茶与近代九江茶市

九江自古就是通都大邑,是中国近代闻名的三大茶市之一。九江由于处于"襟江带湖""七省通连"的有利地位,在古代交通主要依赖水运的条件下,促成它同江西与邻省的著名产茶区联结在一起,成为长江中下游重要的茶叶集散地。

九江开埠通商后,江西一切的输出物产,都以此为转运枢纽,江西各地茶叶渐渐由此分运上海、武汉销售,其他路线输出数量日益减少。1861年,九江刚刚开放时,没有真正的茶商。在此购买的茶,都以原料的形式运往上海,在上海加工、包装后,销往国外市场。

1862年,《中国近代对外贸易史资料》记载,"已有十六七个商人在九江设立茶行,为茶的输出加工",且发展势头很快。至1866年,"浙江、广东、九江、汉口等处洋商洋栈林立","由于茶叶贸易有所进展,最近在宁州(今江西修水)及河口地区新成立了七个中国商行开始营业"。这时,深入茶区收购茶叶的商人也增长很快。"1881年是252家,1882年增至344家。这些茶行对收购来的茶叶进行加工制作。"当时《申报》载文描述云:"茶栈向章,每次初次拣茶时,招妇女到栈,挨次占坐(座)号板,每名给以拣茶票一纸,以号数之多寡为度,以后有票者方准进栈拣茶,无票者不得擅入,谓之'抢板'。……本月初,头茶到埠,各妇女闻风早守候于各栈门前,将俟开门'抢板',故栈伙不敢开门。乃该妇女昼夜守候,或坐或卧,不离左右,每日两顿饭亦请人送食。如是者数日,街道壅塞,人皆绕道而行。"为了拣茶而"抢板"的妇女已达万人之多,九江茶行规模开始猛增。

1875年,英国驻九江领事商务报告称:"本埠周围产茶地区的发展是很有趣味的,距本埠87英里的建德县是1861年才开始种茶的,今年提供的茶大大增加了,有些卖价极高。五个新产区的茶已经进入了市场,此即距本埠280英里的吉安,距本埠287英里的建昌(即江西永修),距本埠35英里的瑞昌和九江附近包括庐山山脉的一些地方。福建附近的谭尾街地区今年也出产了小种茶,供本市销售。"这使得环鄱阳湖区普遍种植茶叶。由此,以修水为主体的宁红茶悄然出现在市场上。

19世纪中叶后,修水用原来制作绿茶的茶叶,研制出了宁红茶。这就使原来出产绿茶闻名于世的宁州(今江西修水),变成了生产头等红茶的原产地。

19世纪60年代,九江输出的茶叶量达19万担,占全国茶叶出口量的12%;到1882年,仅宁州红茶出口就达27万担,1886年增为30万零7000多担,占全国出口量的12%还多。最高年份1915年出口量近33万担。

1934年,江西《经济旬刊》载《江西茶业之展望》一文指出:"江西为我国重要产茶区域。山原土壤,肥沃深厚。雨量湿度,亦较顺适,茶树之生育,茶叶之品质,往昔均极旺盛而优良。宁红之驰名,占极优越地位。"

九江茶市鼎盛时期在光绪初年,可谓是江西茶叶的黄金时代。自此后,因宁红衰落,茶市逐渐移至汉口。九江洋行、茶庄,均先后收缩停业。

罗坤化与宁红茶的万里茶道

罗坤化是"宁红"发展史上的一个关键人物,被后人称为"茶工祖师"。罗坤化也是使"宁红"走上万里茶道——古丝绸之路的重要人物。

清道光二十五年(1845),罗坤化出生在修水县漫江乡大源里村。这里是"宁红"的发源地,也是现在著名的茶叶村。

我随修水县溪流文学社副社长韩汤去漫江时,正值秋天,秋茶刚刚采摘过。一路上遍地是火红的枫叶,让人迷醉、癫狂。枫叶沙沙地响着,仿佛每一个姿势都是一种仪式,在欢迎着客人的到来。随着起伏的秋波,不时能闻到一缕缕茶香。

附近农舍里,羊羔和驴叫得正欢。炊烟袅袅,传来烧焦的茶香味。

"有人在吗?"我闻着茶香进屋。一个瘦小的老人蹲在炉灶的边角处,用陌生的眼神看着我。"老奶奶,我是来找罗坤化的?""什么?"老人的耳朵有点聋,侧着耳朵,用响亮的声音问我。"找罗坤化呢?"老奶奶似乎听到了我的话,愣了一下,然后指着另一处墙角说:"你朝着这个方向走。"

老人是漫江乡旁边复原乡雅洋村人,嫁到宁红村已有四十余年了。她种了一辈子的茶,生活就靠茶叶来维持,老伴去山上把茶叶采摘回来,她把茶叶揉碎,然后倒在锅里烤干,卖掉茶叶的钱,够两个老人生活一年。

老人指的方向在漫江乡集镇的西面,沿着一条窄窄的小街走到尽头,拐到另一条更窄的街,这便是罗坤化经营过茶叶的半条街。一间一间的店铺,还保留着一些旧时的习惯。"这里除了卖茶叶,还会卖其他的东西吗?"我问道。"这条街是宁红茶的交易市场。"随即赶来的漫江乡宁红小学校长刘璐璐介绍说。

刘璐璐从学校毕业后,就在漫江乡的杜市和宁红小学教书,一直在搜集有关宁红的史料,她想利用业余的时间,写点有关宁红的文章。"你看,那个拱门,上面还残留着一些字迹,上面刻着'茶盖中华,价甲天下'的字样。"

我站在拱门前仔细端详着,仿佛历史并不久远。

修水《义宁州志》记载:"道光年间,宁茶名益著,种莳殆遍乡村……"到清末民初时,"宁红"茶发源地的宁州下武乡漫江已是遍布茶庄。漫江的杜家庄、牌坊下、洞下三处集市街面就有上百家店铺、30多家茶行。每年谷雨一过,跳脚工蚂蚁搬家似的把各茶庄收购的已装好箱贴了茶号封条的茶箱挑到河边码头上。流经漫江的修河中运载茶叶的船筏最多时有130多只,自牌坊下往下游密密地排开有两三公里。白天,茶市宽敞平坦的石板路上行人、商人络绎不绝;晚上,各茶庄、店铺灯火通明,来自广东、福建、浙江、安徽、湖北和南昌的客商进出各饭店、客栈、赌坊、妓院。杜家庄"大王殿"里的大戏锣鼓从正月初三响起,一直响到七月十五茶叶清仓方才圆场。那戏都是由各路各庄各帮的茶庄出了份子由他们按牌点的。为维持秩序,后来还配有治安团,一排官兵有30多条枪,晚上还有打更的人通宵达旦巡逻。

"罗坤化家在街上头两公里处。"刘璐璐说。她随即便为我们带路。这是漫江乡杜市村一个叫杜家庄的地方。进了一个小院子,里面是一栋两层砖瓦的建筑。

一个瘦小的老人,听见狗叫声,提着一个铜壶从屋里走了出来。

"这是我爷爷留下的东西。"老人说。

老人是罗坤化的孙子,他叫罗运云,已是年过六旬的老人。

说起罗坤化,罗运云说,实际上壶是罗坤化捐钱救济乡邻时留下来的,罗坤化并没有给罗家留下任何财产。就连墙上挂着的罗坤化的画像,也是根据罗运云父亲罗翠如的回忆临摹出来的,相貌和罗运云颇有几分相似。

一把好壶是能传好几代人的。这需要用心,更需要有提壶的精神。

然而,让人惋惜的是时间走到这里不走了,或者说壶就老在了这里。由于罗坤化将自己唯一的儿子送上了仕途,进入他的乡人陈宝箴的门下,早早丢了性命,以至于这门茶叶手艺就此失传。

罗运云说,他父亲去世的时候,他才四岁。长大后,乡邻们都在传说罗坤化的故事,他却像是沉浸在梦里,不为所动。他在想,在壶的内部还会有一个时间,在那个时间里,那个叫罗坤化的人必定是他爷爷,而在时间的外部,罗坤化是茶工祖师,跟他半毛钱关系都没有。

不知不觉半天就过去了。当罗运云慢慢清晰地看见爷爷时,他便长时间注视着那张画像。他内心不停地和爷爷对话,似乎他的整个年青时代,都在临摹着爷爷的生活。但他始终没有发现这张画像有什么特别之处,这个老人会有怎样的传奇。直到有一天,那栋偏僻的泥巴土屋变成罗坤化纪念馆时,修水中专罗坤化茶叶专业的学生来到这里专心研学时,罗运云这才真正认识罗坤化。他似乎意识到画里临摹的不是一个老人,而是茶叶史上的辉煌。

于是他对爷爷多年来的不解,以及他冷峻的表情渐渐地变得平和。

罗运云说,罗坤化的名字是从传说中来的。罗坤化的母亲在生罗坤化前,去山上砍柴,掉下山崖,醒来时,一只神鹰守护着她,是神鹰救了她的命。罗坤化出生后,父亲去寻找神鹰报恩,没有找着神鹰,就在山坡上挖了棵树回来。树栽在门口,不见生长,罗坤化见树就哭,奇怪的是他的哭声唤起了树的生命力,后来树便成了村子里的树王,至今还挺立在杜市村口。

罗坤化的父亲见状,希望罗坤化长大后,能够提壶济世,于是给他取名叫"坤化"。

罗坤化上头还有两个哥哥,从小两个哥哥护着他,基本上不让他干农活。可是随着渐渐长大,他发现家庭越来越窘迫,于是他偷偷地溜出来,去旁边的茶地里帮人摘茶,半天工夫就能换回两个鸡蛋钱。

罗坤化的父亲十分善良,从不杀野畜,即便是在食不果腹的时候,也不动杀生的念头。他干的是苦力活,长年依靠卖柴挑脚为生。罗坤化十来岁的时候,父亲就成了漫江有名的"驼子",背弓着,再也直不起来。罗坤化看着父亲驼背走路的样子,心疼不已。可父亲还是省吃俭用,供三个孩子上学。

罗坤化稍大点的时候,父亲的背驼得更凶了,走起路来眼盯地面,似寻针芥,再也挑不动担子了。罗坤化到分家年龄时,家徒四壁。罗坤化找到大哥、二哥说:"大哥、二哥,我分家什么都不要,我只要爹那根桑木扁担。"大哥、二哥愣在那,紧接着三兄弟哭着抱在一起。大哥、二哥知道小弟的良苦用心。

罗坤化继承了父业,用一根桑木扁担给各家茶庄挑脚,就这样一挑就是几年。闲暇的时光,他就泡在村子的"大王殿"里看戏。有时候,他也会给各茶庄做短工。慢慢地,罗坤化熟悉了一些茶叶的路数。

罗坤化31岁的时候,杜家庄远近闻名的粤帮茶商郭佩堂开的"达顺"茶庄找上门来请罗坤化制茶。"罗师傅,我们茶庄出双倍的价钱请您。"罗坤化正犯愁,东家多,可是划不开拳脚。现在"达顺"茶庄找上门来,他自然珍惜这次机会,可他觉得为了钱抛弃以前的东家显然不道义。他主动在提出收入不增加,也不抛弃其他小东家的前提下,才答应给"达顺"茶庄制茶。

他把所学的各路茶庄制茶路数融合在一起,很快就制出了名动漫江的"宁红"。

罗坤化40岁的时候,有了开茶庄的念头。他想着,长期帮人制茶,不会有长进,他想通过自己开茶庄,专门研制新的"宁红"。有了这个念头,他感到特别兴奋。一个人走在杜市的街头,月光洒落在街道的石头上,到处是一片洁白,他似乎闻到了茶的清香。

罗坤化把这个主意和漫江才子王鸿儒和本家堂侄罗富根说了,两人也很高兴,兴致勃勃地一起喝酒。

王鸿儒脑壳灵活,饱读诗书,能说会道,可以做账。而且他早期去过湖广潇湘,见过大世面。罗富根号称"莽和尚",人长得五大三粗,通晓长拳短打,十来个精壮汉子莫想近身。有了王鸿儒和罗富根当左膀右臂,出门在外定能平安无事。

经过周密谋划,罗坤化拿出了全部积蓄,又向乡邻借贷了些银两,在杜家庄租了几间店门开起了茶庄。在门前挑起了一面精致的火红锦缎招幌,上有王鸿儒写的"厚德隆"三个醒目大字,又在三山窝岭脚下他家的老屋里吊了十九把筛,当作制茶厂。

从早晨一直到黄昏,三个人忙得不亦乐乎。夜晚,当万家灯火都熄灭的时候,他们又坐到了一块讨论接下来的事情。除了他们三个人,任何人都不知道他们的想法,更不知道他们在干件惊天动地的大事。

光绪十七年(1891)清明节前后,连续二十多个阴雨天,紧接着是艳阳春暖。转眼间,漫江及邻近四乡那片茶园竞相溢出茵茵的嫩绿。

漫江一年里最火爆的日子就要到了,人们心头荡漾着一层盈盈的喜悦。各路茶商都把眼睛瞪得铜铃大,等着收购清明头道茶,那是高档上品茶,差价贵得惊人。一般的茶商不敢冒险收购,他们情愿收那二、三道茶,因为二、三道茶不仅茶价低很多,卖出去的风险也小很多。当然这种茶的品质,自然远不如头道茶。

让漫江茶商感到惊奇的是,开张不久的"厚德隆"茶庄,不仅收购头道茶,而且收购的价格比市上的价格还高出五文钱。"罗坤化的胆子大,一旦卖不出去,他的茶庄就得关门大吉。""风险太大了,超过了毛利价。"一时间茶商议论纷纷,都不知道罗坤化葫芦里卖的什么药。但有一点是可以肯定的,罗坤化再有招数,茶的收购价是固定的,所产生的利润也是可以估算的。就连财大气粗的粤商"达顺"茶庄也不敢干的事,罗坤化不仅干了,而且干得面不改色心不跳。大家都以为罗坤化走火入魔了,都在等着看好戏。

这些日子,罗坤化把自己封闭了起来。他一个人反复用自己多年来学得的茶叶技术,把那十九把筛子的筛眼的大小规格调了又试,试了又调,从初制的萎凋、揉捻、发酵、干燥到精制的各道工序一刻也不离开。眼睛红肿酸痛时,仅用衣袖搓了搓。瞌睡时,他往自己头上泼凉水。就这样反复了几十个回合后,他又将老一辈流传下的三路制法(本身、头子、尾片)和六路制茶法(本身、长身、圆身、筋梗、轻身、下身)运用到了制造的路数中。前后精心捣鼓了三个余月,总共制出了新版"宁红"茶一百箱。

光绪十七年(1891)农历五月初五,天色大变,几天狂风暴雨后,漫江河山洪暴发,平静的河流瞬间变得咆哮暴烈起来,仅半天时间河面便比平日宽了一倍还多。

端午节这天早晨,罗坤化早早起床,用热水洗了脸,刮好胡子,换上新添置的绸缎裤、袷皮帽,用白酒擦手后,到杜市牌坊下的关帝殿烧香许愿,这才带着账房王鸿儒、保镖通事罗富根上停泊在码头上的货船。

河道被渺渺烟波笼罩着。

站在船头,罗坤化望着漫江的青山绿水,以及自发来为他送行的乡邻,想着自己第一次走出大山,喉头哽咽,竟然热泪直流。

就在货船刚刚启动的刹那,罗坤化撩起长衫,扑通一声跪在船板上,紧接着狠狠地磕了三个响头,就头也不回地钻进船舱。

"坤化,早点回来啊!"身后是乡邻们的喊声。

七百里修江,滔滔修河水。

三个人加上船家,一路上铆足了劲,气运丹田,声如裂帛,卖力地唱起来。

…………

货船经山口、过涂家埠、泊吴城,在九江报关后,不日就到了江南重镇汉口。

汉口号称九省通衢,抵达时,正值黄昏,华灯初上,到处流光溢彩。

江面上商贾云集,人头攒动,一片热闹非凡的景象。罗坤化早就听说过"装不完的吴城,卸不完的汉口",这回算是眼见为实了。

下船后,稍作休整。物色好运输板车,他们就朝着汉口奔去。

汉口最大的茶行"武当"是鼎鼎有名的,来武汉销售茶叶的商人,大多数落脚"武当"。这里形成了一个规定,需要在"武当"做好注册登记,才能将茶叶销往世界各地。

"武当"茶行到处张灯结彩,一派喜庆气氛。茶商们脚步匆忙,脸色彰显着几丝神秘紧张。门前站着几个衙役捕快。

"咱们要么找个小茶行吧!"罗富根虽然武艺高强,遇到这等场面内心却是十分胆怯。

"来了,就去这家。"王鸿儒虽是柔弱书生,可懂得些许路数,知道大茶庄必定有大市场的道理。

听了王鸿儒的话,罗坤化的心里踏实了很多。

三个人小心翼翼地走到"武当"的门口。罗坤化的脚步迟疑了下来,毕竟这是他第一次走进这么大的茶行,内心还是有些紧张。

突然,一个大汉从门口走了出来,正好撞着了个头瘦小的罗坤化。

此人不是别人,正是俄国使馆的巴诺夫。

罗坤化从未见过外国人,傻傻地看着巴诺夫。

巴诺夫见罗坤化憨厚老实,便停下来和他说话。

罗坤化不懂俄文,小二见状,忙上前解说。罗坤化自我介绍说:"我是新来的,江西宁州茶区漫江'厚德隆'茶庄的罗坤化,生产的是'宁红'茶。""宁红?"巴诺夫几乎熟悉中国所有茶市品牌,"宁红"还是头一回听说。新茶敢闯汉口茶市,细心的巴诺夫决定看看罗坤化的手艺。罗坤化把随身带的"宁红"样品打开时,巴诺夫就激动了,把"宁红"捏在掌心上,闻了又细品,品了又闻。

"这可是俄国的大茶商。"小二在旁边解释说。的确,巴诺夫不仅是官员,而且还是茶商,汉口运往俄国的大多数茶叶都是通过巴诺夫介绍的。

罗坤化感觉遇对了人,内心惊喜又忐忑不安。

巴诺夫的表情变化不定。突然,巴诺夫转身竖着大拇指,说这是上等的好茶,问他有多少,需要什么样的价钱。"一百箱,每箱一百两白银。"巴诺夫一口价将茶全部买下。

罗坤化喜出望外,他怎么也没想到,初到武汉就遇上如此好的买家。

卖完一百箱宁红,罗坤化激动地回到了漫江。回去后,他给王鸿儒、罗富根支付了丰厚的报酬,并再三叮嘱二人,不要张扬,一定要潜心制茶。

从这之后,罗坤化"厚德隆"茶庄制作的"宁红"茶源源不断地运往汉口。"厚德隆"茶庄也逐渐壮大,为了回报王鸿儒、罗富根,罗坤化划分了股份给他们,常年从中分红。

"罗坤化待人不薄,所以'厚德隆'茶庄很快就传遍了大江南北。"罗运云说。

因为"宁红"不断被巴诺夫大量收购,也就顺理成章地走上了古丝绸之路的万里茶道。

"宁红"经过几千里的水路运输,交至晋商手里,在恰克图交易以后,俄商从伊尔库茨克西行,穿过西伯利亚,直到莫斯科和圣彼得堡。这条茶叶之路历时260余年,横跨欧亚大陆。

那段历史,想一一查证,还比较困难,但从2012年中、俄、蒙联合拍摄的《茶叶之路》来看,其中两集修水茶叶的片段,印证了罗运云介绍的"厚德隆"茶庄所制作的"宁红"在万里茶路上的影响。同年,山西电视台《晋商之路》摄制组专程到修水,拍摄修水宁红茶走上万里茶道的路线。

万里茶道是继丝绸之路后,于17世纪末到20世纪初,在欧亚大陆兴起的又一条重要的国际商道,也是中西文化交流融合之路。万里茶道从中国福建崇安(现武夷山市)起,途经江西、湖南、湖北、河南、山西、河北、内蒙古,从伊林(现二连浩特)进入现蒙古境内,沿阿尔泰军台,穿越沙漠戈壁,经库伦(现乌兰巴托)到达中俄边境的通商口岸恰克图,全程约4760公里,其中水路1480公里,陆路3280公里。茶道在俄罗斯境内继续延伸,从恰克图经伊尔库茨克、新西伯利亚、秋明、莫斯科、彼得堡等十几个城市,又传入中亚和欧洲其他国家,使茶叶之路延长到13000

公里。

俄国是一个消费茶叶较多的国家。著名作家列夫·托尔斯泰曾经说过:"我需要喝很多茶,因为没有它我就无法工作。茶会唤醒萦绕在我灵魂深处的灵感。"

1861年汉口开埠,即成为世界上最大的茶叶集散地和贸易中心,中国60%的茶叶经此沿"万里茶路"销往俄国或经俄国销往欧洲。修水由于邻近国内三大茶市中的九江和汉口,至咸丰初年,宁红茶从种植、加工、销售等各方面已有相当规模。那时,80%的宁红茶是经汉口港出口的。

巴诺夫是最早在华经营茶叶的俄商,俄国贵族出身,沙皇尼古拉二世的表兄,俄驻汉口总领事,也是俄资阜昌洋行老板,时称"巴公"。巴诺夫经营的茶叶主要是宁红茶。那时"祁红""滇红"还未面世,茶市上"宁红""河红"竞争激烈,"宁红"对比"河红"外观条索更秀丽,香气高远,无烟熏味,汤色红亮不暗淡,巴诺夫更喜欢"宁红"。在俄国"宁红"售价更高,更能被上流社会所接受。

应该说,罗坤化的"厚德隆"能够红火,得益于茶道上的知己巴诺夫。巴诺夫不仅是个商人,还是政治家。在巴诺夫的引荐下,罗坤化的"宁红"很快就打入了俄国皇宫。俄皇太子尼古拉是个爱茶如命的人,见巴诺夫送来的"宁红"特别好奇。"这茶是中国最好的茶吗?"尼古拉问。

"殿下,这是上等的红茶。"巴诺夫说。

尼古拉做了个奇怪的表情说:"好茶是逃不过我的胃的。"

很快,泡好的"宁红"茶端了上来。

尼古拉端着杯子闻了又闻后,又小心地品了一口,闭着眼睛仔细地回味,然后高兴地说:"快快关上门窗,不要把这真香泛淡开去。这是我有生以来喝到的世界上最好的茶。"

尼古拉说完,两人哈哈大笑起来。

1891年4月5日,这一天无论是对罗坤化来说,还是对"宁红"来说,无疑是个好日子。

这天尼古拉和他的好朋友希腊王储格奥尔基一行约30人乘坐一艘巡洋舰开始了他们的中国之行。而此行的目的，主要是到武汉会见罗坤化。

尼古拉从香港抵达广州后，受到了李鸿章的哥哥、两广总督李筱荃的热情款待，各种海鲜山珍、名酒佳酿已让尼古拉一行感受到中国人的热情好客，也体会到了中国美食的味道。

在广州稍作休整，4月8日，经福建、浙江、江苏后，尼古拉一行于4月20日清晨到达汉口。

半月内可谓是吃遍粤菜、浙菜、苏菜等，几乎每天沉浸在酒池肉林中，到达汉口时多人已积食不化，尼古拉也过食伤身，头晕脑沉。

到汉口时，天还未亮。尼古拉在船上召见俄领事，巴诺夫听闻太子贵体不适，即刻献上了准备已久的"宁红"茶。

打开茶包，闻到一股独特的清香，尼古拉精神为之一振。

巴诺夫拿出准备好的青花瓷茶具，吩咐下人按中式泡茶方式将茶水分给众人。白瓷映衬茶汤色清亮红艳，捧在手上个个惊艳不已，野生植物的香气四处飘散，仿佛置身清晨的森林之中。尼古拉一行平时喝过的是煮茶，加上奶、糖等，茶具是铜铁制品，大家哪见过这世面，都呆着看尼古拉。尼古拉慢慢饮茶，清爽直入心脾，如沐春风，多日不适已去大半，"好茶，好茶"夸口大赞。

巴诺夫说这是万里茶道上最好的茶叶，价格最昂贵。

茶后，尼古拉率领同行出船观看两岸景色，太阳初升，两岸灯火辉煌，旗帜飘扬，巴诺夫介绍这是湖广总督张之洞为欢迎他的到来安排的。

尼古拉极喜，精神焕发，感觉神清气爽，口齿之间还有茶叶余香，对"宁红"茶又大赞了一回。

天刚刚透亮，云丝雾隙间，长长的石阶上列队站着许多衙役。张之洞率在汉口的官员，列队在码头欢迎俄太子。张之洞向尼古拉作了个揖说："太子一路劳顿，辛苦了！"

中午，张之洞在汉口名楼晴川阁宴请尼古拉，中方在汉口的高层官员陪同,名士辜鸿铭担任翻译,俄方太子尼古拉、希腊王储格奥尔基和领事巴诺夫等全部在座。

"感谢张大人的热情款待。"尼古拉客气地说,并称赞总督治理下的湖广繁荣昌盛,赞扬汉口是"伟大的东方茶港"。席间闲谈时,尼古拉提到"宁红"茶的神奇,张之洞平素喜欢喝绿茶,对"宁红"不知,环顾左右说:"可知'宁红'?"按察使陈宝箴起立回应"家乡江西义宁所产"。辜鸿铭也称"宁红"是红茶中的上品。陈宝箴是江西义宁人,当时是湖南巡抚,维新变法的实权派风云人物。

饭后,待客人坐稳后,陈宝箴让在酒楼等候的罗坤化呈上极品"宁红",大家品着"宁红"相谈甚欢,到下午五点才散去。

次日(1891年4月21日),尼古拉又饮"宁红"茶,精神大好,便向巴诺夫详细了解罗坤化所制的"宁红"的来历。巴诺夫介绍说,这种茶生长在深山的云雾之中,价格是所有茶里最贵的。

"真是好茶,真是好茶。"尼古拉兴致越来越高,"拿纸笔来。"

尼古拉兴之所至,提笔写下"茶盖中华,价甲天下"。现场响起一片热烈的掌声。

巴诺夫将"茶盖中华,价甲天下"俄文译成中文,装裱成高约4尺5寸、宽约2尺4寸的金边玻璃匾,镜框内竖着题写"茶盖中华,价甲天下"两行红字(排列如对联)。

半月后正是江南早稻吐穗扬花的时节,漫江依然像往常一样宁静而繁忙。突然,一阵马达的轰鸣声打破了山里的宁静,通往漫江的修河里,一艘"突突突"冒着黑烟的怪物正射箭般从下游驶来。自打盘古开天地以来,漫江人也没见过这样的怪物。

几个金发碧眼、穿着古怪的洋人,抬着一块门板大的牌匾,由一个着长袍马褂、蓄长辫的中国官员陪着,下了跳板,顺着那光滑的麻石条码头款款走来,冷不丁那船上又炸雷似的一声炮响,人们还未回过神来,紧跟在那几个抬匾人后面的唢呐鞭炮便一齐响起来。

"俄国太子给坤化送匾了。"消息很快传遍了修水的十里八乡,传播到了大江南北的茶界。

"感谢俄太子。"罗坤化率"厚德隆"茶庄全体人员跪地接匾,以示对俄太子的真诚谢意。

不日,一款"宁红太子茶"出现在了万里茶道上,金光闪闪的几个大字,特别耀眼。尼古拉收到罗坤化以他赠送牌匾命名的"宁红太子茶"格外高兴,在皇室和上流社会中大力倡导"宁红"茶,"宁红太子茶"在俄上流社会风行一时。三年后(1894),俄太子尼古拉登基成为末代沙皇尼古拉二世。

"厚德隆"茶庄大批量生产的"宁红太子茶",一夜走红。罗坤化开始把这一技术传授给乡邻,所制的茶全部进行高价收购。

光绪十八年(1892)开始,"宁红"茶在国际(主要是俄国)茶叶市场上步入鼎盛时期,每年输出30万箱。光绪三十年(1904),"宁红"茶输出达30万担。

1904年,新产的"宁红珍品太子茶"成为清朝的贡茶。

光绪三十二年(1906),巴诺夫属下阜昌洋行及俄资新泰洋行、顺丰洋行前来修水考察,决定在修水设立义宁州分行,采购"宁红"茶17万多担,其中新泰洋行6万担,顺丰洋行8万担。

清末民国初,宁红出口量在20万箱左右,约占全省茶叶出口量的40%。1892至1894年,宁红出口约30万箱,每箱约61斤。1912至1913年,输出海外的宁红茶年达20余万箱,贸易额在1000万元左右。修水县出口的茶叶占中国总数的十分之一。

罗坤化成为富商之后,不多置田产,而乐助公益。《罗氏家谱》中记载他"广行义举,凡乡里修桥、铺路、办学堂,建育婴堂,州里建文峰塔、修南山崖,以及改良茶业之善举,无不慷慨解囊,立揖钜赀,虽三再至三而不吝其款……周人之急,施不望报"。

那天晚上,我行走在"小南京"的街头,感觉在那个遥远的夜晚,有很多的人在黑暗中行走,在我身边的暗处,有着永远擦肩而过的孤独和疲劳。想象着百年前的湍湍流水,在河岸两旁,生长着满山遍野的茶树,味美异常,滋润着河水。河水因此甘甜,土壤因此肥沃。那该是怎样的一个桃花源世界呢?

罗坤化死前,把自己的手艺和家业都毫不保留地传给了漫江茶人。他说自己一生得益于乡邻相助,"宁红"才得以名声远扬。他死后,却安葬在离家十多里路的山头上。一生为茶,没能照顾到母亲,这是罗坤化内心最为愧疚的事。当他快走完自己的一生时,他再三叮嘱后人,死后一定要把他安葬在母亲的旁边。"生没能为她老人家尽孝,死后一定要守在她的身边。"

那段久远的繁华历史,从此一去不复返。让人欣慰的是河水清澈,生态幽美,始终保持着原有的风貌。

现在,漫江到处是茶山,大多数村民都依靠茶叶致富。在进乡的路口上竖立着"宁红原产地"的石碑。还建有"宁红小镇",有以"宁红"命名的村庄。

一代历史茶人,从此融入了"宁红"的传说中,成为后人供奉的茶神。

《天下香》的由来

"宁红"茶扬名年间,在著名的茶乡漫江流传着许多与茶有关的爱情故事,其中《天下香》一直被后人视为最美丽的爱情。

在杜市上街,有个颇有名气的财主叫朱蔚如,他的二小姐朱金秀在朱家几个孩子中飘飘然立,细高,长脖,唇红齿白,眉目清秀。一身漂白长衫,外套一件隐纹万字黑色缎背心,外面别出心裁地披一件黑色丝绒披风。一根辫子又黑又亮,晃晃悠悠不时摆动。

朱蔚如一直想为她找个门当户对的婆家,可朱金秀不愿意享受荣华富贵,却与同乡的贫苦青年徐水东一见倾心。徐水东是个孤儿,他是罗坤化救济长大的。很小的时候在"厚德隆"茶庄当下手,罗坤化见他小,不让他干重活,一心让他观赏制茶技术,打算培养他为"厚德隆"茶庄未来的掌门人。

朱金秀经常来茶庄串门,给徐水东留下了深刻的印象。一来二往,两人性格相投,海誓山盟,私下订了终身。可当时讲究的是"门当户对"。

徐水东站在朱金秀旁边,比她略高一些,宽肩阔眉,肤色略黑,一口白牙越发突显。那略仰的下巴,给人一种傲慢的感觉。

徐水东十八岁那年托人向朱家求婚,结果被朱家扫地出门。"不看你是什么货色?"朱家不仅不同意这门婚事,反而与朱金秀的舅舅暗中策划,一面用银两贿赂勾结官府,无辜给徐水东定罪投监;一面诱逼朱金秀另嫁邻乡复原地方钟姓公子。朱金秀据理抗婚,并与母舅周旋,说只要同意保出徐水东,自己愿意嫁去复原。如果不同意,她就割腕自尽。哪知,徐水东出狱之日,正是朱金秀被逼嫁之时。可朱财主依然不甘心,想在迎亲时再次陷害徐水东。让他万万没想到的是,他的计谋再次被朱金秀识破。迎亲的时候,两人巧遇漫江河边渡口,为履行誓言,他们跳河自尽了。

那年春天,罗坤化把精制的一百五十箱"宁红太子茶"装船后直抵武汉,和巴诺夫一道把这批上等红茶送往俄国,"万里茶道"路远迢迢,一来一往就是大半年。出门前,他再三叮嘱徐水东,朱家的事情急不得,待他回来备厚礼上门说通朱财主,必定会让他动摇。可徐水东不想让罗坤化破费钱财,并没有把自己的计划告诉他。

那年秋天,罗坤化的脚刚踏进漫江,他就听见乡民们惋惜同情的悲鸣声,一对鸳鸯去了天堂。

罗坤化顿时吓得面无血色,便找来在朱家教书十余年的老秀才,了解其中底细。老秀才可谓是耳闻目睹二小姐的悲惨遭遇,内心难以平静。他知道二小姐生性刚烈,可她内心却非常善良,而且懂得公平正义。痛惜之余,他便约来本乡民间艺人何瞎子,共同编了一本具有修水民歌特色的长篇叙事山歌,把这对男女青年生死相恋的悲壮故事描写得催人泪下。唱本一出,人们竞相传抄。

老秀才找到罗坤化,想借"宁红"茶的名声,利用"宁红"茶远销国内外的有利条件,将唱本装进茶箱,运发各地,但被罗坤化拒绝。罗坤化深知,无论如何都没法挽救这对鸳鸯的性命,他想得饶人处且饶人。可是朱财主不仅没有感恩于他,相反上门向他索赔,说朱金秀跳河自尽,他是背后的主谋。"滚,你现在就给我滚出去。不过,你要记住,你迟早会为你的罪恶买单。"罗坤化一气之下,支持了老秀才,并将唱本取名《天下香》,装进了"宁红"茶箱,很快就在天南地北广为传扬。

《天下香》唱本一经传扬,把朱财主的所谓"家丑"和州官受贿的丑闻公之于众,搅得他们惶惶不可终日。"宁红"茶和《天下香》却受到了热捧。

那时漫江茶商居多,官府也无从入手,根本不知道唱本流传的渠道。官府只好发下公文,令朱财主不惜代价,火速收买《天下香》唱本,就地销毁,不得违抗。朱财主不敢怠慢,立即贴出告示:"《天下香》唱本伤风败俗,不可传诵,本人愿收回销毁,以正家风。"起初,无人理睬,之后,朱财主家人鸣锣告白,才有几个胆子大的乡民带着唱本、挑着箩筐前去试探。朱财主令家人立即量谷兑换,并请众乡民相互转告,当场兑换,决不刁难。此后,朱家庄园门庭若市,以唱本兑粮者络绎不绝,热闹非凡。朱财主怕乡民弄虚作假,特请来老秀才检验,老秀才心向乡民,当众人面故意提高嗓音说:"不错,不错,唱本抄得有头有尾啊!"这暗示乡民只抄一头一尾就行。如此不到一年,积谷万石的朱财主,已成了破落户。

《天下香》这个故事,的确是一个人间悲剧,给漫江蒙上了一层怪异的色彩。本来年轻人的爱情是幸福的,却因为贫贱,让一对相爱的人视死如归。

让人想不到的是,朱财主成为破落户后,罗坤化将他收在门下,教会他做茶营生。

河水没有呜咽,它静悄悄地流着。星群从天而降,簇拥着这对飘摇的灵魂,护佑着他们。两岸的灌木丛中有夜莺在歌唱。

在漫江的"宁红"戏台,至今还有人传唱《天下香》。清明谷雨纷纷时,一些男女青年在当年徐水东和朱金秀跳河的渡口,磕头烧纸,他们在遵循着内心的同时,也在守望着爱情的自由。

郭敏生与巴拿马茶叶最高奖

1912年1月1日,中华民国临时政府在南京成立,孙中山被推举为临时大总统。1912年2月,清帝溥仪退位,统治中国268年的清王朝宣告结束,同时也终结了中国长达两千年之久的封建君主专制制度。

就在郭敏生准备去义宁从事布匹生意时,收到漫江乡政府的口信,要请他回漫江做大宁红品牌。

郭敏生虽然是漫江杜市人,深知罗坤化的名声,可他对茶叶生意没有太大的兴趣,开始回绝了乡政府的盛情,认为那是杜市茶商的事情。何况自己年近六旬,已在布市上摸爬滚打好多年,不仅有了生意门道,而且还积得了一些薄利。

没几日,漫江乡政府又捎话来,意思是罗坤化去世后,茶庄经营已在革命前动荡,希望他能够回去重整旗鼓。关键的是,那时郭敏生颇有影响,算得上是漫江有头有脸的人物。加之他父辈都是制茶人,只要他愿意回乡,必定有办法带动乡邻把茶叶生产抓起来。

社会动荡结束了,可发展"宁红"得从头开始。

郭敏生最终还是说服了自己,回到漫江开设了"义泰祥"茶行,开始生产后来知名于世界的"宁红贡茗"。

一天下午,乡邻突然来访,给郭敏生带来了一个振奋人心的消息。原来,民国农商部在全国评选农工艺术品,为筹备巴拿马博览会参展产品做准备。那时,郭敏生刚刚熟悉一些制茶技术,正在摸索发展茶叶之道。郭敏生意识到,这是个不容错过的机会,当即找到了乡政府乡长郭长贵,说:"咱们漫江的红茶可是出了名的,一定要想法子报上去。"

郭长贵听后,非常重视,连夜收集申报材料,坐驴车将材料送到了义宁县政府。

半月后结果出来了,"宁红贡茗"凭借过去的影响被选中了。

那天傍晚,郭长贵把这个消息告诉郭敏生时,郭敏生高兴得连续饮了三杯白酒。"当年罗坤化可是闭关制茶,茶叶在万里茶道上可以说是畅通无阻。现在就看你的了。"郭长贵说。这句话一出口,郭敏生就皱紧了眉头。

郭敏生明白郭长贵话里的意思,但他心里还没有足够的底气。罗坤化依靠自己的制茶技术,把"宁红"茶推向了世界,赢得了"茶盖中华,价甲天下"的美誉。如果这次能够评得大奖,郭敏生也不枉费做过一回茶商。

"对了,你看我,差点忘记了。"郭长贵说着从怀里抽出一沓纸来,递给了郭敏生。

这是一份民国工农部关于参展的宣传册,里面详细地介绍了这次博览会的情况。

郭长贵说的巴拿马博览会全称是"美国旧金山巴拿马太平洋万国博览会"。早在1912年2月,美国政府就宣布,为庆祝巴拿马运河即将开通(巴拿马运河区当时由美国代管),定于1915年2月在西海岸的旧金山市举办此次博览会。

1913年5月2日,美国政府承认北京袁世凯政府,这是西方列强中最早承认中国新政权的国家。1914年3月,美国派劝导员爱旦穆到中国,游说中国派代表团参观。3月26日爱旦穆抵达上海,4月4日得到了袁世凯的召见。虽说当时国内政治动荡,北京袁世凯政府还是将此事作为中国走向国际舞台的一件大事。

北京袁世凯政府立即成立农商部全权代理此事,并专门成立了筹备巴拿马赛会事务局,各省相应成立筹备巴拿马赛会出口协会、制定章程、征集物品。物品大致分为教育、工矿、农业、食品、工艺美术、园艺等,征集范围从工矿企业、学校、机关直到普通农民。为了提高各地征集人员的积极性,事务局还颁发了《办理各处赴美赛会人员奖励章程》,规定"凡各处办理出品人员征集出品赴美能得到大奖章三种以上,由本局呈报农商部转呈大总统分别核给各等勋章;能得金牌十种以上或银牌二十种以上、铜牌四十种以上、奖状五十种以上者,由本局呈请农商部分别给各项褒奖以示奖励……凡办理出品人员赴美参赛如能改良国际商品、倡导海外贸易确有成绩著述者,由本局查实呈请农商部转呈大总统核奖各等勋章"。

美国是个新兴大国,能参加这次活动,对于郭敏生来说不啻为上苍送给他一个最好最及时的机会。

"太好了。"郭敏生接过宣传册,十分兴奋地说。

有了这个册子,干起来就更有针对性,可省去不少的时间。

7月,农商部中路考察组来到漫江,对各地申报的参展实物进行审查,这意味着"宁红贡茗"正式入选了。年底前,农商部北、中、南三路考察组已从十九个省征集参展的十万多件产品已到位,并完成了甄别、分类、编号、打包等工作。

第二年茶季,郭敏生在漫江制作了五十斤"宁红贡茗",准备赴美博览会展台试销。

1915年2月20日下午12时,巴拿马万国博览会在旧金山开幕。旧金山市市长在开幕式上发表演讲,美国总统西奥多·罗斯福等国家政要亲临会场助兴。

博览会开幕的第一天,参观者如潮水涌动,络绎不绝地进入展馆,人数超过20万。出于对神秘的古老中国的好奇,当天的中国馆参观人数达8万人之多,其中包括美国总统、副总统和前总统,以及各部门的高级官员。

由于中国代表团人员有限,中方团长陈琪到旧金山之前,就委托中华民国驻美使馆在全美招募了一批中国留美学生来中国馆做义工。

中国是一个贫穷的国家,虽然有意在此次赛会上一显身手,但只得到24万美元的参赛经费,这些经费包括大宗场馆建筑、物品转运、陈列装饰、保险、报关等一切与参赛有关的支出。但以团长陈琪为首的中国代表团没有气馁,他们精心设计。中国馆系参仿北京太和殿而建,将中国展品分为九个陈列馆展出,另外还搭建了中华政府馆,分为正馆、东西偏馆、亭、塔、牌楼六部分,雕梁画栋,飞檐拱壁,蔚为壮观。

中国馆内，除了来自全国各地众多的茶叶外，其他亦是土特产，如东北的大豆，山东的丝、茧、油，北京的地毯、绢花、毛线、果脯，四川的白蜡、桐油，江苏的苏绣、棉纱，浙江的绍酒，福建的海产品、樟脑，广东的乌木家具，景德镇的陶瓷等。而西方各家展馆中陈列的大多是巨型蒸汽机、打字机、印刷机、造纸机、抽水机、挖泥机、织布机、双筒枪、克虏伯炮、瑞士表、八音盒、钢琴、保险柜，甚至妇女的束腰、胸罩等，可谓是"万宝杂陈，心目俱骇"。

由于"宁红"早已蜚声海内外，因此来"宁红"展位的人特别多。一个金发老妇人饶有兴致地询问着"宁红"的制作过程，郭敏生详细地给她解释，一旁的翻译用流利的英文翻译，最后老妇人高兴地买走了一大包。

中国馆地处博览会中心地带，前为馆区大道，与纽约市馆相对，左临加拿大馆，右邻阿根廷馆，后距暹罗馆约百步，东折数十步即为美术馆的西门。

因此，中国馆每天都是人头攒动、熙熙攘攘。金发碧眼的白人，浑身上下如炭一般的黑人，满脸大胡子的印度人等等，各色人种应有尽有。总之，这个世界上形形色色的人种都汇集到了这里，男的女的、老的少的，长得丑陋至极和漂亮得让人炫目的，他们都兴高采烈、充满好奇，来了一茬又一茬。

与游馆的总人数相比，真正的购物者可以说是少之又少，来的人十有八九都是来看热闹的。

接下来几天，天空下起了小雨。游人明显减少。

郭敏生趁机去日本和印度的展馆了解这两个国家的机器制茶的最新进展。

日本的绿茶和印度的红茶因为全部普及了机器制作，色香兼美，规格整齐，价格比中国便宜。印度主要使用的是欧洲机器，而日本则在西方技术的基础上，自行研发更为先进的制茶机。不仅如此，日本的陶瓷以其鲜明夺目的颜色，引起了郭敏生的兴趣。这些漂亮的陶瓷制品，既模仿西洋，又立足东方，两者结合，给人耳目一新的感觉。

日本国的先进技术和创新精神,给郭敏生留下了深刻的印象。

5月博览会进入高潮。大会成立高级评审委员会,由美国派人出任会长和副会长,秘书长分别由美国、澳大利亚、阿根廷、荷兰、日本、古巴、乌拉圭、中国的代表出任。

大会成立了由来自世界各国科学、艺术、工商界的500人组成的评审团,中国有16人参加。8月评审工作接近尾声,年底颁布获奖结果。

当寒风刮过江南的时候,整个杜市被冬雪覆盖着,人们围坐在火炉前,烤着炉火,计算着一年的收成。"奖项也该出来了吧!"大家不时议论着。

很快消息就传来了,历时近十个月的巴拿马万国博览会终于降下帷幕,根据与会国代表的充分讨论,按照参展产品的实际情况,会议决定设立六个奖项等级,即甲级大奖、乙级荣誉奖、丙级金奖、丁级银奖、戊级铜奖和巳级奖。

整个博览会期间,共评出25527个获奖产品,其中实发奖章20344块,奖状25527张。中国展品获奖章1218枚,为各国获奖之冠。

在这次博览会上,"宁红贡茗"击败了日本茶叶,包括祁门工夫红茶和太平猴魁在内的中国21种茶叶,获得甲级大奖,重塑了"宁红"茶在世界的形象。

郭敏生拿着甲级金质奖章,内心激动不已。

这是一枚沉甸甸的金牌,金牌的正面是一对赤裸的青年男女,分别代表太平洋和大西洋,他们注视着对方,在光芒四射的旭日下,透过薄薄的云雾正在走向一起;左右两侧海洋中间是一小块陆地,象征着由巴拿马运河的通航进一步带来了大西洋和太平洋地区的团结和繁荣。底下有拉丁文,意思是"人类从不同的地区相聚在一起"。最后一个字母里面隐藏了奖牌设计者约翰·弗兰纳根的名称缩写JF。

奖牌的背面,当中是博览会的中心建筑——旧金山的宝石大厦,四周英文是"巴拿马太平洋世界博览会"的全称。建筑物下面一个漩涡装饰的方块里显示英文MEDAL OF AWARD,是奖牌的意思。左右两边是两枝优雅的棕榈树枝叶,由此衬托出博览会的象征意义、主题和中心位置。宝石大厦的背后是旧金山湾的海面,远处隐约可见名城的起伏山峦。下面古罗马字 MCMXV 是博览会举办的年份 1915。

"这是真金做的吗?"在回来的路上,郭敏生躺在船舱的铁架上,一遍又一遍地看着手里的奖章。他明白,是什么做的不重要,重要的是这块奖牌比金子不知道贵重多少倍,这可是全世界对"中国宁红"的最高奖励。

夜空下的太平洋风平浪静,皎洁的明月照耀在一望无际的海面上,海面上跳跃着银色的波光。郭敏生的心里开始汹涌澎湃,十个月过去了,他终于可以满载着荣誉回到自己的祖国。

世界博览会最高奖的巨大声誉,让"宁红"再次蜚声海内外。随着国内外销路的重新打开,修水出现了一大批专制"宁红"的大茶商,经销"宁红"的茶行也遍布全国各大城市,并在英国、美国、法国、俄国等国家开拓了巨大的国际市场。

郭敏生为了确保茶叶的质量,把家安到了茶行,日夜观察茶叶的变化,力求制作茶中精品。

后来,郭敏生年事已高,将其制作茶叶的技术传授给了乡邻,并将茶行一半交给其侄子郭敏歧经营,另一半捐赠给公益事业,用来修桥修路。

1922 年郭敏生去世。在他的门前横挂着两副挽联,一副是郭敏生的近亲黄筱山送的挽联:"感鲍叔分金,效季子挂剑;羡南洋得奖,荷东海题褒。"另一副是当地秀才莫和硕送的挽联:"数卷书,饥不可食,寒不可衣,早经崛起市廛,九合夷吾真不朽;万贯财,积而能分,聚而能散,况复茶颁国典,五湖汇蠡竟能追。"

莫家兄弟与"宁红不到庄,茶叶不开箱"

世界上所有的茶都是从土里生长出来的。没有一棵茶树是可以离开茶人的,莫家兄弟刚刚开设漫江"怡和福"茶庄时遭受了极大的挫折。

应该说,莫家兄弟是漫江真正意义上的第三代茶人。第一代毫无猜疑地落在罗坤化的身上,第二代理所当然是郭敏生。

1881年,莫雪岷出生在漫江中平(现为宁红村管辖)。莫雪岷共有四兄弟,他在家排行老二。老大名绍春,老三名峻石,老四名模尘,四兄弟均以做茶为业。

实际上郭敏生获得世界茶叶最高奖时,莫家兄弟还是漫江的茶叶小商人。只是他们还非常稚嫩,没有引起任何人的注意。但是莫雪岷心里有条大河,他想让"宁红"在世界上树立更高的地位。有了这种高远的志向,莫雪岷的内心就宽阔了起来。

一天晚上,莫雪岷把兄弟们召集到一起,茶饭过后,莫雪岷开口了:"老大,老三,老四,今天叫你们过来,是有事情要和你们商量。"兄弟三人都看着莫雪岷,知道他从小就脑瓜子灵活,很会交际,颇善言词,工于心计,可就是身材矮小精瘦,一只脚微跛。

"咱们把茶叶买卖合在一起干,开一个大茶庄。"他的话音刚刚落地,几兄弟的头就低垂了下来。当时,兄弟几个的茶庄生意都还不错。分家都不是件好办的事,合起来就更难了。即便是几个兄弟点头同意,恐怕嫂子那里也过不了关。何况几个女人都是小心眼,一旦吵闹,说不定还会破坏兄弟之间的感情。

"我看这事就到此为止吧。"老大莫绍春起身了。

"别,即便是谈不拢,兄弟间的感情还在,既然来了就多坐一会儿。"莫雪岷又让妻子倒了杯热茶。大家又七嘴八舌地说了一通。

"老大,咱们先不说合与不合,你觉得咱们是各干各的好,还是合起来的力量大。"

"当然是众人划大船。"莫绍春抢过话说。

"我的生意最小,怎么干都可以。"老四莫模尘说。他不想得罪大哥,也不愿意得罪二哥。

实际上虽然莫雪岷腿脚不便,可他的茶叶生意做得最好,而且从小贩买卖中积累了一定的经验,也有了一些积蓄。他觉得这样小打小闹下去,很难成规模,而且无法与大的茶行相抗衡,只能活在别人的屋檐下,于是想出了这个合伙的主意。

第一次不欢而散。

后来莫雪岷又去找过两回,都吃了闭门羹。

"这事要么就这么算了吧。"夜深人静时,莫雪岷还是翻来覆去地睡不着。

莫雪岷不愿意放弃,也不想放弃,想着:"无亲无故的人都能合伙,何况还是同胞兄弟呢?"

莫雪岷没有急着找大哥,而是先从两个弟弟那里入手。他逐个找上门,只字不提合伙的事情,而是念旧情,说自己从小腿脚不好,得到两位弟弟的照顾,现在茶叶生意顺风顺水;给两个弟弟送来了些布匹,弟媳和孩子都用得着。这是正常的往来,两个弟弟自然没有拒绝,都收下了。

事情过去了半月,老三、老四主动找到莫雪岷,说不管老大来不来,他们都愿意跟着二哥干。

听了老三、老四的话,莫雪岷开始自然很高兴,但是脸色很快就暗淡下来。"二弟、三弟啊,咱们可不能抛弃大哥,要发财得是四兄弟。你别看大哥的脾气倔,可咱们都是他的亲弟弟,长兄如父,只要咱们一条心,他必定不会不顾咱们的。"

有了莫雪岷这番话,两个弟弟也就更有信心了。合计商量后,他们决定摆桌"鸿门宴",不仅要把老大请来,还得把老娘、嫂子和几个孩子一道请来,一家人就算是团圆了。

主意一定,请客的人不是别人,是莫雪岷的母亲。这母亲请几个儿子,岂有不来之理。

老大别人的话不听,他娘说的话可是一句都不还嘴。

"老二说得对,咱们这茶庄还就得四兄弟一起开。"老母亲倒是快人快语。

"娘,你这是……"

"媳妇都听娘的,你们都是娘的心头肉,你们在一块,娘心里踏实。"

老娘开始说起旧事。"你爹就是希望你们能团结,相互支持,给咱们家开个大茶庄。罗坤化在生意上赚了大钱,没有亏待他的两个助手,更没有亏待咱们乡邻,何况你们是亲兄弟,不论谁来掌管,都应该是公平公正的。老大不会多拿一份,老二更不会给老三少一份。"老娘的一番话,让兄弟几个陷入了沉思。没一会儿,他们就举杯向老母亲敬酒:"娘喝茶,咱们喝酒。"然后,兄弟几个痛快干杯。

1915年,粤商唐吉轩、陈翌周、陈玉麒等集资于修水县城东北白鹇坑创办宁茶种植有限公司,从英国购进新式克房揉捻机、干燥机等制茶设备。

从这以后,宁红茶叶走上了历史的巅峰期,红遍大江南北。

莫雪岷自知"宁红"已创下了不朽的辉煌,却愿意把茶叶交给几个兄弟经营,而自己仅留下微薄的钱财用于生活。

1916年,莫雪岷兄弟四人合伙办的茶行在漫江开业了。"怡和福"几个金光闪闪的大字格外醒目。茶行内制茶工具也添置停当,只等来年春茶上市便可生产。

这是继罗坤化、郭敏生之后,漫江又一规模宏大的茶庄,采茶的季节仅员工就有一千余人,平常也有六七百人。茶行主要由老大绍春、老三竣石管理,莫雪岷主要抓对外销售。

让我感到惊奇的是,漫江的每代茶商,都是白手起家的。似乎每个茶庄都是从土地上生长出来的,不需要较大的本钱。

1936年,根据茶叶发展的需要,"怡和福"被改名为中平茶叶生产运销合作社。运销合作社是指从事社员生产的商品联合推销业务的合作社,有时候兼营产品的分级、包装、加工等业务。

1938年,在中平茶叶生产运销合作社的基础上成立修水茶联社第一精制茶厂。这应该是修水茶史上成立最早的制茶厂,除了加工中平本社毛茶外,还加工漫江沙溪和黄荆州两社的毛茶。

茶叶市场越来越好,规模也在不断地扩大。直到1940年,茶厂已有四个合作社。莫绍春为第一精制厂经理,莫竣石、莫模尘负责中平社,莫雪岷依然是负责外销。

在兄弟四人的全力协助下,所生产的"奇奇号"太子茶畅销国际市场,价高不说,市场更是供不应求。

1940年,制茶厂生产的四百箱"奇奇号"太子茶是选用清明前后五天采摘的一芽一叶的上好鲜叶精制而成的,由于当时上海已被日寇占领,所以分成小箱装运到香港出口,每箱用二十四个龙须茶盖面。龙须茶是中平社创制的特种宁红工夫茶,以其身披五彩、叶条似须而得名。凡贡箱茶每箱在四角和中央放五个或二十四个龙须茶盖面作为彩头、标记,销售到苏俄及欧美各国。

修水到香港路途遥远,"奇奇号"宁红茶运到香港口岸时,其他省的茶叶已早到一两天。由于宁红茶迟迟未到,香港口岸专等宁红茶开箱评优。也就是在这一年,香港口岸茶市形成了"宁红不到庄,茶叶不开箱"的行规。

宁红"奇奇号"太子茶被评为百分优等茶,得奖金600元(省奖500元,县茶联社奖100元),获奖电报打到修水,县茶业工会和县茶联社买了三箩筐爆竹,从修水县城一直燃放到漫江,由此可看出当地对茶叶的重视和茶商的喜悦。

日本全面侵华期间,有些茶商还在发国难财,乘机把茶价压得很低,还有不少商人收到茶叶就运到黑市上去,日本人乘机买下再转售外人,从中牟利,以战养战。也有人找莫雪岷想收购茶叶,莫雪岷说:"我还有点良心,就算是饿死,我也不会把茶叶卖给日本人。"

那个黄昏,天色将暗,月亮已经升上天空,发出一种奇异的淡黄色,如宣纸一般。我总感觉河流的船只穿梭往来,不时还会传来吆喝的声音,好似那些远去的茶人又回来了,船上还装着金光闪闪的白银。

高昂的茶叶价格,不是一两句话能言尽的。一个茶人的眼光、动机和执着,对于后来的茶商来说无疑是个挑战。

人生得意须尽欢,莫使茶碗空对月。这份执念,便是宁红茶的精神养成的。

第二章 此处茶汤养精神

双 井 茶

双井绿茶好看,茶在杯底,整杯水都晶莹剔透,从哪个角度看都独具风味,如黄庭坚的字。

我知道黄庭坚与"双井茶"的故事是从我父亲去双井的路上开始的。那时黄庭坚与我丝毫没有关系,自从爷爷和我讲过父亲的故事后,我的思想开始在双井四处漫游。

爷爷说,父亲从小很不听话,不爱学习,总是让爷爷烦心。父亲七岁那年,爷爷第一次带着父亲从溪口镇北面山旮旯里的上庄罗家窝村步行去修水县城,那时双井是去县城途中的必由之路。早晨鸡鸣前出发,一直走到黄昏,太阳刚刚落山时才路过双井。那时山里没有公路,全靠脚步一点一点地丈量。

双井村享有"杭山拥翠、碧水扬波"的美誉,三面环山,一面临水。在著名的"修江八景"中,双井村就拥有"双井访茶""石矶钓月""草径闲鹭""十里秀水"四景。

父亲没有走过远路,更没有出过远门,一路上满心的好奇消去远途的劳顿,可脚下磨起了几个水泡。走到双井时,见路旁有个歇脚的亭子,他就坐了下来,屁股坐下去,就再也不愿意站起来了。

爷爷向来喜欢书法,一直崇拜黄庭坚。他指着前面峭壁处说,你瞧,那是黄山谷的手迹。"钓矶"二字就刻在悬崖的中间,父亲侧着头,看得有些眼花缭乱。

毕竟还是个孩子,走那么久的路都没有喝一口水,中午只吃过两个馒头。这时父亲脸色发白,全身冒着豆大的汗,他已经无力气站起来了。

奇怪的是,爷爷说的话,他却记得很清楚。

也就是那时,父亲知道黄庭坚是个了不起的人物,是中国文学史和书法史独树一帜的大旗。

爷爷又指着旁边的河说,那就是明月湾,那里还有两口泉井,这便是鼎鼎大名的"双井"。传闻过去两口井中,一口是甜水井,一口是苦水井,黄庭坚小时候在河边玩耍,一石能同时击起两口井的水花。

在双井明月湾北岸的山崖巨石上,阴刻着"双井"二字,属于行书。面积两平方米,字径三十四厘米,字体中宫敛结、纵伸横逸、取势飞动,如荡桨、如撑舟,雄健豪放,气宇轩昂。据史料考证,此作品系崇宁元年(1102)二月黄庭坚自湖北经幕阜山归江西,在家做短暂停留时创作,以表对故土的眷恋。石刻原位于山腰,因道路改造路基升高,现道路与摩崖石刻处于水平位置。

宋治平四年(1067),黄庭坚考中进士,任汝州叶县县尉。熙宁初他参加四京学官的考试,由于应试的文章最优秀,担任了国子监教授。留守文彦博认为他有才能,留他继续任教。苏轼有一次看到他的诗文,以为他的诗文超凡绝尘,卓然独立于千万诗文之中,世上已好久没有这样的佳作。由此,他的名声开始传四方。黄庭坚后担任泰和县知县,以平易治理修水县。当时课颁盐策,其他县都争着占多数,泰和县独不这样,县吏们不高兴,可是修水县的老百姓都喜欢。宋神宗元丰八年(1085),他以秘书省校书郎召入京师;五月,黄庭坚次子黄相出生,后任《神宗实录》检讨官、著作佐郎。宋元祐元年(1086),哲宗即位,召黄庭坚为校书郎、《神宗实录》检讨官;宋元祐二年(1087),迁著作佐郎,加集贤校理。《神宗实录》修成后,黄庭坚被提拔为起居舍人。黄庭坚性情至孝,母亲病了一年,他日夜察看颜色,衣不解带,及死,筑室于墓旁守孝,哀伤成疾,几乎丧命。丧服解除后,他任秘书丞,提点明道官,兼国史编修官。爷爷对黄庭坚的生平倒背如流,不落一字。

爷爷说,黄庭坚是个罕见的奇才,七岁时写下了《牧童诗》。《桐江诗话》有记载,《牧童诗》为皇祐三年(1051)辛卯年所创作。

书里是这样记载的:有一天,黄庭坚父亲黄庶邀请几位诗友一起在家饮酒吟诗。其中一位说:"久闻令郎少年聪慧,何不让他也来吟一首!"这时,黄庭坚想起了吹笛子的小牧童,便以"牧童"为题,作诗一首。这首诗,现今刻在双井村黄庭坚故居内。

附近门窗里透着光,爷爷这才发现父亲脸色不对,开始着急起来,匆忙去附近的村民家中讨水喝,热心的村民送给爷爷半葫芦茶。父亲喝过爷爷讨来的半葫芦茶后顿感清心明目,夜晚赶到县城歇后居然在睡梦中背出了黄庭坚的《牧童诗》。爷爷听着父亲脱口背出的诗,十分惊奇。后来父亲受黄庭坚的影响,也爱上了书法,一边在乡间小学教书,一边临摹黄庭坚的字迹。他成了乡间最为活跃的读书人。

黄庭坚与苏东坡之间的友谊,绝非是一杯茶那么简单。从黄庭坚赠苏东坡的诗文中可知,茶中所积蓄的生活情趣、人生品质是芜杂的。"我家江南摘云腴,落硙霏霏雪不如。为君唤起黄州梦,独载扁舟向五湖。"时至现在,我们依然能够闻到茶的香味。

很难说清楚,修水这个叫双井村的地方有着怎样的风水。修河的分支源头,从上游布甲途径溪门,便进入了杭口镇的双井村。据史料记载,仅宋朝双井村黄氏家族就出了48位进士,其中四人官至尚书,双井也因此被史学界称为"华夏进士第一村"。

如今,茶已经成了修水人的挂念。他们在品茶时,不忘翻出一些古人的诗来读,在诗中体会茶的淡泊,在茶中体会着诗人的友谊。茶便在日子中,变得更有诗意,更有情长了。

在南山崖脚下,修河南岸的黄庭坚纪念馆内,黄庭坚与苏东坡端着茶杯,像是在述说着遥远的往事。月光从天井高处照射下来,落在不算大的院子内。两个爱喝茶的人,席地而坐,桌子上摆放着茶壶,在月光下,茶杯像是发出了"咯咯"的响声。

我想,茶中互通心曲的黄庭坚和苏轼惺惺相惜。

黄龙茶事

黄龙禅寺位于湘、鄂、赣三省交界的幕阜山东麓,修水县西北区黄龙村境内,宋代为江南佛教四大丛林之一,是中国佛教禅宗黄龙宗发源地,举世闻名。

黄龙禅寺由青原玄泉彦禅师之徒超慧于唐乾宁二年(895)创建,至今已有1100多年历史。寺址由"风水之祖"司马头陀亲自勘定,故僧侣云集,宗风远振。超慧禅师降伏吕洞宾为侍客童子,声名鹊起,有"法窟"之称。唐宋时期皇帝曾三次旌表超慧和黄龙寺为"黄龙大德祖师""黄龙祖师"与"崇恩黄龙禅院",故有"三敕崇恩禅院"之称。

宋英宗治平二年(1065),洪州太守程公孟敦请临济名僧慧南入主,创立黄龙宗,开看话禅之先河,赢得"三关陷虎,坐断十方"之美名,名动天下,声振丛林,被奉为一代宗主、黄龙祖师。黄龙寺至今存有众多历史遗迹,如遍布寺周的舍利塔及摩崖石刻。

黄龙寺为历代文人骚客所咏颂,亦有珍稀手迹传世。皈依黄龙宗的居士如苏轼、黄庭坚、张商英、徐禧等一大批文人士大夫,以及曾经宦游修水的文人曾巩、陆游等人,都为黄龙寺写过诗篇文章。

慧南禅师是黄龙宗的开山祖师,他就曾以"人人尽有生缘,上座生缘在何处?""我手何似佛手?""我脚何似驴脚?"这三个牛头不对马嘴的提问,标榜为"黄龙三关",而且"三十余年,示此三问",借以"接引"僧众。

慧南禅师在总结"三关"的"自颂诗"中,特别突出了"赵州茶"。

《五灯会元》载:"师自颂曰:'生缘有语人皆识,水母何曾离得虾。但见日头东畔上,谁能更吃赵州茶。'"

茶文化、禅文化融成茶禅文化,是中华民族对世界文明的一大贡献。修水茶文化融入黄龙禅宗得追溯到北宋时期。黄庭坚早年曾到黄龙山游观、学道,将双井绿茶赠至助修。母亲去世后,他又在黄龙山搭建茅棚为其母守孝三年,其间与黄龙高僧结了深厚的缘分:与悟新禅师秉烛夜游,与祖心禅师彻夜畅谈,与灵源祖师交往密切,悟出了许多佛学奥妙。著名典故"闻木樨香否",说的就是黄庭坚在祖心晦堂禅师座下悟道的故事。

黄庭坚在黄龙守孝期间,武宁知县吕晋夫到黄龙访黄庭坚,黄庭坚以双井绿茶待客。

"这茶品质味美,产地在哪?"吕晋夫问。

"这是双井绿茶,来自我家双井村。"黄庭坚说。

黄庭坚见吕晋夫喜爱"双井绿",便将从双井带来自己品用的茶赠送四瓶给吕晋夫,并作了诗作为纪念。

黄庭坚《赠武宁知县吕晋夫双井茶贴》载:"双井四瓶,皆今年极嫩者,又玉沙芽一斤,以调护白芽。然此品自佳气味,但未得过梅,香色味皆全尔,公着意兹,想不可欺也。"

吕晋夫读完诗后,大加赞赏,并询问栽种和制茶技术,希望能将双井绿茶苗移至武宁,并将移栽至武宁的"双井绿"重新取名为"黄龙茶"。

"黄龙茶"在武宁生根发芽,慢慢扩大,后来,武宁也成了江西的著名茶区。

江西师范大学研究员戴逢红专注研究黄龙禅宗,在查阅大量的史料后,他认为,双井绿茶应该是修水最先传播到其他地方的品种,除了传到武宁的"黄龙茶"外,还传播到了铜鼓。当然传得最远的是日本,黄龙不仅是禅宗的发源地,也是茶叶的祖宗地。

《黄龙宗简史》记载:日僧荣西为黄龙九世,其世系为:黄龙慧南—晦堂祖心—灵源惟清—长灵守卓—无示介谌—心闻昙贲—雪庵从瑾—虚庵怀敞—明庵荣西。

"明庵荣西回国时,不仅将佛法带回了日本,还将茶叶带回了日本。"戴逢红说。

荣西自幼随父学佛,14岁出家,通晓天台和密宗。1168年,荣西来到明州(今宁波),参谒天台、育王、天童等禅宗名刹。

日本早在奈良朝时期就引进了茶叶,但饮茶之风并不盛行,直到

1168年，荣西第一次入宋回国时，将中国茶籽带回日本，首先在肥前（今佐贺县）的背振山上进行试种，发现那里非常适合茶树生长，所制的岩上茶闻名日本。1207年栂尾的明惠上人高辨来向荣西问禅。荣西请他喝茶，并告之饮茶有遣困、消食、快心、提神、舒气之功，还赠给他茶种。高辨于是就在栂尾山种植茶树，出产珍贵的本茶。栂尾成为日本著名的产茶地，而后世有名的产茶地如宇治等地的茶种大多是从栂尾移植的。1191年荣西第二次入宋回国时，得虚庵怀敞印可，继承黄龙宗的禅法。次年，荣西将他所著《吃茶养生记》一书献给幕府，这是日本第一部茶书。该书一开始就写道："茶也，养生之仙药也，延龄之妙术也。山谷生之，其地神灵也；人伦采之，其人长命也；天竺、唐土同贵重之，我朝日本昔嗜爱之。古今奇特仙药也，不可不摘乎。"该书引文大多引自宋代《太平御览》等书。荣西提倡饮茶的动机，主要是为了养生、延寿和修禅。他指出修禅有三大障碍，首先就是瞌睡，而饮茶恰有"散蒙醒睡"的作用，有益于坐禅。因此饮茶风气先是在禅僧中盛行，然后才普及世俗社会中去。随着茶树栽培的普及，饮茶成为日本广大民众的习俗。荣西在书中介绍了茶的功能、种类、茶具，以及采茶、制茶、点茶的方法，奠定了日本茶道的基础。荣西的茶道理论后来被室町时代的村田珠光、武野沼鸥等人继承和发扬，战国时代的千利休又进一步把茶道平民化，创立了草庵茶道，使这种文化普及城乡平民百姓中间，追求和敬清寂，陶冶性情，成为日本各界喜爱的修养和社交形式。虽然没有直接证据说明日本茶与"黄龙茶"的关系，但可以肯定的是荣西品鉴过"黄龙茶"。因为黄龙禅寺一直沿用的是"黄龙茶"，也就是今天的修水名茶"双井绿"。

荣西借鉴宋代禅宗建筑样式，在镰仓修建寿福寺，在京都兴建建仁寺，把中国禅宗寺院的建筑风格带到了日本。

荣西还传播中国的书法艺术，他主攻宋代书法家黄庭坚的书法，笔力挺劲，简练有致。与其弟子明全、道元等形成黄体书法流派，一扫日本书坛的沉闷空气，被人尊称为日本黄龙的创始人，奉为日本禅宗之祖、日本的茶祖。

从此,黄龙、杨岐(临济)、曹洞三宗作为日本的三大宗派,一直并行发展,流传到现在。日本三大禅宗共有22个教派,信徒有1100余万人。

在黄龙寺前两公里下马石处,公路旁一块巨石上"黄龙山"三字映入眼帘,震撼人心。苍劲、端庄、灵秀的"黄龙山"三字相传为黄庭坚所书,楷体,从右至左阴刻于石上,字直径为85厘米,其中"黄"字与"龙山"两字有一条石缝。

雄壮飘逸的"灵源"二字,行书阴刻于黄龙寺前灵源桥头左侧三角形巨石上,"灵"于左,下部分掩没土中;"源"于右,比"灵"字稍小。

黄庭坚晚年《自巴陵略平江临湘入通城,无日不雨至黄龙奉谒清禅师继而晚晴,邂逅禅客戴道纯款语,作长句呈道纯》诗句中有"灵源"两字。

踏上灵源桥,目睹"灵源"两字,黄庭坚不禁怆然泪下,思绪万千,赋诗云:"山行十日雨沾衣,幕阜峰前对落晖。野水自添田水满,晴鸠却唤雨鸠归。灵源大士人天眼,双塔老师诸佛机。白发苍颜重到此,问君还是昔人非。"山谷老人赋诗表达了对授法恩师祖心和师祖慧南的尊敬钦佩,对已谢世的灵源惟清的怀念之情。

2019年12月1日,黄龙宗祖庭黄龙禅寺联合茗悦天下推出本次"黄龙茶事",体现出禅意、茶艺和礼仪的完美融合,包括击茶鼓、张茶榜、唱黄龙茶偈、点茶敬佛、说偈开示、行盏分茶、谢茶退堂等多道仪式程序。一百多位来自国内和日本的茶人,在修水参加完"爱心·山樱野红品鉴会"后,来到了黄龙宗祖庭黄龙禅寺,泡"佛手茶",闯黄龙关。

大山深处有人家

竹塅以盛产楠竹而得名,村庄四周漫山遍野是幽篁。丛丛修竹与参天古木相映成趣,响水流泉缭绕其间。村落正中,垅垅梯田参差错落,茶叶繁茂。

谁能知道,这个藏在绿色深处的寂静小山村,就是大名鼎鼎的文化大儒陈寅恪的故居啊!

陈寅恪家族贤杰满门,或以文章著,或以功名显,或以德孝昭,其登峰造极的家族荣耀让人叹为观止。

这是整个竹塅引以为豪的一栋老屋。竹塅分为上竹塅和下竹塅。陈家大屋就坐落在上竹塅,背靠青山,面临着茶园和青山。当你站在陈家大屋的门口,放眼望去,你会被这块奇特的地形所震撼,不得不承认这是一块厚重文化的圣土。

乾隆五十八年(1793),陈寅恪的高祖父陈克绳来到这里,开山劈石建了一栋"陈家大屋"。他是一个农民,耕作之余不忘读书。陈克绳对《易经》颇有了解,选定在这里落户必定有他的用意。后来当地风水先生说:陈家大屋占了绝妙的一方水土,背倚大山,门对"三合河",这叫"后涌龙脉靠山,前纳八方红运"。估计当时陈克绳就是发现了这里面的玄机,才煞费苦心地筑起了发家的渊源。

陈家大屋为典型的江南祠堂式居民建筑,老屋一进两重,中间是天井,天井两侧分别是客房和官厅。陈家大屋古雅气派,虽历经了时代的沧桑,当年的气韵依稀可见。风火墙、梁柱、门楼、雕饰、格局……就如星汉灿烂的中国文化熠熠生辉。

陈家大屋亦称"凤竹堂",陈氏祖先将祖屋命名为"凤竹堂",取古代神话传说中"凤非梧桐不栖,非竹实不食;凤有仁德之征,竹有君子之节"的含义,希冀陈氏子孙仰凤凰之高风,慕劲竹之亮节。陈家后人没有枉费陈克绳的苦心,奋发图强,他们个个出类拔萃,都取得了骄人的成就。

在陈家大屋门前两侧的场地上,对称竖立着一对旗杆石和一对旗杆墩。旗杆石和旗杆墩是当地的麻石堆砌而成的,历经百年的风雨洗礼依然如故。旗杆石是陈寅恪的祖父陈宝箴中举时用两块硕大的紫红麻石头相对竖立起来的,顶部正中皆凿有竖立旗杆用的圆孔。旗杆石上刻着"清咸丰年辛亥陈宝箴中举竖";旗杆墩是陈寅恪的父亲陈三立中进士时竖立的,正面刻着"光绪己丑年主政陈三立"一行大字。陈宝箴和陈三立父子二人皆在祖屋大门前的场地上竖起大旗,酣畅淋漓地抒发了家族向往文化功名的情怀。

离陈家大屋不远处,有一块叫"四角坳"的山涧平地。同治元年(1862)秋,陈宝箴在这里建了一座读书楼,名曰"四觉草堂"。"四觉草堂"背倚弥王峰,两层砖木结构,二楼悬有游廊,前有围墙门楼,门首刻有"四觉草堂"横匾。"四觉草堂"门前场地上,左边有洗砚池,池前是石头垒就的假山,旁边竖立着一块碑刻,上面写着"界石"二字。

时过境迁,斯人已去,草堂早毁。只有生活在这里的人们还在津津乐道地讲述陈宝箴在草堂办私塾的情形,私塾里曾培育出了"竹塅三举"的陈三立、徐家干、涂承轨。一个普通的"草堂"培养出了三个影响中外的举人,这不得不让世人称奇。如今看来,一个成就事业的人应该注重恒心,并非条件所限。只要持之以恒,必定能有所作为。

陈氏家风严谨、为人厚德,一直被后人传为美谈。光绪十二年(1886),陈宝箴回乡探亲,为造福桑梓,捐田50亩在陈家大屋前方的半山腰建立了一所义学,免费延纳贫寒子弟入学就读。后人不忘陈宝箴的义举,一直把这一带山地称为"义学里"。站在"义学里"静听,山涧会有琅琅读书声传来。

据陈寅恪堂侄陈封美之女婿欧阳国太介绍说,陈宝箴在担任湖南巡抚期间曾给家人留下遗训:陈氏后人当做到六字——不治产,不问政。陈宝箴留下遗训想必是被迫无奈,他在政坛上风吹雨打受尽苦头。在清末光怪陆离的官场上,陈宝箴的宦海生涯堪称奇特。他领导的"湖南新政",真正赋予戊戌变法实际内容,人们把当时的湖南比作日本幕末明治维新时期的萨摩和长州。陈宝箴因推荐戊戌六君子之刘光第、杨锐而获罪"革职永不叙用"。不仅如此,修水作家叶绍荣《陈寅恪家世》记载:光绪二十六年六月二十六日(1900年7月22日),一个燥热烦闷的下午,如火的骄阳肆意地烘烤着大地,就连树上都没有一丝风儿吹过。突然,从巡抚衙门前方传来一阵急促的马蹄声,旋即,只见一彪人马疾若流星,从巡抚衙门内飞出。他们此次是执行一项特殊的使命,受慈禧太后旨意刺死陈宝箴。一代封疆大吏就这样带着对未竟事业的惆怅,带着对尘世的依恋和对国家前途命运的忧虑,撒手离开了这个让他既爱又恨的世界。

陈宝箴死后,陈三立悲痛之状超出常人,写下了《崝庐述哀诗》数篇,哀叹:"无何昊天示凶灾,坐使孤儿仆且叫。"可见陈宝箴的死给陈三立的心灵创伤是巨大的,那种痛苦让他悲痛欲绝。

陈氏后裔将祖先的遗训谨记于心并传为家风。自陈宝箴之后,陈氏后裔再无一人治产为官。陈三立中进士后,虽授吏部主事,但未尝一日为官。陈氏后裔在各自的文化领域取得了巨大的成就,除各自的天赋、意志、毅力、机遇、家学传承等智力和非智力因素外,家族文化所特有的人文精神和文化基因,也孕育了这个贤杰满门的文化型大家族。翻开新编《辞海》"陈"字条内,陈宝箴、陈三立、陈衡恪、陈寅恪祖孙三代四人赫然分立条目,一家三代四人获得如此大的成就,翻遍《辞海》仅此一家。

竹塅人以陈家大屋为荣,尽管没有人见过陈氏先贤,但对他们的成就与风范一直崇敬颂扬。村中无论男女皆能如数家珍地说出先贤的事业与名望,能指出陈氏的坟茔,都能够说出先贤的传说掌故,诸如"陈宝箴是天上的文曲星下凡""陈三立在城门口对对子气死老学究""齐白石拜师陈衡恪""陈寅恪读书一日十行,过目不忘"……

1998年谷雨时节,一年一度的江西诗坛盛会——"江西省谷雨诗会"在修水举行。各路诗坛高手云集修水,在前往竹塅拜谒陈家大屋时,几位诗人看了上门女婿欧阳国太贴在墙壁上的诗文后连连惊呼:"嗬,发现了一位诗人。""流水小桥底,松间竹外墙。客家风俗厚,白屋墨传香。"江西师大文学院博士生导师、著名诗评家陈良运读了他的诗后当即在本子上写道:"深山远村,农民诗人。诗句纯朴,文士难能。"这位赤着双脚、沾着泥巴的农民,却以其独特的生命体验和艺术追求,完成了山外诗人们也许终生难以逾越的艺术蜕变。

2010年江西省政府拨款修通了从县城到陈家大屋的水泥公路,将陈家大屋修葺一新,并在"凤竹堂"的正中间重新挂上了"一门四杰"的画像。修水县政府也在新开发的良塘新区建起了"陈衡恪纪念馆",将记载着陈氏先贤的那本蜡黄的《义门陈氏宗谱》雕刻在了馆内。

竹塅那些久远的故事都已被历史的浪潮淹没了,陈寅恪家族恰似一座巍峨的丰碑,高高地耸立在星汉灿烂的中国文化的历史长廊里;又如一道夺目的光芒,熠熠生辉地划过人类文明璀璨的星空。

沧笙踏歌　静水深流

回坑村庄有点偏,从修水县城出发,去村庄大约有 50 公里的路程。两旁傲然挺立的白杨,一到春天便满山翠绿。

回坑是修水县新湾乡的一个村名,有点土气,是根据地形取名的。四面是连绵的山,村庄落在山的脚下。一条并不宽阔的水泥路,从村里通向村外。

近年来,随着"江南第一作家村"的扬名,"回坑"这个山旮旯里的名字,也逐渐走进人们的视野。

回坑只是个瑟缩的角落,一个被包裹着的山脚,位于赣北幕阜山的低处。抬眼望去,嵯峨峭拔,四周群峰拱涌,森林繁茂,是人和自然共处的净地。

一个村庄要发展,需要想尽一切办法。一个这样的旮旯,要想引得凤凰来,几乎是白日做梦。但往往现实是从梦想开始的,有了梦想,现实就不太遥远。

也许是机缘,冥冥中,我与回坑有了缘分。2015 年,我的好朋友熊银春从大桥镇调往新湾乡担任党委委员,两年后提拔为新湾乡乡长。她也是一名文学青年,对文学有特别的情感。她刚从学校毕业时,购买过我的两本书,向我提出过一些文学的问题。一来二去,我和熊银春便熟识了,并且有着较为密切的往来。

那时我们都很年轻,年轻必有热情,许多梦想等着生根发芽。我们想是不是可以建个作家村,这可是个远大的设想。我提出这个想法后,她爽快地答应了下来。那一年,我们都在鼓捣着建作家村的事宜。

回坑的地理位置特别,与陶渊明笔下的"世外桃源"极其相似。一些旧式的建筑也独具风采,比如绣花楼、廊桥、龙王阁、古泉井等。除了有着几百年的历史外,建筑本身就有着丰富的魅力。"我经常会来这里,如果在这儿建个作家村,将来作家村便也是历史了。"调入新湾乡工作后,熊银春便爱上了这个地方。历史是这么保存下来的,她也希望新的"历史"照样可以诞生,而且能成为回坑珍贵的文化产物。

村庄本身是有文化的,在这个基础上,如何把这些文化归纳起来形成气候,让回坑成为世人瞩目的地方,这成了熊银春午夜深思的问题。

来之前,我就想着绣花楼的浪漫,当地作家樊健军写过一篇《浪漫到一幢楼的高度》,把绣花楼里的"现实"描绘得栩栩如生。但是,无论怎么写,村里的人都不懂得浪漫,反而更愿意接近"现实",总会在现实中想象着未来的日子。来过村里的人,他们仰望历史时,目光里有着羡慕,也有着挑剔。在他们看来,风景是画意,越极致越好。

我站在高处,观察着回坑的地貌。右侧伴着回坑村山脚流过的溪流,源头来自修水县境内的布甲乡画湾村。这是一处风光秀美、景色怡人的村庄。村庄到处生长着茶树,漫山遍野的金银花、白花茶、杜鹃花,香气弥漫。山上遍布着板栗树,成熟的板栗从树上掉下来。每天清晨,都有一群老鼠从不同方位潜入林莽,嘴里沾着泥土,笑逐颜开。相传,宋代著名诗人、书法大家黄庭坚在画湾村传道授业,留下了"蛤蟆不叫念书台,黄雀不跳画湾地"的美丽传说。溪流从回坑村静静地流过,并打上了"文艺"的标签。溪流的水喂养着村民,常年清澈见底。

20世纪80年代初期,"溪流"途经的溪口区出现了一批文学青年。以溪口区中学老师为首的青年文学爱好者,发起并成立了溪流诗社。溪流诗社有过它的辉煌,1980年溪流诗社成立后,编印《溪流》报纸在当地发行。每期报纸出版后,邮寄至中国作协、江西省文联等机构。1981年中国作协副主席艾青为此题写"溪流",现在出版的《溪流》沿用着艾青的题字。溪流诗社高峰时期社员1500多人,遍及香港、澳门以及海外华侨。1997年,溪流诗社编印了首部《溪流诗词选》,时任江西省人民政府副省长为本书题写书名。在布满尘土的旧书堆里,数着过往的日子,读着诸多离愁的诗词,感受年复一年散落于世间光阴阡陌的伟大。

一条河流的野心,仿佛是从天上来的。在回坑作家村,便能听见水擦洗卵石,"哗哗哗"地响着,像鸟儿鸣叫。尽管看不见河流动态,但感觉离村子特别近。可能在很早的时候,这里便是与祖先共同饮水的地方。其实,在这柔情似水的江南,在文人的骨子与血脉里,还有一种彪悍的、刚强的、充满血性的天性。在溪流诗社成长起来的诗人,生命的触角和渊源可以从一个小村庄向历史深处延伸得很远很长。他们的作品遍布全国各级刊物,有些还获得了《诗刊》《绿风》《星星》等重要诗歌刊物的奖励。

我永远忘记不了,2016年5月28日,这是回坑村值得纪念的日子,村部的门楼上高挂着红红的灯笼,特别喜庆。定名为"九江市作家协会回坑作家村"的牌子挂在了村部的门口。九江市文联副调研员、九江市作家协会主席蔡勋,新湾乡党委书记杨国和共同为"九江市作家协会回坑作家村"揭牌。这意味着江南地区第一个作家村正式揭牌成立,并被媒体称为"江南第一作家村"。中国文联艺术网对此进行了专题报道。从此,江南的地理版图上有了一个叫"回坑作家村"的村落。有孩子奔到村部的山丘上来看,眼神里隐藏着莫大的慰藉。

"来到回坑让我感到亲切,廊桥像是在梦里见过,绣花楼也让人产生奇想,宁红茶也是我喜欢的。"中国作协会员、浏阳市文联副主席彭晓玲说。彭晓玲是来回坑作家村次数最多的作家,几乎每年都会来一次。在回坑作家村,她先后创作出了《空巢:乡村留守老人生活现状启示录》《寻访谭嗣同》等重要作品。"回坑的确是个值得多来的地方,因为这里有黄庭坚、陈寅恪,文风鼎盛,人杰地灵。"著名诗人、中国诗歌流派网总编韩庆成说。为什么一个山旮旯的角落会令人感到安心适意呢?大概因为,放置在我们身体内情感的那些容器,恰好就行,无须太大。

修水这块土地是有仙气的,越朝深处走,你就会觉得历史越深。在村庄的每个角落都流传着爱情故事,这些故事只是现在没有人能讲得出来。

在作家们的眼里,回坑是个平淡无奇的地方。在这里创作不仅可以体验农家生活,种田种地,甚至还可以在这里落户。回坑村委将村口的山包规划为"作家林",每位来村的作家栽种一棵红豆杉,并以作家本人名字命名,让灵魂更加地饱满,更加地完善。

为什么修水出文人、出作家呢?对于修水人来说,不算是个秘密。修水自古就是文章奥府,人杰地灵。翻开《江西历代作家作品选》,北宋的黄大临、黄庭坚,南宋的徐俯,元代的黄子行,近代的陈三立、徐奉世、陈衡恪、汪梅未等人分立条目。新编《辞海》"陈"字条内,陈宝箴、陈三立、陈衡恪、陈寅恪祖孙三代四人分立其中。

修水这地方,虽然发展缓慢,但祥和而安宁。南山崖、旌阳山、凤凰山都是修水的名山。这里留下了太多文人的墨迹。修河两岸的濂山书院、凤巘书院、鳌峰书院等也是修水知名的学府。

我经常会站在南山崖下的修河畔,静默着修河水,看着渔船穿梭往来,仿佛看见了黄庭坚。此时的濂山书院内,诗人们围坐在月光下,借着夜空里的光,在吟诗作对。

文脉灌溉着修水,一个偏僻的江南小城,就这样文人辈出。至今,修水已有中国作家协会会员12人,江西省作家协会会员40余人。修水有一大批作家在全国重点刊物抛头露脸,在《人民文学》《收获》《当代》《钟山》《上海文学》《中国作家》《青年文学》《北京文学·中篇小说月报》《小说选刊》等刊物发表了大量作品。

文学就像是贯穿修水县城的修河,源源不断,缓缓地静水深流。这在全国来说,可算得上是个奇迹。修水的作者,不甘于此,也不想就此止步,后浪推前浪,一些年轻的作者就如雨后春笋,花开在修河的岸边,争相绽放,美丽妖娆。

当然,修水的创作队伍非常庞大,文中所点到的只是部分代表。活跃在全国文坛的,修水有十余人,其中不包括在省级文学刊物发表作品的作者30余人。未来修水文学还会有新的奇迹。修水民间文学是不可忽视的,民间文学的活跃是推动修水文坛的主骨,像山谷诗社早已成为全国十大民间诗社,溪流文学社已成为培养青年文学的主要力量,九岭诗社、古艾诗社、三人行诗社、凤巘诗社等一直是民间文学的生力军。修水每年会举办"谷雨诗会""廊桥诗会"。诗会活动持续了30余年,每次都会高朋满座。这也是江西乃至全国少见的乡村文学现象。

20世纪80年代以《小镇上的将军》一举成名的江西文坛领袖、著名作家陈世旭曾经赞叹修水称,江西省的文学半壁江山在九江,九江的文学半壁江山在修水。这一说法暗藏着某种玄机,可以说修水文学是江西的代表。总之,正是因为这种文脉的延续,修水弥漫着浓郁的文学气质。

第三章　且将新火试新茶

"那时人们主要是种粮食,比如红薯、玉米、麦子。"吴东生皱着眉头说,这些产业的收成都不高。

茶叶本来是农民的一个致富产业,可那时"宁红"很不景气,外销濒临绝境,与19世纪中叶相比,全县每年只剩下7424担。

这对于当时的民国政府来说,何尝不是件火上浇油的事情。茶叶毕竟是修水的支柱产业,想办法恢复茶树的种植,改良茶叶品质,以此尽快增效增收,已成为政府官员的共识。

要想改良"宁红",茶界首先想到的是吴觉农。吴觉农是何许人也,在茶界是无人不知、无人不晓的。他不仅是著名的农学家、农业经济学家,现代茶叶事业复兴和发展的奠基人,还是中国知名的爱国民主人士和社会活动家。

"要是能请来吴先生,修水的茶叶必定能起死回生。"这是1932年冷日生说的,他当时是修水民国政府主席。

改良"宁红"是一项势在必行的任务。

冷日生与研究茶叶的相关人士商议后,决定前赴上海商品检验局拜访吴觉农。那时吴觉农已是茶界独树一帜的人物,已为振兴茶叶经济、维护华茶在国际市场上的声誉做了很多的工作。

冷日生见到吴觉农后,详细介绍了修水山区茶农的生活状况,"宁红"的历史和现状,并恳请吴觉农到修水改良"宁红"。吴觉农对"宁红"早有耳闻,而且正有创办茶叶试验场和茶叶改良场的想法,其目的不仅要禁止劣质茶叶出口,而且还要全面提升茶叶质量,采取科学办法从栽培、采摘、制造、贮藏等方面入手,改变因循守旧的手工生产方式。这个想法正与冷日生的到来不谋而合。

1933年的春天,一个气候宜人的早晨,吴觉农悄悄地踏上了修水之行,这次对于他来说,内心充满了许多的期待。一脚刚跨进修水,他就被修水的绿水青山深深吸引了,深呼吸了一口气,湿湿的,还带着甜味。他记得那一天,晶莹剔透的春雪还没有完全融化,大地上到处锃亮锃亮得晃眼。

"这可是个种茶的好地方。"吴觉农自言自语地说。他知道这次修水之行,必定是一个漫长的旅程,可他一点都不觉得旅途的劳顿和孤独,相反内心特别兴奋。

"吴觉农真的来了。"茶农们都闻讯赶来,把他围得水泄不通。大家都想看看,这个传说中的"茶圣"长成啥样。吴觉农倒是觉得有点不好意思了:"大家不要这么看着我,我也是个茶农。"吴觉农说着,脸有些红,他可是见过大世面的人,可没见过这么多人围得水泄不通啊,大家看他的眼神就像是见着了明星。茶农见状,只好把他让了出来。"种不出好茶,看我怎么收拾你们。"大家都喜笑颜开了,阳光闪烁在雪上更加耀眼。

应该说,吴觉农是改良"宁红"的关键人物。

在修水县城郊刘家埠的一栋两层楼的简易建筑内设立了办公室,修水茶叶改良所的牌子就挂在这里。这便是修水最早茶叶改良的场所,也是一直延续至今的修水县茶叶协会的办公地。

修水茶叶改良所成立后,吴觉农吃住蜗居在改良所内,本来就偏僻的郊区,一到夜晚寂静无声。自从吴觉农来后,修城的居民一觉醒来,还能看见修河对面的一盏灯一直亮到天明。一些赶早的茶商在西摆上船时,看到这一幕便不得平静了。大家都在相互猜测着,吴觉农夜以继日都在干些什么呢? 细心的茶商发现,吴觉农可不是来和大家说笑的,除了刚来的那天和大家有说有笑,腼腆得像个孩子,其他的时候都特别严肃,他不问话,谁也不敢上前去搅乱他的思维。他满脑子装着的都是"宁红",哪个地方的气温高点,哪种茶叶早发芽,他心里都有数。这对于修水茶人来说,无疑是件惊人的事。大家以前听说过吴觉农的一些传说,这回算是眼见为实了。还有一些好奇的人,想一探究竟,有人用望远镜朝里探,但还是看不清楚,他坐在桌子前,像是在凝思。到底在干什么呢?后来有人冒险,半夜以送食物的名义敲开了他的门,不过好奇心很快就消失了,几片茶叶竟让吴觉农如此痴迷!

不久后,在这个小屋子里,传出了一个震惊茶界的论断。"宁红是历史上红茶的最早派系,早于祁红九十年,先有宁红,后有祁红。"这个消息传出,自然有人不服,尤其是"祁红"产区的人更是不服,因为当时"祁红"已经名扬四海。吴觉农的论断绝不是空穴来风,而是形成了证据链,关键是"宁红"的品质比"祁红"更胜一筹。最大的筹码还是品质,历史摆在那里,有足够的证据,即便不服,那也是暂时的。

也就是在那栋简陋的屋子里,吴觉农一试再试,采摘精细,废弃了一些制茶方法,控制好发酵和烘干的过程,后来制作出的"宁红"在上海茶市上一鸣惊人。

1934年,修水"宁红"开始走上复兴之路。修水知名的宁茶振植有限公司也就是在那个时候发展起来的,不到一年公司就开垦了一千五百多亩茶园,招收茶叶工人及临时拣茶工3300余人,收购茶区的宁红毛茶精制加工,当年共加工宁红茶1.3179万担。修河运输非常便利,各处都有码头。加之国外茶价逐步提高,印度、斯里兰卡、印度尼西亚等国家开始向中国购茶,"宁红"以其特有的品质,很快就占领了市场。

茶叶的丰收,让修水茶农看到了新的希望,十里八乡又开始重新栽茶树、扩茶园。大家都在祈祷风调雨顺,希望来年茶叶有更好的收成。

对于修水茶叶的情感,吴觉农一生不能忘怀。1934年,壮大"宁红"品牌后,安徽"祁红"产区的人上门找到吴觉农,要求他帮助改良"祁红"。对于吴觉农而言,任何一个茶叶品牌都是中华的瑰宝,他决定前去安徽祁门,帮助"祁红"续写辉煌。

吴觉农离开修水时正值九月,修水已有了几分秋意。在这里的一年多时间里,吴觉农已与修水茶农打成一片。由来时的风趣笑谈,到后来的严谨,再到后来的自由谏言,他在内心已默认了这个"第二故乡"。离别时,他欣然题写:"宁州红茶誉满神州,努力革新永葆千秋。"至今,修水人民仍不忘吴觉农的恩情,将他题写的字镶嵌在茶博园的门口。

吴觉农到达安徽祁门改良"祁红"后,题写了"宁红、祁红并称世界之首"。由此,"宁红、祁红"成为世界公认的顶级名茶。1936年,宁红出口恢复到两万多担。

改良后,修水茶厂越来越多,由修水茶人方翰周主持试制的"明蕊"春茶,以每担120元的价格在沪脱售。那时,"宁红"出现了百花齐放的局面。

就在"宁红"再次走向红茶的巅峰时,太平洋战争爆发了。"所有的出口都封了,这仗不知道打到什么时候。"茶农们仿佛听到了噼里啪啦的枪声。当然,对于茶人而言,茶叶滞销是小事,大家都期盼世界和平。打仗遭罪的还是民众,想着那些处于水深火热的民众,茶叶受阻又能算得了什么?也因此,"宁红"再次跌入低谷。

停战后,人们发现整个世界的茶叶格局发生了很大的变化。南亚和东亚的茶叶一夜间迅速发展,很快就蔓延到了"宁红"盛行的国家。而那时,"宁红"还处在调养期,没有恢复元气。不仅面积没有增加,相反产量大减,产品质量也是相当粗糙。这种现象一直延续到1949年,当时全县茶叶面积仅剩2.24万亩,出口茶叶仅七千余担。

"应该是宁红茶史上最低迷的时候。"吴东生说。

1978年吴东生从婺源茶叶学校毕业后,一直在修水从事茶叶科学研究与技术推广工作,获得过九江科技进步一等奖、江西省农业科技战线突出贡献三等奖。

"茶叶需要大的发展,光靠民间的力量显然是不够的,需要官方的主导和扶持。"吴东生说。中间由于战争原因,停滞了很长一段时间,茶叶一直没有得到发展。直到1949年,修水解放后,"宁红"才得到各级政府的高度重视。茶园面积逐年扩大,茶叶市场也不断地扩张。

1951年,一个大好消息传来。苏联茶叶专家在外贸部、农业部、茶叶总公司领导的陪同下,即将考察中南茶区。这是一次推荐"宁红"茶的好机会,茶农们都十分期待。

通过实地考察后,专家认为中南茶区产量多、品质优越、自然条件适宜,关键的问题还是缺乏人才,如何依托人才,通过科技手段实现高产优质,成为摆在政府面前迫切需要解决的问题。鉴于宁红颇负盛名,加之修水又是宁红主产区,修河南岸有江西省修水茶叶实验场、省立茶叶职业学校,生产加工、科研条件优越,农业厅决定把中南茶叶训练班设在茶叶实验场内。

中南茶叶训练班首届学员98人,师资配备有毕业于复旦大学茶叶系的常震、复旦茶专的刘隆洋、日本帝国大学的胡贡珊、华中农学院的陈范一、省立茶叶职业学校的龙师苏及南昌的魏崇庆等14人。武汉大学毕业的石爽溪常驻茶叶训练班,担任辅导、联络、教学工作,行政上委托修水县委代管。训练班1952年下半年开学,1954年结束,没有寒暑假,教材按大专要求安排,学制两年,相当于一所茶业专科学校。茶训班坚持理论联系实际,除在班实验实习外,先后赴上饶、婺源、祁门、长沙、安化、岳阳等著名茶区茶场学习。当时,著名的茶叶专家、湖南农学院的陈兴琰、朱先明老师,带着王威廉、王秀铿等学员到茶训班实习,陈兴琰还被聘为客座教授。当时全国培养中高级茶业人才的学校只有复旦、安徽、湖南、武汉等地的几所大学,人才稀缺,学员毕业后,成为青黄不接时期的重要力量。修水开设"茶叶训练班"在全国实属罕见,为中南茶业的发展做出了重要贡献。若干年后,业内人士把这届培训班誉为"中南茶魂"。

这个班对修水"宁红"的发展起到了很大的推动作用。当时宁红茶区仅两家茶厂经审批可以生产宁红工夫茶。一家是修水茶厂,唛头为"文",加工整个宁红茶区除修水茶试站之外的所有宁红毛茶;另外一家是修水茶试站制茶厂,唛头为"水",加工茶试站自产茶。因此,那时学员们长期活跃在茶厂。

1952年末,修水三都垦殖场(茶厂)成立,同年江西省修水茶叶试验站成立。修水的各个公社,都在千方百计地筹建茶厂,目的是想通过茶厂提高公社的财源。后来,陆续有20多个公社成立了茶厂,其中黄沙公社的茶厂生产的"眉峰云毫"被评为省级优质名茶。"宁红茶厂"不断地壮大,并进入省级工业企业行列,所生产的"宁红减肥茶"被评为全省名牌产品,这个产品红遍了大江南北,几乎是家喻户晓。茶叶已成为县财政收入的主要来源和主要增长点之一,为县财政连续几年上台阶起了十分重要的作用。

1954年,省立茶叶职业学校在修水县茶叶实验场开办,这应该说是修水迎来的第二次办学。一所学校对一个地方有着深远的影响,无论是在专业技术上,还是在传播文化上,都应该是非常重要的。

这批学员毕业后遍布湘、鄂、赣、闽、粤、桂、豫七个省,对我国茶叶发展有着积极的作用。这些学员对传播"宁红"精神,有着非常重要的意义。很多人以"宁红"为教材,纳入课堂,编制教科书。

1955年至1956年陈范一主持过宁红茶叶改良工作,这次改良使整个品牌都有了明显的提升,达到了新中国成立后最高水平。1958年,"宁红"出口苏联,首次出现超级"宁红",经过中外专家鉴定,品质达到国际高级茶水平。所培植出来的"宁州种"被国家定为全国首批良种。

"宁州种"是茶种有性群体品种之一。植株灌木型,树姿半开展,树高80~180cm,树幅124~160cm,分枝较密,节间长2.0~3.8cm,中叶类。叶呈椭圆形,上斜着生,钝尖,锯齿粗密适中,叶面隆起富有光泽,叶肉较厚而柔软,叶脉8~12对,叶缘有波状。中生种,茶芽密而肥壮,结实少,抗逆性强。

1970年4月,那是特别热闹的一天。一批上海知青,在农民广场集结。周围是水泄不通的看热闹的人。徐明华就是其中的一员。当时还闹出了不少笑话,在分配乡镇的时候,很多人都抢着去"古市、何市",意思是大小都是个市,比起其他乡镇都要好。到地方一看才知道,这两个"市"不如很多乡镇。徐明华不挑剔,于是分到了漫江乡。后来,他便成了寥寥无几的留在修水的知青。

徐明华不仅钟爱修水这块土地,还特别喜欢"宁红"茶。他曾扛着锄头下地,栽过茶树,也为茶园刨过草,春天还背着篓采摘过茶叶。应该说,他对"宁红"茶非常熟悉。

从1970年4月至1994年5月,徐明华在修水生活工作了整整24年,他已经把修水当成了自己的第二故乡。

1984年,徐明华担任修水县委常委、县委办公室主任,分管茶叶产业。从这时开始,他的手真正伸进了"宁红"的发展规划中。为了更好地摸清"宁红"的发展现状,他经常一个人悄悄地潜入茶厂讨教,往往是去了东家又去西家。那时领导下乡都会带着随从,可他却是轻车简从,后来,被茶农称为"亲民书记"。

修水茶厂在漫长的历史中,充当了许多演变的角色。各种茶叶品牌在这里应运而生,茶叶品种得到有效的改良。也就是徐明华分管茶叶产业的这一年,越海牌宁红工夫茶首先获得部优质产品、省优质产品称号,紧接着又在全市率先荣获国家优质产品称号,成为九江市第一块国家银牌。随后宁红特级工夫茶、宁红一级工夫茶、宁红二级工夫茶、宁红三级工夫茶、茉莉花茶被评为省优质产品或部优质产品。

"应该说,这是再次擦亮'宁红'的年份,能够取得这样的成绩实属不易。"吴东生说。

1985年,徐明华任修水县委副书记时,他已经与茶农打了20余年的交道。"茶是修水的主导产业,我得高度重视。"徐明华多次在全县的重要会议上强调。其实在发展"宁红"的过程中,有着太多的瓶颈制约。每一点滴的成功,都是来之不易。对于徐明华来说,他看到了"宁红"里的神情,又从神情里看到了茶人,不断地艰难进取。

1990年,徐明华担任修水县委书记。"只有千方百计地发展茶叶,增加茶农的收入,县域经济才能得到全面发展。"这一年,修水的茶园面积在过去的基础上翻了两倍多。

1998年4月,徐明华调离九江,去湖南任职。让他恋恋不舍的,还是修水这块魂牵梦绕的土地。他对修水的一草一木、一山一水都有着深厚的感情。后来,他升任湖南省衡阳市委书记、湖南省副省长,直到退休时,他仍然习惯性地喝着修水的"宁红"。"'宁红'的味道,就是家乡的味道。"一个人为官,不论走得多远,在他心底始终牵挂着的是家乡的人民,"宁红"的兴盛,从某种意义上也反映出了人民的生活。每次与修水老乡通电话时,他总是问长问短,嘴里依然挂着"宁红"。

"中南茶魂"

1947年5月,由于行政规划的原因,江西婺源县划归安徽省管辖。当时面临着一些机构撤并和搬迁的问题,江西省婺源茶叶技术学校是以省级命名落户于婺源的茶叶专业学校,自然不会撤并,而是重新搬迁别处。

茶叶学校自然要迁入茶叶大县。除了婺源外,修水是当时江西鼎鼎有名的茶叶县。在此之前,婺源的茶叶改良场已经迁入修水茶叶改良场,这给迁移茶叶学校创造了有利的条件。虽然很多的县都在争取茶叶学校迁入,省里从实际考虑,决定还是首先迁入修水。当时兼任江西省婺源茶叶技术学校校长的方翰周,是婺源茶叶改良场主任。"孙教务长,我建议茶叶学校一并迁往修水,咱们以最快的速度向上级做好汇报。"方翰周找到当时的教务长孙重珠,以一种半商量、半已决定的口吻说。孙重珠意识到这个问题的重要性,他一边做好维稳工作,一边向上级汇报。上级的意图很明确,只要学校申请,自然是听从校方的。由于修水是宁红的主产区,所以江西省婺源茶叶学校很快就顺利搬迁。

茶叶学校的迁入,对于茶人来说,无疑是提供了一个展望抱负的机会。一批年轻的茶叶学人,以"硕学荟萃"的学问催生着茶叶生长。

1949年,方翰周调中国茶叶公司任技术处长,校长由修水茶叶改良场场长刘希鹤兼任。这年恰逢解放,新中国刚刚成立,茶区的师生欢呼雀跃,大胆地提出了大力发展茶叶的新思路。这批学员毕业后,全部分配到各茶区工作。一批茶叶技术骨干进入茶区,给茶叶的发展增添了强大的后劲。

那时的修水茶厂已是红遍茶界的国有企业。尤其是"宁红",给茶人带来了新的希望。

1950年1月,修水茶厂正式接管落户于修水的茶叶学校,并更名为中国茶叶总公司修水茶叶技术学校,依然是刘希鹤兼任校长。

应该说,这也是一次发展茶叶的新举措。修水茶叶技术学校挂靠在中国茶叶总公司的名下,不仅师资得到了较大的充实,而且也能充分利用学校的技术力量。应该说,这是当时中国茶界少见的一种管理模式。1952年,担任校长的刘希鹤从修水调往了广州,担任中国茶叶总公司对外销售公司经理。后来的校长由鼎鼎大名的红军长征老干部刘克兼任,著名的茶人梁熹光、龙师苏担任副校长,一批在茶界颇具影响的专家黄崇焘、樊日生、魏崇庆及茶叶改良场副场长刘隆祥等都是茶校的老师。学校形成了由初级班到高级班的办学模式,学生毕业后全部包分配。

1952年,婺源再次划归江西时,婺源恢复了停办的婺源茶叶技术学校,一批教职工继续回到婺源,修水茶叶技术学校被迫停办。

也就是在这一年,由外贸部、农林部、中国茶叶总公司所办的中南农林部茶叶技术干部培训班再次在修水开班。

实际上,当时办学的人员计划把这个班放在武汉大学农学院,也曾考虑办在湖南农学院,后来因为两所学院的院系恰逢合并,所以决定将培训班办在修水。这也是因为修水有着雄厚的办学基础和优越的资源。办学时间是两年,从1952年下半年开学到1954年年底结束,没有寒暑假。这批学员可谓是进入了全国最高等茶叶学府,复旦大学农学院第一届茶本科毕业生刘隆祥和常震、日本东京帝国大学胡贡珊、原茶技学校校长龙师苏、华中农学院毕业生陈范一、武汉大学毕业生石爽溪都是培训班的专职教师或辅导员。很快,茶叶培训班声名鹊起。

有了这两次大规模的办学经历,1969年,修水县修水茶试站西村分场,兴建了一栋两层教学办公楼,用于茶叶技术培训。1970年春季开学,招收全县初中毕业生160余人,分4个班,学制三年。1971年培训班继续招生,但在1972年因经费得不到保证而停办。第一批毕业生绝大部分由修水茶试站分配在下属各单位。1972年入培训班未能按时毕业的学生,并入小斗岭共产主义劳动大学茶叶系(班)。

据不完全统计,这批学员后来取得的科研成果有100多项,在国内外学术刊物发表论文200余篇,大多数科研成果入选了全国大中专院校统一教材。

"这些成果,对于茶叶的发展起到很大的作用。"吴东生说。

无论是茶叶学校还是培训班,大部分学员后来都留在了修水。比如茶校毕业的陈范一,这位甘守着清贫和寂寞的老人,身躯已经佝偻,现在谈吐依然流畅。

由陈范一主持的茶树栽培试验,被庄晚芳主编的《茶树生物学》引用。陈范一的速成密植茶园取得满意成果,安徽《茶叶通讯》作了报道,引起中国农科院茶叶研究所的重视,派人检验了这一成果,并发了照片。

国家处于极左思潮泛滥的时期,陈范一也受到了不公正的待遇。1961年8月,陈范一被开除,判处管制三年,一直到1978年,才重新回到工作岗位,继续从事他热爱的茶叶研究。

恢复工作后,他主持的科研项目先后获11项共30个各级科技进步成果奖,5项达到国内先进水平。最得意、最出彩的莫过于"越海牌宁红工夫茶"获国家银奖和由他指导的"双井绿"研制成功。"宁红茶优质高产综合技术研究"是修水茶叶史上有着里程碑意义的课题,陈范一主持科技攻关。他在宁红茶厂连续吃住了七百多天,从品种选择、土壤条件到肥料施放、农药使用、耕作剪采都由他亲自实施。他和小组成员一起,克服困难,提前一年完成任务,通过了省级鉴定。1985年,越海牌宁红工夫茶获国家银奖。评审会硕望云集,宁红以101.92分高居榜首,可惜的是因宁红产量萎缩,此次金奖空缺。喜讯传到修水,修水到处贴大红标语,锣鼓喧天,庆祝难得的殊荣。1993年,国家三峡办茶叶科技开发研究会专家组成立,陈范一被聘为专家组成员,他参加了"建设三峡库区茶叶生产示范体系"技术论证。这时陈范一已经退休,对于他来说,算得上是他生命最后的重要部分。

在陈范一的论述中,他对科学的态度以及治学的严谨,是前所未有的。尤其是《宁红奖匾、贡品、太子茶等几个历史疑点之考证》，可谓是洋洋大观的宁红发展史，科班出身的他说理充分、用词精准，体现了很高的学养。自1951年乘火车到赵李桥，经崇阳大沙坪徒步到修水实习算起，陈范一与修水茶叶结缘六十余年。

许多年后，我无意中认识陈范一时，说起当年的"待遇"他没有半点怨恨，更多的是对国家的忠心。

三次创制宁红金毫

作为一个历史悠久的文化品牌，修水的茶人在前赴后继中，以各种方式不断地改变着"宁红"的命运。

新中国成立后，修水茶厂（宁红集团的前身）在创制宁红优质产品历程中，取得两次好的成果和一次重大突破。

第一次是从1958年起，由修水茶厂下属企业溪品、清水初制厂特制的"山谷红"毛茶，经加工厂精心制作，成功地创制了品质优良的新产品——宁红特级工夫茶，成品10箱，运往上海口岸公司出口苏联，填补了修水茶厂建厂以来不生产特级工夫茶的空白。特级工夫茶的品质特点是：外形挺秀，毫头显露，色泽乌润，香气鲜浓，滋味醇厚，汤色红艳。经中外专家鉴定，品质达到国际高级茶标准，中国茶叶进出口公司专电祝贺，这种产品一直持续到现在。

第二次是1983年，修水茶厂生产的宁红茶出口产品在"全国出口商品生产基地建设成果展览会"上展出，受到对外经济贸易部门的赞誉；1984年试产的宁红工夫茶荣获"江西省优质产品"称号。

第三次创制宁红金毫，修水县委、县政府高度重视，相关部门大力支持，在省、市、县各级的密切配合下，为宁红创优工作创造了有利条件。

从1983年开始，修水茶厂始终把"质量第一"作为办厂方针，并从实际出发，按高标准、严要求制定目标，争取宁红特级工夫茶在1984年创省优的基础上，争创国优目标。

为了使创优工作扎实开展,成立了创优领导小组,厂长龚良才任组长,技术副厂长俞道文任副组长兼创优办公室主任,生产科科长邹匡复任创优办公室副主任,李扬星、张俊云、俞旦华、詹良喜为成员,并明确了具体工作职责,从原料、初制、精制、包装等各工序都安排专人各抓一项,从而有力地保证了创优工作顺利开展。

要想提高产品质量,不仅要有有效的措施,加强企业管理也是关键。为此,1984年至1985年,厂部先后对中层干部和班组长以上骨干举办了四期全面质量管理学习班,系统地学习了全面质量管理的有关知识和具体做法,学习茶园管理,茶叶初、精制技术,茶叶审评、检验等业务知识。修水茶厂下属漫江初制厂,地处山区。这里土质肥沃,雨量充沛,日照适度,春夏期间云雾缭绕,是宁红茶的发源地和优质高产地。经过反复商议,该厂设为创优产品原料基地。为使基地有优质的原料,在创优工作中,首先严把原料基地第一关,除抓好常规茶园管理外,着重抓好增施磷肥,使氮、磷、钾三要素科学搭配,千方百计提高茶叶香度。增施叶面追肥,以促进茶芽生长,严格按照高标准精细采摘,在初制、精制中认真改进工艺标准。

修水茶厂生产的宁红工夫茶,在1984年、1985年报省科委同意,被列为江西省二级科研项目。茶厂科技人员与县茶桑水果局陈范一、张永成等科技人员密切合作,与广大职工一道开展宁红优质高产研究,并在此基础上,研制宁红历史上名扬中外的贡茶——太子茶的特级工夫茶获得成功。

越海牌宁红特级工夫茶(以后命名为宁红金毫),1985年6月在中国食品协会主办的全国茶叶评比中,以最高分获得红茶第一名。全国政协常委、中国茶叶学会名誉理事长、茶叶界泰斗吴觉农教授称赞宁红特级工夫茶,是礼品中的珍品,被农牧渔业部评为部优产品,并荣获1985年国家优质产品银奖。同时,宁红金毫获得江西省人民政府奖金二万元和修水县政府奖金五千元。也就是这两笔在现在看来不值一提的奖金,让我看到了"宁红"在时光深处的重量。

"宁红"的波折

20世纪80年代,对于"宁红"茶人来说,有着非常深刻的记忆。

"宁红保健茶"就是在那个年代出现的,这是"宁红"茶史上的又一个重要品牌,进入市场后很快就出现了罕见的"宁红"畅销现象。

"九十年代初期,除了'宁红'保健茶广告出现在中央电视台黄金时段外,北京的车站、码头,到处都有'宁红'的广告语。"在修水县第六小学任教的赵小虎老师回忆说。他家不算是产茶区,可还是会有人采摘野生茶卖钱,能够换回一些日常的生活用品。

这种红火的时间,并不算漫长。到20世纪90年代中后期,整个中国茶市都在萎缩。"造成萎缩的主要原因是落后的市场经营和企业管理,盲目的多元化经营和茶农之间互相压价的恶性竞争,导致市场秩序混乱,加之受碳酸饮料、矿泉水等新型饮品的冲击等等。"江西省茶叶学会副理事长吴东生客观地分析了当时的茶市现象。那时茶市不再稳定,"即便是设备先进,中间还是会有落差,整个国际市场上的茶叶销量都在下滑。其他产业的兴起,让消费者有了多样的选择"。"宁红保健茶"出现了严重的滞销问题,茶叶企业经营艰难,亏损特别严重,很多的小规模茶企干脆关门大吉,一些大的茶商也是在苦苦煎熬,但最终还是半死不活。大多数茶农开展转型,或是将茶园抛荒。

"这对于茶农来说,显然是个沉重的打击,但他们又不得不接受这个残忍的事实。"吴东生说,还有一些茶农沉浸在往日的美梦中,一时没法醒来。

关于"宁红保健茶"的兴衰历史,其实并不久远。一些在宁红集团干过的职工,对当时的情况依然记忆犹新。

2020年7月,我在修水县竹坪乡紫竹佳园见到了78岁的孙全兴。他是从宁红集团退下来的职工。紫竹佳园是修水县移民扶贫的安置小区,扶贫安置是修水县针对贫困户尽快脱贫的重要举措。"孙全兴的儿子安置在这里,二楼,80平方米,光线好,非常舒适。"赵小虎老师说。

赵小虎老师和孙全兴作为本乡人,彼此间都很熟悉。去之前给孙全兴打了电话预约,他说在小区门口等。我们刚踏进小区的门口,老远就看见一个瘦弱的老人,他和几个门卫聊得欢,嘴里还叼着旱烟,不时猛吸一口,抖落烟屎,又打开烟盒,捏着烟丝往烟斗上按。"小虎,你来了。"看见我们走近,他放下手中的烟枪迎了上来,露出一脸高兴的表情。"走,去我屋里说吧。"他一边说着,一边在前头带路。

"这是咱们县里的作家,正在创作《中国宁红》,想向您了解'宁红'在八九十年代的情况。"一听说我是来了解"宁红"的,孙全兴高兴的表情一下子就黯淡了下来,他似乎不太愿意再次提起这段往事。

1969年,孙全兴还是个健壮的青年,从福建炮兵部队退役后,分配到九江石化厂工作。"年轻的时候没有这么散淡,总想着有个好的前程。"本来石化厂也是个令人羡慕的单位,可他并不满足,总感觉自己的志气不是在这个地方。"我在年青的时代,也爱好文学,是个纯情的文学爱好者。还自己给自己写情书,不停地抒发生活的情趣。"说到高兴处,孙全兴便自告奋勇地朗读自己的诗。

在九江石化厂待了四年后,孙全兴主动申请调回修水。从市里的单位调回修水的乡镇,这让有些人很费解。

一开始,孙全兴分配在修水县白岭区担任团委书记。"那时区政府不是谁想去就去得了的。"在白岭区上班16天后,孙全兴趁组织手续还没有完全到位前,再次提出了申请,这次他要求去宁红集团。从政府往企业转型,换作是今天,是谁都不能理解的,在去之前,区委书记专门找他谈话,大致的意思是得着眼长远,政府相比企业更有前途。孙全兴听不进去,当时家里条件相当困难,一家人都盼着他有出息,领点微薄的工资根本没法补贴家用。"那时的宁红集团每年仅税收就有8000万元,应该说这个企业在全国都是响当当的。在政府工作的待遇,远不如宁红集团。"孙全兴说,当时他在政府的工资每月只有十几块钱,宁红集团一个月是三十六块,是区政府工资的一倍多。

"调入宁红集团也不是件容易的事,我还找了好些关系引荐。由于我平时喜欢写写画画,当时宁红集团也需要搞宣传的人,能写的在哪个单位都是紧缺的。"孙全兴自豪地说。孙全兴的特长,给他带来了便利。

孙全兴调入宁红集团后,如愿地分在办公室,主要是负责集团的宣传工作。他想出了一整套宣传方案,从多角度对"宁红减肥茶"进行宣传,并且取得了良好的效果,连续两年被评为优秀个人。由于宣传工作出色,孙全兴很快得到了重用。"集团老总找我谈话,意思是要我去济南开发市场,当时我还有些犹豫,家里有妻有儿,去趟济南还得花费不少时间。"老总让孙全兴回去考虑,他连续几个晚上都没有睡着。他和妻子商量,妻子没有赞同,也没有反对,让他自己拿主意。几天的思前想后,他决定还是放弃这个机会。当他去找老总道明自己的想法时,老总正好在通电话,只听见老总说:"我们很快就会在济南建立销售网络,你们购买产品就很方便了。"

"小孙啊,考虑得怎么样了?"老总问孙全兴。

孙全兴犹豫了半刻,正打算向老总说明拒绝的理由,没有想到老总先开口了:"你是当兵出身的吧,又写得一手文章,年轻人嘛,就应该敢闯敢干,未来必定是你们的天下。你看,济南那边人还没去订单就来了。你准备下,明天早上就动身。"

就这样,孙全兴被派往了济南。虽然内心有些不乐意,可他从小就读过老舍的《济南的冬天》。"对于一个在北平住惯的人,像我,冬天要是不刮大风,便觉得是奇迹;济南的冬天是没有风声的。对于一个刚由伦敦回来的人,像我,冬天要能看得见日光,便觉得是怪事;济南的冬天是响晴的。自然,在热带的地方,日光是永远那么毒,响亮的天气反有点儿叫人害怕。可是,在北中国的冬天,而能有温晴的天气,济南真得算个宝地。"那可是个令人向往的城市啊。

从九江坐火车到济南要两天两夜,遇上寒冬的季节,北方大地到处是一片苍凉,那种广袤的空旷,反而给他增添了许多勇气。

一到济南火车站,热心的客户在站台外等着。山东汉子特别热情,为孙全兴接风洗尘。孙全兴可是条硬汉,遇上几个山东汉子可谓是志趣相投。晚上,山东汉子设宴席请酒,山东喝酒有着敬七杯回一杯的习惯,几个轮回下来,孙全兴已喝得烂醉。

济南的"宁红"市场在孙全兴的努力下,越来越旺,销售收入接近一个亿。比济南市场干得更火的还有上海,那时上海超过了一个亿。孙全兴在济南整整待了五年,在这五年里,他可谓是耐得住寂寞,为了发展这个市场,很少回修水,家里的大事小事都抛给了妻子。

孙全兴研究出了一套自己的促销方法,利用他在宣传上的优势,大力宣传"宁红减肥茶"的作用。他还专门编印了《宁红新效减肥茶》报。他一边介绍,一边从屋子里的旧皮箱里找报纸。这是一份1996年编印的报纸,报纸的刊头上印着减肥广告。"宁红减肥茶,真的有减肥的功效吗?"我认真地问孙全兴。"当然有。"孙全兴不假思索地说。

可是接下来发生的事情,孙全兴也不明白。1993年10月25日,《济南日报》发表了题为《宣传食品有治病作用属违法——十五家企业产品被责令停止销售》的报道。内容里指出:江西修水茶厂保健茶系列产品开发中心生产的宁红保健茶误导消费者,使人认为既是食品又是药品。卫生监督人员指出,有病无病乱吃"药"(所谓的疗效作用),会影响和破坏人体正常免疫机能,希望消费者注意区分食品、药品,并检举个别生产企业宣传食品疗效的违法行为。

"我不知道产品有问题。听到这个消息,我感觉像是末日要来临了。"孙全兴说。那时,济南的市场应该说是非常稳定的。

1998年4月18日,《青年报》发表了署名文章——《市卫生监督所昨天公布一项跨年度抽查结果:宁红茶包里有禁药》。很快江西宁红(集团)有限公司就做了回复,一口咬定宁红没下药。

"宁红集团怎么回应都是无效的辩解,人家只相信事实。我不能理解的是'宁红保健茶'正红火,是谁在背后伸黑手?"

孙全兴一直不知道真相。其实早在半月前,"宁红保健茶"在上海就发生了地震。上海检测出"宁红保健茶"里添加了一种芬氟拉明的药物。

芬氟拉明为苯丙胺类食欲抑制药,具有较弱的兴奋中枢的作用,可使血压下降;亦能加强周围组织对葡萄糖的利用,从而降低血糖;还有降低胆固醇、三酰甘油、血浆总脂质的作用。这种药物临床上用于单纯性肥胖及伴有糖尿病、高血压、焦虑症、心血管疾病的肥胖患者,对治疗孤独症亦有一定疗效。

我在百度搜索时,发现安徽省消费者权益保护委员会官方网站上,还保留着一条当年的新闻,标题是《国家工商总局监测发现:宁红茶等保健食品铅超标》,这是2005年11月10日转发的,原文如下:"宁红新效减肥茶、天宇牌银杏叶保健茶、骨中金片等10种不合格的保健食品遭到曝光。日前,国家工商总局公布的流通领域保健食品质量监测结果显示,保健食品铅超标现象非常严重。工商总局此次对江苏、安徽、天津、上海、青海5省市60家经销单位销售的保健食品进行了质量监测,共抽取182组样品,包括调节免疫功能、延缓衰老、改善记忆、抗疲劳、减肥、调节血脂等多种类型的保健食品,其中27组不合格,监测合格率为85.2%……"这大概也就是"宁红保健茶"衰败的真正诱因。

"茶里真的掺了这种药物吗?"我问孙全兴。

"应该是掺了的。"孙全兴说,"只是官方一直没有承认,事实是无法争辩的。"

"为什么要掺假呢?"我问。孙全兴事后才明白的,"掺假对减肥会起到速效,提高产值是最终目的"。

"当时产值应该不小了吧!"

"的确是不小了,估计内部还想超值。"孙全兴回答说。

"如果没有这次掺假,'宁红保健茶'会一路红火下去吗?"

孙全兴思考了一小会儿说:"掺假只会加快宁红集团的瓦解。"实际上,那时宁红集团已经出现了严重的问题。一是一些地方官员千方百计地安排自己的亲属挤进集团,这些人不仅不服从集团内部调遣,反而还出歪点子,想法子牟取利益。二是企业已经处于转型升级阶段,没有及时研发新的产品进行转型升级。"说到底'宁红保健茶'的衰败只是时间迟早的问题,如果没有那次掺假,可能还会延续一段时间,但最终的命运还是无法逃脱的。"

后来,宁红集团解体,政府给这批人员购买了养老金,孙全兴也从此告别了茶叶这个行当。

"现在的退休金远不如政府公务员。"孙全兴说。

"你会对当时的选择后悔吗?"孙全兴站起来,在窗前踱来踱去,瞧着外面的人群,眼睛越来越亮。"当然不会,我对宁红茶是有感情的,那是一段光荣的历史。衰败当然会有一种失落,但是,从未参与到这段历史的人是不知道其中的滋味的。"孙全兴说。有关"宁红"的衰败,有一首民谣为证:茶叶本是宝,而今贱如草,粮价天天涨,生活怎得了。

不过有一点,无论是"宁红保健茶"兴盛还是衰败的时候,他从来不做负面宣传者,也没干过损害"宁红"利益的事情,一直作为老茶人默默地关注着"宁红",他相信"宁红"还会有牛气冲天的那天。

虽然现在年纪大了,可他的骨子里依然保持着军人的硬朗,性子里保留着刚毅。"'宁红'就像是一条河流,它有平静的时候,也会波涛汹涌。关键是它一直流淌在历史的长河中,这是值得后人去研究的。"孙全兴说。

宁红"更香"

"更香"是北京一家知名企业的名字,以打造"更香有机茶"为主,企业的总部设在北京马连道街头。

"更香茶楼"是北京更香茶叶有限责任公司的前身。说到这个"更香茶楼",不得不说起俞学文,也就是现在北京更香茶叶有限责任公司的董事长。

1995年5月4日,一个极热的夏天,25岁的俞学文揣着2000元积蓄,和未婚妻朱丽俐一起坐火车到北京。

为了省钱,他们租住在石棉瓦搭起的"冬冷夏热"的临时房屋里。当时,俞学文的父亲在马连道开了一家卖茶叶的小门店,由于经营不善,不但付不起房租,还欠了不少债。俞学文接过父亲的小店和债务。为了寻找出路,他花60元买了一辆自行车,每天骑着车去西单、王府井、前门大街的茶叶店"踩点"。那段日子,成了俞学文不能忘怀的记忆。

说起为什么会选择北京,朱丽俐说,有时候,也就一个念头,感觉北京是个好地方。"首都是令人向往的,毕竟是中国最繁华的城市。"实际上,在到北京创业之前,朱丽俐没有深入了解北京的茶市,甚至都不知道北京人喜好什么样的茶。

直到茶店开张后,朱丽俐才意识到,这是个比较鲁莽的决定。因为北京人只爱喝花茶,他们从浙江老家带来的绿茶,并不能引起北京人的关注。

在最困难的时候,俞学文意识到,世上没有真的救世主,能救自己的人还是自己。只有想着法子找出路,才可能在京城站稳脚跟。在来北京之前,俞学文懂得一些茶叶的门道。他懂得品牌的重要性,品牌就是"商标",没有品牌,市场上就没有自己的"脸面"。于是他开始静思,千方百计地想法子创立市场品牌,注册商标。

这些事情,说起来容易,干起来却非常困难。

俞学文最早从事茶叶生意,还是18岁那年,他父母离婚,母亲远嫁他乡,父亲便到江西做茶叶生意,浙江老家只剩下俞学文和两个妹妹。

当时,父母离婚引来一些非议,周围人异样的眼光让俞学文暗下决心,一定要做出点样子来,给自己争口气。"在逆境和曲折中成长,对我来说是一种磨炼和激励。"俞学文说。

在做茶叶前,俞学文萌发了"成为百万富翁"的梦想,他喂过猪,养过鱼,开过拖拉机,还经营过一家猪饲料店。最风光的时候,他养了100多头猪,赚了几万元,盖了新房,还买了摩托车。

对于文化极低的俞学文来说,对茶文化可以说是一知半解,在茶楼成立之初,只好在自己的女儿和儿子的名字中各取一个字组合成商标的名称。俞学文的儿子叫"庚庚",女儿叫"香香",茶楼的商标便是后来红遍京城的"庚香茶楼"。也就是这种误打误撞,以至于做出了大品牌。

说实话,从未有过成功经历的年轻人,对成功是急切渴求的。当俞学文夫妇带着"庚香茶楼"四个字去注册时,遇上了闭门羹。"庚香"字义里有比其他茶叶更香的意思,所以注册部门拒绝了注册。夫妇俩似乎都没有气馁,仍然想着法子,准备了足够的材料,才将商标如愿注册成功。

"庚香茶楼"自然吸引了一些客人。其实来喝茶的不乏文化人,有人听了俞学文关于"庚香茶楼"的来历后,建议他注册"更香"商标。

这的确是个不错的主意,那天晚上俞学文和妻子朱丽俐失眠了。注册"庚香"时,可以说没少费气力。现在注册"更香",能批得下来吗?他们在心里捣鼓着,在北京待了几年,也没有认识几个官场熟人。第二天朱丽俐还瞒着俞学文,硬着头皮去了国家商标注册中心。让她没想到的是"更香"反而可以注册,听到这个消息,她几乎是高兴得跳了起来。很快"更香茶楼"开业了,并成立了北京更香茶叶有限责任公司。折腾了几回,店面稍微有所扩大。但是"更香"没有改变往日茶楼冷清的局面。最主要的问题,还是茶叶不被认可。

也就是这个原因,反而让俞学文意识到,卖北京人喜欢的茶,不会有大市场,只有把一个陌生的品牌打响,才可能赢得属于自己的"天下"。带着这个想法,后来俞学文做出了一个大胆的决定:给爱心人士送茶,通过送上好的绿茶,赢得爱心人士的口碑,来打开茶叶市场的门路。这招果真奏效,茶楼陆续有人上门喝茶,买茶,"更香茶楼"逐渐在京城有了名气。

"为什么一定要做有机茶呢?"我问朱丽俐。"这是一次机缘巧合,我无意中得知有机茶在种植管理、加工、运输直到销售均有严格规定,是一种杜绝各种污染的'纯天然'茶叶。"她觉得这种茶一旦被市场接受,就不会轻易抛弃。这也符合"更香茶楼"做良心茶的发展思路。关键的问题是,朱丽俐老家所种植的就是有机茶,可以带动村民致富。

在"更香茶楼"发展到一定规模的时候,俞学文决定回乡,"一个人在走向世界的时候,反而觉得故乡就是自己的世界"。他在浙江武义的小和尚山开辟了一块800亩的茶园,作为往后有机茶发展的供货来源;后又通过合作社,同周边茶农签订协议,吸引更多的茶农参与到茶叶的种植中来。

随着人们对食品安全和健康越来越重视,以"纯天然"为主打的有机茶获得了大众的认可,销量也水涨船高。"更香茶楼"由当初的一个以喝茶为主的茶楼,变成了一个既可以喝茶又兼顾销售的茶企。市场在不断地拓展,除了打开国内市场,还打开了国际市场。

后来,欧盟茶商专门派人到茶叶基地检测,不仅没有发现问题,相反对茶叶品种予以充分肯定。从这以后,有机茶的价格比普通茶叶贵很多。从一开始"更香茶楼"就把关严格,在生产和加工的过程中,坚决做到质量第一。正因为这种严管的企业追求,所以公司一直活跃在市场的前沿。更香公司有机茶种植面积、销量和产量均居全国第一。

到2004年,"更香茶楼"拥有8万亩茶园。其中6万亩种植的是有机茶,市场可以说是供不应求。"更香茶楼"也扩大到了5000平方米,年产值高达8000多万元,"更香""庚香"被誉为"京城有机茶第一品牌"。

虽然每年的年初都有计划,但后来临时的订单还是有很多。比如政府和大客户采购等等,由于没有库存,茶楼很难满足临时订单需求。除了不断扩大茶园外,"更香茶楼"不断延伸产品,包括茶具等等,到现在已有5000多个品种。

2006年12月,在由团中央、水利部、农业部、财政部、国家林业局和全国青联共同主办的"第十一届中国杰出青年农民"评选活动中,俞学文因延伸绿色产业链,连通城乡市场,带领茶农走向致富大道而获此殊荣。2009年1月,俞学文被评为"2008中国十大农村致富带头人"。公司先后荣获"中国特产之乡开发建设优秀企业""浙江骨干农业龙头企业""浙江优秀农民专业合作社""浙江连锁经营首批试点企业""北京名牌产品""北京市著名商标"等荣誉。

2009年底,对于俞学文和妻子朱丽俐来说是特别期待的一天。他们经过长途劳顿,从北京来到修水。刚进入修水地界时,天色便渐渐地暗下来,夫妻俩似乎一点都没觉得旅途疲劳。

第二天一早,他们就出现在修水的博物馆内。修水的整体风貌,给他们留下了深刻的印象。尤其是在参观茶叶博览馆时,他们对历代茶人所树立的"宁红"品牌肃然起敬。在吴东生的陪同下,俞学文和妻子朱丽俐踩着历史的尘埃,一脚深一脚浅地朝着"宁红"茶区走去。这次对于俞学文夫妇来说,是带着考察目的来的。因为在此之前,修水的县领导找过他们,希望他们能够到修水发展茶叶产业,做大做强"宁红"品牌。

通过实地考察后,俞学文对"宁红工夫茶"十分感兴趣。他认为做宁红品牌,不仅是做茶叶生意,还是对一种古老文化的传承。作为一名活跃的茶人,有这个责任和使命。

如果更香集团与宁红组合,对于壮大"宁红"品牌,保护和挖掘宁红茶文化都有着重要的意义。夫妻俩的想法不谋而合,很快就做出了收购宁红集团有限公司的决定。

"宁红集团属于'中华老字号'企业,同时也是农业产业化国家级重点龙头企业。更香集团与宁红的组合算得上是缘分,茶和人一样讲究缘分。"朱丽俐说。

2010年5月,更香集团同江西省政府签订了框架协议,决定投资两亿元收购宁红集团,重新组建江西省宁红集团有限公司。做大做强"宁红"品牌,改善茶叶管理模式,为茶农提供技术、收购等上门服务,提高经济效益;通过品牌策划、市场运营等手段提升宁红的品牌价值;搭建修水茶叶的进出口贸易平台,使宁红品牌尽快走出国门,走向世界,提升知名度,打造成中国的茶叶文化名片。

宁红在中国茶史上,留下了不少佳话。但长期以来,由于品牌参差不齐,影响力受到了局限。随着人们消费升级、茶叶深加工技术提升,以及电子商务的发展,不少茶叶老字号需要加快技术研发、延伸销售渠道、拓宽发展空间,才能让醇香的茶味飘得更久、更远。这也是宁红集团有限公司后来与"更香茶楼"精诚合作的理由。

"更香茶楼"收购宁红集团后,俞学文决定由朱丽俐担任江西省宁红集团有限公司董事长。朱丽俐与俞学文在北京打拼多年,有着丰富的经营管理经验。但是她依然非常小心,第一次挑大梁,因此格外努力。

朱丽俐决定开发有机茶园,来提高"宁红"品质。有了好的品质,再研发新的"宁红"品牌。比如,后来推出的"柑红茶",以及在此基础上追加的新品"宁红小青柑",都在市场上非常火爆。

"小青柑"是茶界新秀,茶商们十分看好。"更香茶楼"将"小青柑"提升到品牌的战略高度来推广,并且进行了品牌和包装的专利申请,获得十项专利。为保证"宁红小青柑"的品质,"更香茶楼"用宁红一级红茶及广州新会新门的小青柑果进行制作。宁红集团在朱丽俐的用心经营下,在丈夫俞学文幕后的默默支持下,有了更大的市场空间,发展前景十分广阔。

在2018年召开的第十八届亚洲运动会期间,作为官方唯一指定茶叶,"宁红"茶出现在印度尼西亚雅加达亚运会赛场,并作为国礼赠送给亚运会参赛的45个国家和地区的领导人。

在众多茗茶中,宁红茶开始频频亮相国际舞台。"宁红到底有着怎样的吸引力呢?""首先立足厚重的历史和品牌积淀。"朱丽俐介绍说,新成立的江西省宁红集团有限公司真正吹响了"质量兴茶、绿色兴茶"的号角。"最重要的是因为高品质。"宁红茶产地修水县境内群山环绕,"就连空气都是甜的"。对于近4万亩的标准化茶园,朱丽俐近期并没有扩大面积的打算。"不扩充不是不发展,而是为了集中精力向高品质发展。"朱丽俐说,"茶叶基地是品牌的基础,源头出问题,一切都无从谈起,所以我们把基地管理当作首要工作来抓。"

在宁红集团有限公司的茶园里,物理性诱虫灯、防虫杀虫板、施用有机肥……高标准有机茶叶生产的元素一个都不少。在从育种、茶园到茶叶制作全过程质量控制下,2017年,宁红集团有限公司通过了有机茶产品认证。

如今,借助亚运会的舞台、搭乘世园会的快车,"宁红"茶重现昔日辉煌,再度名扬中外。

品牌是叩开市场的敲门砖。自从第十八届亚运会后,前来订货的国内外客商络绎不绝,宁红茶开始批量销往欧美市场。朱丽俐说:"去年,我们年销售额突破两亿元;今年一季度,销售额同比增长10%。"

北京世园会期间,北京表演队队员在园艺小镇的茶叶店里循环展演茶艺。"这是国际友人了解中国茶文化、了解宁红茶的一扇窗。"朱丽俐说。

意大利米兰世博会金奖

2015年,对于"宁红"茶来说是值得纪念的年份。这一年,在意大利米兰世博会"百年世博、中国名茶"评选中"宁红茶"获得公共品牌金奖,"宁红金毫"获得企业品牌金骆驼奖。

"宁红"茶这次获奖,距上次1915年在美国旧金山太平洋巴拿马万国博览会上获得最高奖章的时间整整一百年,再次实现了"宁红"茶的百年辉煌。

2014年下半年,那时,吴东生还是修水县茶科所党委书记,在一次江西省农业厅工作会议上,他无意中从程关怀副厅长、经作局刘宝林局长的口中得知,国家有关部门正在筹备参加2015年意大利米兰世博会中国馆展览事宜。对于敏锐的吴东生来说,这的确是个振奋人心的消息。

江西省农业厅一直以来对修水的茶叶特别关心,尤其是程关怀副厅长曾多次到修水指导茶叶生产工作。会后他特意找到吴东生,说:"东生啊,修水的宁红是获得过世博会最高奖的,这次可不能缺席啊。"虽然只是轻描淡写的一句话,但一下子就落到了吴东生的心窝里,沉甸甸的。

会议结束后,吴东生马不停蹄地赶回了修水,专门找到了分管茶叶的县委常委、纪委书记欧阳明华,把这个好消息向他做了汇报。"这个机会不容错过,我会在县委常委会上做专门汇报。"欧阳明华要求县茶叶办开始着手做前期准备工作。很快县委常委会通过了参评决定,县委书记孙朝辉、县长张林还在报告上做了批示。

2015年3月24日,由中国教育国际交流协会主办,国际茶叶委员会、欧盟茶叶委员会、中国茶叶流通协会、中国茶叶学会、中国国际茶文化研究会、中国食品土畜产进出口商会、国际茶文化交流协会及中国旅游协会,以及日本、韩国、马来西亚等国茶协组成的2015年米兰世界博览会中国馆中国茶文化周组委会正式成立,百年世博中国名茶国际评鉴委员会、中国茶文化国际宣传推介委员会同时成立,当天在北京华滨国际酒店举行了新闻发布会,正式启动评选工作。

4月1日,修水县委紧锣密鼓地成立了"意大利米兰世博会百年世博中国名茶宁红茶评选工作小组",由县委常委秦小雄担任组长,县政府副县长张立军任副组长,修水县茶科所所长万小兵、修水县茶科所党委书记吴东生,茶叶办干部徐天星、周德清、王祥、包正兴等为成员。根据这次评选规则和评分标准,茶叶样品占70%,申报材料占20%,网络投票占10%。工作小组下设四个专业小组:技术指导制作组,材料申报组,宁红茶专题片、画册宣传组,网络投票及保障组。这些小组成员都是修水茶叶界鼎鼎有名的人物。万小兵负责总协调,吴东生负责整个技术层面及参评沟通。应该说此次阵容强大,分工明细。"如果不落到实处,也就是个花架子。"吴东生说。庆幸的是县委高度重视,多次召开协调会,让大家意识到这并不是政府的一项行政命令,而是在为老百姓实实在在办事。

2015年4月30日,国家检测机构对全国参评的茶叶单位进行资格审定,最终敲定全国121家符合条件的单位,涉及十九个省区六大茶类的公共品牌和企业品牌。以修水县茶叶协会名义选送的公共品牌"宁红茶"和宁红集团选送的企业品牌"宁红金毫"经过严格程序,审核顺利并注册成功。

目标任务明确后,工作组很快就投入了实质性的工作。负责产品制作的人员分成两个小组,深入全县各个茶叶企业,现场进行制茶指导。各组技术人员不畏艰辛,通宵达旦地工作。"宁红"茶的制作工艺为萎凋、揉捻、解块、发酵、干燥,在各工序的标准把握上每个企业都不相同,技术人员在指导时不断探索、采集数据,每个工序都做到精益求精。

为了高标准制作出样茶,工作组专门邀请样茶评选专家、湖南农业大学的黄建安和李适教授到修水指导。黄建安教授通过深入茶区、茶企了解"宁红"茶的发展后,对"宁红"茶给予了高度评价,说宁红茶外观精美、内质丰富,是中国少见的好茶。

在黄建安和李适教授的指导下,宁红集团、六叶茶业、大椿茶业、新华茶厂、冰池茶厂、绿茗茶厂、扬仕茶厂、眉新茶厂、越海茶厂、东谷潭茶厂、安鸿茶厂、琼峰茶厂等13家茶厂送了样品,通过工作组反复审评和比较,最终六叶茶业、宁红集团、越海茶厂、新华茶厂、绿茗茶厂、东谷潭茶厂、大椿茶业、冰池茶厂等8家茶厂的茶叶进入精制阶段。其他5家茶厂的茶叶全部用于活动期间特供茶和推介用茶。"各个茶厂选送的样品,整体水平都很高。"修水的茶叶老专家邹匡复在初选时感慨地说,"今天开评后大开眼界,修水人制茶的水平提高了。"

制作小组人员通过精筛细分、精挑细拣,5月20日前成功制作了1至4号4个参评待选茶叶样品,每个样品1.5至2.5公斤不等,同时准备了20公斤获奖后赴米兰世博会展特供茶和50公斤宁红品牌推介用茶。

5月20日,工作组将选定的参选样品送至参评地湖南农业大学评选时,著名制茶专家徐仲溪教授评价宁红茶"茶叶制作极精,条索似粉丝一样标准,口感、汤色、香气、叶底极佳"。通过综合考量,最终确定2号茶样作为米兰世博会的参评对象。

选好了参评样品,准备申报材料应该说是重要的一环。申报组人员不惜四处搜寻,收集整理"宁红"茶的有关资料。按照参评要求,材料要包含茶叶品牌的种植历史、文化、制作工艺演化、品质特征、荣誉、市场、历年产量产值等。可是修水"宁红"茶虽然历史悠久,有很深的文化底蕴,但此前真正系统的宁红茶资料还是很缺乏,这对材料申报组的人员来说是个较大的难题,在较短的时间内,申报组的工作人员可以说是在与时间赛跑。刘艳南是材料组里最得力的成员之一,由于他一直在茶叶办工作,所以干起来得心应手。刘艳南回忆说,在申报期间,他大半时间都是在办公室里睡的,连续几天都不回家是常有的事情。"严谨工作,挖掘素材,尊重历史,实事求是,按照申报材料要求,规定内容不漏,自选内容特色明显,硬是在短暂的时间内报送了高质量的申报材料。"刘艳南说。

这是一次国际展览,"宁红"茶专题片拍摄和画册制作也是非常重要的,必须按照高标准高水平来完成。副县长张立军亲自策划和全程指导。按照高水平专业队伍、高质量设备材料、高标准拍摄制作的要求,通过历史和现实的融合,充分展示了"宁红"茶悠久的历史、厚重的文化、精美的产品、发展的现状。其间,邀请了江西日报社、江西电视台、江西画报社等专业技术人员进行策划、设计、拍摄、制作。《江西日报》资深记者梁振堂是修水人,他全程参与了这次策划。每个细节都是反复评审修改,专题片和画册精美、精彩、精致、全方位、多视角地宣传了宁红茶深刻的内涵和修水的好山、好水、好茶、好故事。

根据评选活动安排,6月1日到6月20日为网络投票阶段,开始三天,"宁红"一直领先,在全国前三名,此后因网络服务器原因,特别是组委会要对付不法单位刷票和网络黑客攻击等行为,严重影响到"宁红"投票效率,以致排名迅速下滑。县委、县政府领导及时召开相关会议予以安排,县委、县政府两办督查室督查全县推动网络投票工作。县茶科所所长万小兵带领四个工作组,冒着酷热天气到各部门、乡镇、学校、医院、车站等场所指导帮助投票。投票结束当天,"宁红"茶进入公共品牌网络投票第三名。

6月21日至24日,来自中国、美国、日本、韩国、马来西亚等35名"百年世博中国名茶国际评鉴委员会"国际茶叶大师齐聚长沙,对121个品牌样品进行实物盲评和综合评定,最终评出20个公共品牌金奖、50个企业品牌金骆驼奖进行网络公示。修水县茶叶协会选送的"宁红茶",宁红集团选送的"宁红金毫"均榜上有名。

消息一经传出,让修水人振奋不已。

一代代茶人从不停的奋斗中,用智慧和力量重写着"宁红"的现代史。从另外一个角度来说,这也是"宁红"在漫长的时间洗礼中,再次重塑它的特殊存在意义。

7月9日下午,让人期待的"百年世博中国名茶国际评鉴揭晓暨中国茶出征米兰新闻发布会"在北京万丽酒店隆重举行,国内外近60家媒体见证了百年世博名茶金奖品牌诞生。中央电视台、《人民日报》等媒体对"宁红茶"做了专题采访报道。修水县委、县政府委派吴东生和刘艳南及宁红集团董事长朱丽俐一起出席了新闻发布会,共同见证了新闻发布会精彩的盛况。

从"宁红"茶的品质和影响而言,它是这次参评中顶级的茶叶。评委会成员、茶叶专家赵沙欧在评价"宁红"时面对媒体说,整个评委会对"宁红"茶的评价是最高的,"宁红"茶以综合总分第一名摘取金奖。

奖项揭晓后,从7月30日开始,2015年米兰世博会中国茶文化周,由茶叶专家和相关负责人组成的80余人代表团与浙江大学农学院副院长、茶学系副主任王岳飞,和在全国各大专院校甄选并圆满完成封闭训练的中国大学生茶艺团,带着中国茶的百年憧憬启程前往意大利米兰领奖。时任修水县委副书记罗时荣和时任修水县茶科所党委书记吴东生、宁红集团总经理官廉、总经理助理姚远代表宁红茶区百万茶人赴意大利米兰世博会领取"宁红茶"公共品牌金奖和"宁红金毫"企业品牌金骆驼奖。

8月3日上午11时,中国茶文化周在意大利米兰世博园中国馆隆重开幕,按每天一个茶类顺序在中国馆进行推广,中国大学生茶艺团逐一代言宣传。"宁红"茶沿着"一带一路"、万里茶道和茶马水道扬帆起航,在意大利米兰世博会的国际舞台上向世界演绎至尊的茶品质和至美的茶文化。对于"宁红"来说目标是明确的,推广的另外一个手段,是让世界重新认识"宁红"。

8月5日为中国红茶日,"宁红"茶以独特的姿色和口味,博得全世界各国游客的喝彩,连续数小时排出了几百米长的队伍,静静地期待着品饮一杯沉淀了一个世纪的中国宁红茶。

特别值得一提的是,中国馆气氛异常热烈,似乎这一天成了专门的"中国宁红茶日"。中国馆馆长在中国馆 VIP 室接待国际茶委会主席诺曼夫妇、本届组委会主任刘仲华教授和夏涤斌秘书长时,肯定了中国茶文化周活动,认为"中国宁红"给中国馆赢得了头彩。在为期 7 天的活动中中国馆吸引了 35 万各国游客驻足欣赏。很多茶商和游客都纷纷表示看好"中国宁红"在国际市场上的希望和潜力。

大椿茶业、六叶茶业、绿茗茶厂、冰池茶厂等企业有着极强的企业产品宣传推介意识,各自都精选了优质的宁红茶,委托吴东生带到米兰世博会中国馆展出,同样得到了各国来宾的青睐和赞赏。

8月9日下午,中国茶文化周闭幕式暨"百年世博中国名茶金奖"颁奖盛典在有着 150 多年历史的米兰切莫西湖畔酒店隆重举行,欧洲华人组织、意大利各界 130 多人和当地媒体以及维尔巴利亚省省长、农业厅厅长等参加了闭幕式。国际茶委会主席诺曼夫妇又一次向吴东生伸出大拇指赞美"宁红"茶,并手捧"宁红"茶和吴东生合影留念。罗时荣副书记和吴东生代表"宁红"茶及修水人民从国际茶委会主席诺曼手中接过金灿灿的奖牌,官廉和姚远代表宁红集团领取企业品牌金骆驼奖。上次评选,中国茶叶在巴拿马万国博览会上收获了 21 枚不同等级的奖章,宁红茶获得了博览会最高奖——甲级大奖章。

一个世纪一杯茶,一个世界一杯茶,百年梦想"宁红"茶。一百年后的意大利米兰,中国以世界第一产茶大国的身份,"宁红"茶以"百年世博中国名茶"金奖荣誉获得者的身份再次亮相国际舞台,实现了"百年宁红,王者归来"伟大复兴的梦想。"宁红"茶能够获得这个至高无上的荣誉,是凝聚了几代"宁红"茶人共同心血的结晶,也是 2003 年修水县新一轮茶叶产业规划发展以来取得的标志性成果。

"百年世博中国名茶"评选是中国茶叶史上规模最大、规格最高、筹备和评选时间最长的一次茶事活动。"百年世博中国名茶"公共品牌金奖、企业品牌金骆驼奖是一个世纪以来中国茶产业的最高奖项。

好山好水出好茶,修水优良的生态环境孕育了一流的茶叶品质。有"唐载茶经、宋称绝品、明清入贡、中外驰名"辉煌历史的江西茶叶,世界博览会金奖的巨大声誉,再次让"宁红"蜚声海内外。

"宁红"亮相世园会

2019年4月29日,正是万物复苏、芳菲满目的好日子。在雄伟的长城脚下,美丽的妫水河畔,2019年中国北京世界园艺博览会盛大开幕了。

对于宁红集团来说,这是一个值得纪念的日子。这天,国务院副总理、北京世园会组委会主任委员胡春华出席"中国国家馆日"活动。北京市委书记、世园会组委会第一副主任委员蔡奇宣布开园。世园会会期162天,共有全球110个国家和国际组织、120多个非官方组织参加,是历史上参展方最多的一届世园会。相关媒体报道,自开幕以来,北京世园会共举办3284场活动,吸引934万中外观众前往参观。

在绚丽烂漫的世园会内,作为北京世园会首批商业服务保障签约的"宁红"茶亮相在重要的位置。

"在参展之前,宁红集团可以说是做足了准备,从包装设计到茶叶品质,都是进行了认真酝酿的。"朱丽俐说,"品牌形象也是企业的生命。"也就是出于这种想法,宁红集团对每个环节都进行了细细捣鼓。在他们看来,所展出的不是"宁红"品牌,而是中国茶文化。

"宁红"在世园会的100多天里,参观、品尝、订购、洽谈合作的客商纷至沓来,签订投资协议,场面火爆,人气旺盛。

"应该说,宁红人的'执着度',无时无刻不在体现一种精神。"在此之前,宁红集团董事长朱丽俐就"宁红"茶紧扣北京世园会做了一些努力,紧扣北京世园会"绿色生活,美丽家园"主题,以"绿水青山就是金山银山"为设计思路,设计了"红翡绿翠"世园会专属茶礼,那"金山、银山"的造型,正是宁红集团描绘新时代江西改革发展新画卷的优美旋律。

在这次会展上,国际展览局秘书长洛塞泰斯与"宁红"茶结下了不解之缘。这是落在朱丽俐身上又一美好的事情。洛塞泰斯喜好"宁红",为后来"宁红"走向西方国家起到了推波助澜的作用。

"'宁红'不仅是中国的茶叶,也是世界的。"在北京世园会首个国家日——德国国家日活动仪式上,北京世园会事务协调局常务副局长周剑平向德国驻华大使谈论"宁红"。

在6月16日举行的为期三天的北京世园会"江西日"上,宁红集团现场表演的世园会专属茶礼模特走秀绚丽夺目,"宁红"与"景德镇瓷"构成了"茶文化与瓷文化"、名茶与名瓷的交相辉映的中国文化特征。

"宁红"始终与地方文化紧密相连,无时无刻不展示着中国名茶的风范。

10月9日,在世园会闭幕式上,宁红集团董事长朱丽俐发表了精彩洋溢的讲话。她似乎感觉有个声音,在"故乡"的修水提醒着自己,"宁红"的未来还要走漫长的路。

第四章　此花开尽更无花

茶　熟　菊　开

修水的茶叶与菊花历来不分家。民间一直流传着"茶叶菊花茶",这种茶不仅能够解渴,还能解饿。

悠久的历史背景和独特的茶饮文化是"宁红"所要承载和传承的,也是修水茶能从众多茶区脱颖而出的根本。

发掘历史之重,体现地域之美,形成了"宁红"特有的"茶菊"体系。《茶熟菊开》是陈师曾的作品。这幅以修水"茶"和"菊"为主题的画作,堪称美术界的经典杰作。

陈师曾(1876—1923),又名衡恪,号朽道人,江西义宁人(今江西修水),出身书香门第,祖父是湖南巡抚陈宝箴,父亲是著名诗人陈三立。无论是陈宝箴还是陈三立,对"宁红"可谓是情有独钟。陈师曾从小喜好家乡的"宁红"茶,并且有"一日不见如三秋,三秋不见茶几壶"的传说。

1902年,陈师曾东渡日本留学时,皮箱里就装着一盒上好的"宁红工夫茶"。在日本,陈师曾以茶会友,并与日本茶人进行切磋,传播中国茶文化,还将茶融入作品中,《茶熟菊开》便是代表作之一。

1909年,陈师曾回国,任江西教育司长。后来,他在通州师范学校、女子高等师范学校、北京高等师范学校、北京美术专门学校任教。在这期间,陈师曾的作品里,多数将家乡的"宁红"茶作为绘画的背景素材。

在陈师曾的朋友圈中,过往者多数是近代历史上举足轻重的大人物,他与鲁迅、李叔同、齐白石等人结下了深厚的友谊,而他与齐白石的渊源最是为人称道。可以说,齐白石的成名与成就在很大程度上得益于陈师曾的帮助与提携,当时齐白石的卖画生涯很落寞,两元一张的画,基本上无人问津。

一个偶然的机会,陈师曾看到了齐白石的画,感觉齐白石是一位可塑之才,于是决定携带"宁红"作为见面礼上门拜访齐白石。当时陈师曾在画坛有着较高的地位和较大的影响力,齐白石对于陈师曾的造访也是受宠若惊。两人一边品着"宁红",一边切磋着绘画的技巧。在来往的茶杯中,两人聊得痛快。艺术的建树,相互碰撞出了闪烁的火花。后来,齐白石名声大震,成为中国的大画家。陈师曾的坦荡诚恳与齐白石的虚怀若谷为艺坛留下一段佳话。

在寻找陈师曾的足迹时,应该说,无论是在陈师曾的画作生涯中,还是在交友的旅途上,修水的"宁红"在时光的缝隙中,一直袅袅着香气,也使陈师曾在创造的过程中,保持着茶风的独立精神。

陈师曾经历过五四运动,对新文化有一定的认识,作画追求创新,反对"四王"一派的复古习气,努力恢复中国画"师造化"的优秀传统。他的山水画参合沈周、蓝瑛、石涛、髡残诸家,用笔钩多皴少,生辣有力;作园林小景饶有诗意,曾得近代书画大家吴昌硕指点,结合写生,自成一格;其风俗人物画,紧贴生活,风格清新爽健。陈师曾通晓中西绘画的原理,主张中国画革新,但并不附和"西洋画科学,中国画不科学"的肤浅论调。陈师曾画山水,不喜模仿,以游历四方、亲眼所见之奇山好水画之,一丘一壑力避平庸,用笔天真有趣。他出身于典型的传统文化家族,形成了敦厚儒雅的文人性格,而西洋文化的熏陶浸淫,又开阔了他的眼界,使他能够不受传统文化的限制,尽情发挥自由的创造力,成为20世纪初期北方"京派"绘画的代表画家之一。其著作有《中国绘画史》《中国文人画之研究》等。

《茶熟菊开》简洁不烦冗,一个梁茶壶,一个高身花瓶上插了两朵大菊花,花型呈悬崖式。这两朵大菊花,其实就是金丝皇菊。袁宏道曾谓"钟于山水花竹……无扦剔浇顿之苦,而有赏咏之乐",说明了文人插花普遍的创作动机。纵观历朝历代的插花史,文人花的理念不外乎"供养、记游、装饰、惜花、排忧、游戏、其他"这七种。从这幅画来看,可归类于

"其他",因用茶赏来表达作者"茗赏者上也,谈赏者次也,酒赏者下也"的心境。

还原作品中,尽量去体会作者的创作意图。民国时期,政局不稳,人心涣散,作者只想简简单单地寻求自由、安定。所以,画中只出现了一种花材,用花中隐士——菊花来表达心境;花虽只两朵,却是一花一叶皆有神。同时,旁边放置一个提梁茶壶,也让人思绪万千。

金 丝 皇 菊

菊花为菊的通称,在植物分类学中是菊科。属多年生宿根草本植物,古称鞠、黄花等。原产中国,我国十大名花之一,是记载于史书上最早的一种观赏植物,至今已有2500年以上的栽培历史。最早的记载见于《周官》《埤雅》。《礼记·月令篇》载"季秋之月,鞠有黄华",说明菊花是秋月开花,当时都是野生种,花是黄色的。《诗经》和屈原的《离骚》中都有菊花的记载。菊花品种繁多,色彩丰富,花型多变,姿态万千,从古至今一直为我国人民喜爱,并广泛栽培、利用,经久不衰,除了其"傲寒独立的君子之风"的观赏价值以外,还因为它有药用、食用、茶用等多种利用价值。据记载,秦汉时菊花已开始作饮食用,有"叶可以菜,花可以药,囊可以枕,酿可以饮"之说,民间还有洗菊花浴、睡菊花枕的习惯。

当时皇宫后妃称黄菊为"长寿酒",把菊花当成滋补药品,相互馈赠。这种习俗一直流传到三国时代。"蜀人多种菊,以苗可入菜,花可入药,园圃悉植之,郊野人多采野菊供药肆",可见,中国栽培菊花是以食用和药用为目的的。

晋朝陶渊明爱菊,写过不少咏菊的诗句,"采菊东篱下,悠然见南山"至今脍炙人口。

唐朝菊花的栽培已很普遍,栽培技术也进一步提高,采用嫁接法繁殖菊花,并出现了紫色和白色的品种。白居易有诗云:"满园花菊郁金黄,中有孤丛色似霜。"菊花也渐渐从饮食用向田园栽培过渡,半饮食半观赏。公元8世纪前后,作为观赏的菊花由中国传至日本。17世纪末,荷兰商人将中国菊花引入欧洲,18世纪传入法国,19世纪中期引入北美,从此中国菊花遍及全球。

宋朝栽菊技术进一步提高,菊花品种有所增加,菊谱也多了起来。李时珍的《本草纲目》和王象晋的《群芳谱》对菊花都有较多记载。

清朝菊花日益增多,有多本菊花专著,文人中画菊题诗蔚然成风,中国菊花也开始传入欧洲。19世纪英国植物学家福穷曾先后在中国浙江省舟山群岛和日本引入菊种,并进行杂交育种,从而形成英国菊花各色类型。不久,菊花又由英国传至美国。从此,这一名花遍植于世界各地。中国栽培的菊花,也就成了今天西洋菊的重要亲本。

民国以来,菊花品种大批失散。新中国成立后,随着园艺事业的发展,菊花栽培技术也有很大提高。采用杂交育种、辐射诱变、组织培养等新技术,不仅提高了菊花的生产质量,并使品种数量剧增,更提高了菊花的观赏价值。据不完全统计,我国现有菊花品种达7000个以上。

1960年12月10日,中国邮电部发行一套"菊花"特种邮票,邮票志号"特44",全套共计8枚,至1961年出齐。这套邮票由刘硕仁设计,邮票图案由画家采用国画手工绘制,其中就有修水的黄菊。

黄菊原产于修水县。相传,大顺皇帝李自成妻妾嫔妃散落分宁。她们带来的黄菊品种种植在分宁土地,在优良的生态浸润下,喝着黄菊长大的姑娘不仅漂亮,而且人品同辉。

黄庭坚《采菊》曰:"南山有菊,于采其英。谁从汝往,视我惸惸。伊时之人,谁适有比。不与我谋,不知其已。"相传深秋时节,少年时的黄庭坚与一群在私塾读书的同窗结伴秋游,沿溪而上,突然发现一片金灿灿的野黄菊,遂采一捧带回家放在书桌上。夜读时,他闻到一股清香的菊花味,顿感头脑清醒。可两日后花便谢了,其母将花瓣摘下,当茶泡给他喝,没想到浓香扑鼻,入口甘甜,韵味无穷。黄庭坚自此对黄菊花十分喜爱,经常采摘馈赠亲友,其好友苏轼更是为此菊花咏出许多千古名句,流传至今。

修水黄菊个大,花型饱满,生长要求高,采庐山之灵气,汲幕阜山水之精华,具有超凡的天然品质,纯绿色饮品。其口感清香甘甜,沁人心脾,汤色金黄而明亮。用透明玻璃器皿放一朵干花冲泡最佳,既能品饮又能欣赏花在杯中绽放的美感。饮此菊有一泡、二赏、三闻、四品之阶。

一是泡:用沸水冲泡一到两分钟,金色菊花在杯中绽放,艳黄花瓣在水中荡漾,水中的颜色就会渐渐酿成微黄色,通透清澈,淡淡的菊香令人着迷。

二是赏:菊瓣入水,亮黄顷刻间弥漫开来,晶莹透亮,浸泡时间越久,亮黄汤色不减一分,有效成分易溶于水中,花朵久不褪色,在杯中更加娇嫩。

三是闻:香味浓郁优雅,沁人心脾。

四是品:轻啜入口,清而不浊,和而不猛,浓香入肺,唇齿留香。但不要一次喝完,要留下三分之一的茶水,再续上新水,泡上片刻,而后再喝。

由于菊花有食用、饮用、药用、观赏的功效,修水民间素有饮菊花茶的习俗。大多数人家都种植一小块菊花地,备自家用。

随着人们生活水平的提高,市场需求量不断增大,消费者对茶饮品也有了更高的要求。2015年开始,修水县委、县政府审时度势、因势利导,利用菊花"短平快"、茶叶"长稳高"的经济效益特点,长短结合,通过"政府扶持、企业带动、农户参与"的形式,将茶(菊)产业作为脱贫攻坚的主导产业予以大力扶持,积极引导、扶持企业和贫困群众种植、加工、销售茶菊,带动全县茶业生产良性发展,实现"村村有产业、户户有项目、人人有收入"的目标。2020年4月26日,全县133个贫困村全部实现脱贫,贫困率由2014年底的11.9%下降至2019年底的0.54%。

修水结合近年来茶(菊)产业在国内外市场打下的基础,安排县茶科所(茶叶办)作为主抓机构,茶叶协会、菊花协会作为协调组织,在茶产业精准扶贫工作领导小组的统一指挥下,合力推进茶菊产业脱贫攻坚,因地制宜、因户施策地制定了《关于推进茶产业精准扶贫的工作意见》。全体茶业技术人员按照"工作到山头、服务到基地、指导到农户、联系到企业"的责任联系机制,采取"分散与集中""外引与内联"相结合的方式对涉茶贫困户、农业致富带头人、扶贫示范企业进行实地指导、课堂培训,引导了一大批贫困户参与茶菊产业发展。

修水在注重发展茶菊基地规模、茶菊产品产量与品质、产品品牌的同时,更加注重茶菊产业品牌建设。一是根据茶产业见效慢、投入大、受益长、效益高的特点,在大力支持茶园规模化种植的同时,积极引导、鼓励贫困户进行多种形式的茶叶基地建设,开展了"菜地茶""樱花茶""两茶(油茶、茶叶)套种"等种植模式试验。二是编印了《菊花生产技术操作规程》等科技丛书,为品牌建设打好"质"的基础。三是多渠道多方式宣传推介,积极组织茶菊企业参加全国各地农博会、茶博会、绿博会。修水茶菊企业通过京东商场、阿里巴巴、微信客户端等,多渠道搭建电商营销网络,每年通过电商平台销售达2亿元以上。

2020年,全县种植菊花面积约2.1万亩,初步统计鲜花产量9000吨,鲜花产值约1.8亿元,加工后干菊花综合产值约4.5亿元。

目前,修水县在国内大中城市均设有茶菊产品销售专卖店,在台湾和香港有销售网点。在国外,茶菊产品已销往美国、日本、韩国、俄罗斯、新西兰、意大利等12个国家。

菊痴:黄烈伟

秋丛绕舍似陶家,遍绕篱边日渐斜。

不是花中偏爱菊,此花开尽更无花。

黄烈伟爱菊花,不但爱其品质高洁、端庄优雅,而且爱它无私奉献、为千万农户脱贫致富创造巨大的经济效益。

黄烈伟1970年10月出生于征村乡横坑村一个普通的农民家庭,1986年上了半年初中后便辍学在家,父母决定让他去学门手艺。"那个时候,在村子里能养家糊口的手艺中木匠算不错的。被请到谁家干活,主家一般都会招待好吃好喝的,完工还领到一份工钱。"黄烈伟回忆说,他就让父母帮忙找了个木匠师傅学手艺。当学徒、做木匠其实特别吃苦受累,但他觉得"有了门手艺到哪都不愁没饭吃"。那时候,黄烈伟特别勤快,一有空闲还会带上柴刀上山砍柴卖。

20世纪90年代,同村的一些同龄人大多选择外出打工,而像他一样在家做手艺的很少。1993年,黄烈伟的表哥正好在上海发展得不错,并邀他到上海做木匠。"自己也非常渴望了解外面精彩的世界。"黄烈伟背上行囊,来到上海和表哥一起打拼。他干着干着就发现,上海的建筑行业正在兴起,市场需求量大,他开始学着做门框、装门等各种装修方面的手艺。一年后,他开始自己承包装修活,由于做工精细,服务又周到,他的客户越来越多,人脉也越来越广。1999年,因父母年事已高,不宜出远门,黄烈伟就看准江西房地产市场的前景,在南昌创办江西联众福装饰工程有限公司;2006年,又在南昌创办江西佳欣荣家具厂。

修水是一个好客的地方,待客的茶也不能是白开水,最起码要有茶叶、菊花、芝麻,热情好客的还有茶芎(川芎)、黄豆等。其中,菊花是经常饮用的食品。每到秋季,各家会采了鲜菊花,摘了花蒂,用盐腌在坛中,可以管全年待客使用。

南昌离修水不远,黄烈伟回家时,喜欢带一瓶瓶盐腌的菊花给南昌等外地朋友做礼品,朋友们泡了,喝得有滋有味,只是最后忘不了说:"好喝,咸了,如果不用盐腌就更好。"次数一多,黄烈伟记在心中。

菊花不用盐腌行不行?黄烈伟是一个爱琢磨的人,为了解开疑问,他利用回修水的机会,多次实地走访菊农。

菊农回答:"菊花不用盐腌根本不能保鲜,摘下来隔天不处理,颜色就发黑,还会散发一股腐烂味道。"

黄烈伟不罢休,接着问:"能不能把采摘的鲜菊花烘干呢?"菊农不耐烦了,抢白一句:"柴火那么旺,菊花一碰到火就焦了,不信你试试。"说完,他丢下黄烈伟忙自己的去了。

又问了几家,大家都认为菊花烘干是难题,解决不了。

黄烈伟还了解到,因为菊花保鲜技术没到位,菊农根本不敢多种,每逢到菊花上市,每斤只能卖几毛钱,亩产值比种水稻还差,大家种菊花的积极性不高。

黄烈伟盯上了修水本土黄菊,朵大,大过酒杯口;花型丰满,层层叠叠,雍容华贵;香气浓郁,幽深高远。他了解过这种菊花是本地千百年流传下来的品种,深受大家喜爱,于是萌生了"在家乡搞个农业项目,带动乡邻一起致富"的想法。

黄烈伟变成一个菊痴了。

他惦记着家乡的黄菊,琢磨着把它加工为高档产品。

菊花一定能烘干,黄烈伟告诉自己。因为他到商店、到超市,将买来的杭白菊、黄山贡菊等产品进行过无数次的分析研究。

黄烈伟是一个做事专注的人,他既然决定发展黄菊产业,就毅然放弃南昌的家具产业。朋友们听了,都劝他三思,认为家具产业有人脉、有市场、来钱快,种黄菊风险大、市场容量小,要重起炉灶。黄烈伟诚恳解释:"菊花饮品市场基本成型,我要做的只是比他们做得更好,更有特色。"

他的底气来源于他看中的黄菊,无数个晚上,金黄的菊花盛开在他的梦境中。

2009年,三台菊花烘干机发到了修水,急不可待的黄烈伟按照要求调试好,通电,机器轻微颤动,黄烈伟兴奋地端起一盆金灿灿的黄菊倒入机器肚子里,经过数十个小时的等待后,菊花出炉,紫红色,蔫蔫的,活像经霜后的菊花。黄烈伟没灰心,又倒进第二筐菊花,还是失败。一筐筐新鲜的黄菊进炉,一盘盘烘坏的干菊出炉,在经历十天十夜的痛苦实践后,金灿灿的干黄菊呈现在人们面前,黄烈伟小心翼翼地捧起一把,凑到鼻子前久久嗅着⋯⋯

他舍不得吃自己加工的黄菊,把它们分成一包包寄给朋友,告诉他们,无盐的、新鲜的黄菊被自己生产出来了。

从2013年至今,修水金丝皇菊在全国各地举办的茶博会、绿博会、农博会中获得金奖,其中由修水县金丝皇菊农业开发有限责任公司选送的东浒寨金丝皇菊入选2016年中国百强农产品好品牌。

该公司一期投资引进金丝皇菊精深加工生产线,集金丝皇菊种植、加工、包装、销售于一体。项目还成立了菊花专业合作社和种植技术协会,由公司提供菊苗和技术指导,带动农民种植菊花。目前,该项目在征村乡横坑、洲上、黄荆洲、征村村发展合作社会员近200户,正以"公司+合作社+农户"的模式促进形成金丝皇菊栽培、加工、生产的产业链条。

黄烈伟的金丝皇菊产业越做越大。

他成功的关键是抓品牌建设。

首先是抓金丝皇菊品牌。他只生产金丝皇菊,以修水本土黄菊作为母本,精心培育,生产出花型硕大、颜色金黄、香气淡雅的金丝皇菊品牌。他的定位是一朵花泡一杯茶,一朵花售价不低于4元。

2010年,他建设的60亩无公害金丝皇菊基地售出200万朵菊花,产值近1000万元。

这个消息一传出,许多搞农业开发的甚至是开发房地产的人,都纷纷找到黄烈伟,希望他提供种苗、技术,支持自己种菊花。黄烈伟说:"市场不是一个人能够打开的,你们愿意种菊花是对我的帮助,柴添得多火才旺,种菊花的越多市场才越大,名气才越大。"他大规模培育金丝皇菊秧苗,深入田头地角指导技术,热心联系厂家购买菊花烘干机器。至2013年,产品已畅销全国,并在全国各地都有经销商。公司成功注册"东浒寨金丝皇菊"和"东浒寨"两个商标,还成立南昌东浒寨产业销售有限公司和深圳金丝皇菊招商部。成立以来,黄烈伟已受邀在北京、山东、河北、山西、广东、上海等省市连续参加百余个茶业展销会,产品在韩国、新加坡、马来西亚、日本以及中国香港、台湾等地都有销售。金丝皇菊还先后荣获第三届"国饮杯"全国茶叶评比一等奖,第五届中国东北(沈阳)国际茶文化博览会茶叶类金奖等三十余项荣誉奖项。

黄烈伟非常重视市场营销,他常说:"我们的金丝皇菊不能盯着修水看,要风风光光地把它推向全中国、全世界。"他这样说,也这样做。他充分利用以前的人脉,每年金丝皇菊上市就给天南地北的朋友寄产品,许多朋友成了他忠实的顾客和热心推销员。他抓住各类博览会、展销会召开时机,带着产品参展、推介,跑得最远的是2015年意大利米兰世博会,金丝皇菊凭着优越品质获得意中联合馆指定产品金奖等多项荣誉。他热心公益事业,如修水纪念黄庭坚诞辰970周年,他赞助10万元;赞助电影《石敢当》拍摄30万元。

2017年,经朋友介绍,他联合中国诗歌流派网、《诗潮》杂志社、汉语诗歌协会,成功举办"金丝皇菊"杯全球华语网络诗歌大赛并在金丝皇菊原产地修水举行了颁奖典礼,并成功举办首届中国修水金丝皇菊文化旅游节。

参加典礼的来宾说"这是一个文化与产业双赢的盛会",有的说"修水不但盛产金丝皇菊,而且盛产诗歌,我深深地爱着它"。

"接下来,我希望修水的茶农、茶企能'抱团发展',真正把茶产业做大做强,让修水这朵菊花走出江西,名扬全国。同时,带动更多乡邻致富。"漫步横坑村的田埂间,黄烈伟畅谈自己的发展计划。耕植希望的田野,黄烈伟对未来充满信心。

2018年11月20日,由修水县菊花协会申请注册的"修水金丝皇菊"正式获得国家知识产权局颁发的地理标志证明。修水县菊花协会会长周德清介绍,地理标志证明从法律层面确定金丝皇菊原产地是修水,对品牌、产地保护起到很好的作用,对今后全县菊花产业发展也将起到更加有利的促进作用。

分 宁 皇 菊

秋冬交汇的季节,一大片金黄的菊花在阳光下绽放,热烈的色彩仿佛要溢出来。

我对皇菊的钟情缘于陶渊明的"采菊东篱下,悠然见南山"。从诗文里我似乎看到了菊的风骨傲然,看到了诗人浪漫而悠然的心境。

自古以来,中国的菊文化就斑斓多彩。物竞天择,适者生存,菊便是这大千世界的骁将或仙子。皇菊因为有了"皇冠",也就独占鳌头,用她那不畏凛冽的执着,被人们融进生计以至命运中。

我想,诸花之中,大概皇菊最有一分禅心了。在修水的古老寺庙中,我们经常会看到皇菊。有的摆放作为饰品,有的泡在茶杯中。它所对应的清气、正性和苦涩、幽淡,正是那些有自己内心追随的禅师们梦想得到的境遇。

皇菊也就成了花之隐逸者。一种空或无,即刻都在降临的纯粹空间里。空无之境,因淡定而归隐,因归隐而愈发淡定与宁静。一个人的情感,也该是这样,隐在时光之后,一点点褪彩褪垢,慢慢将内心走向恬淡宁和。

皇菊在历史的蔓延中变得愈加通透起来,赋予了极为鲜明的地域特征。

冬枯春发,春天的时候,我拔了几棵小皇菊苗放进包里,回家栽进精致的花盆里,早晚浇水,叶子还是萎谢。到底没栽活,它有自己习惯的土壤,习惯的并不稠厚的阳光,它有自己的场,它懂得坚守与摒弃。它坚守淡处见真的土壤、空气、阳光与水,它摒弃种花人浓情厚谊的小庭院侍弄。

这些年,我逐渐喜欢上了分宁的皇菊。每年冬天来临之前,随朋友一同到征村乡的皇菊产地,这样既能在山水间游移,又能带回我喜欢的皇菊,是一件大美的事情。

分宁皇菊精选花朵大小均匀的原料,经考究采摘烘焙后,塑托包装,保证了花型的完整。其外形金黄艳丽,叶底晶莹剔透,如玉似珠。放一朵皇菊于沸水中冲泡1至2分钟后,其汤色鲜亮通透,饮一口,甘甜滋味醇厚。其性味甘、凉,有清热祛风、明目解毒之功效,还能增强毛细血管的通透性,发挥良好的抗炎作用,增强体质,延年益寿。

平和温暖的声音,挺括的黑色西装,举手投足温文尔雅,无不透着茶人独有的气质。在江西茶界"黄金"这个名字享有一定的知名度。

十年前,黄金偶然发现分宁皇菊几近灭亡,菊市上几乎没有了"皇菊"品牌,钟爱皇菊的他,决定辞去征村乡横坑村副书记职务,投资200万元注册成立"九江市尚农农业开发有限公司"。公司专注从事菊花种植、加工、研发和销售,致力于研发饮用、食用、药用、观赏等用途的菊花产品,走集优良品种培育、规模种植和深加工一体化的发展模式,并注册了"分宁"商标,打造"分宁皇菊"品牌。为将原属我国的菊花良种发扬光大,于是他闭关两年,通过无性繁殖培育种苗,用叶片做成培养基,刻苦钻研,有花不惊人誓不休之毅力,终于破解了大头菊的密码。正是:苗种何来莫问由,可知沃土有神州。存优去劣层筛选,花不惊人誓不休。

黄金的分宁皇菊品牌,一度引为佳话。分宁皇菊多次在国内菊展上与黄莲羹、紫凤牡丹同时亮相,成为一道耀眼的风光。

从最初创立"分宁皇菊"到现在,黄金几乎耗尽了自己的青春。一头的黑发,掉得所剩无几。他为了发展"分宁皇菊",还辞去了乡村干部的职务。因为在他的心里有着一面明亮的镜子,一个产业是可以实现地方繁荣的。

黄金所走的每一步都从容淡然、遵从内心。谈及未来发展,他充满自信,希望能用十年的时间将自己培养成一个真正的茶人,不急不躁。

青钱柳神茶

在创作《中国宁红》的时候,我接触到了一种新茶——青钱柳神茶。

应该说,这是修水茶叶发展史上一种重要的茶,纵观全国,其他的地方也有少量的青钱柳,像修水这么密集的罕见。

修水是青钱柳的故乡。

青钱柳,别名叫摇钱树、麻柳、青钱李、山麻柳、山化树。这种树因果翅圆形如钱,色青而柳下垂,被称为"青钱柳"。起风时,摇落果实的形态像落钱,所以又称"摇钱树"。

有相关史料记载,青钱柳是冰川四纪幸存下来的珍稀树种,仅存于中国。青钱柳被誉为植物界的大熊猫,被医学界誉为第三棵树。

另外两棵分别是柳树和红豆杉。柳树是医学界的第一棵树,产生了阿司匹林,有消炎杀菌、抗血栓的功效,推动了人类健康史上的第一次变革。红豆杉产生了紫杉醇,防治癌症和肿瘤,被医学界视为20世纪最伟大的医学发现。继心脑血管、癌症、肿瘤之后,高血糖现已成为人类的第二大杀手时,青钱柳成了医学界的第三棵树。

青钱柳主要生长在修水境内,多以零星分布。

从修水县城驱车前往一个叫杨家坪的地方,大概有五十多公里的路程,需要一个半小时左右。再弃车步行十多里的山路,便到了一个叫乐家山的地方。一路上空气清新,绿树成荫。不是亲眼所见,谁都不会相信,江南最大的青钱柳群落隐藏在这深山老林中已繁殖千年。

山涧的石头上长满了厚实的青苔,山泉滴落在青苔上,很快就变成了绿色。

乐家山罕见的青钱柳林群落,高低起伏,夹杂在茂密的丛林中,在微风的吹拂下泛起一层层浪花。其中,三棵足有30余米高的树王,需要两个人才能抱得过来。在三棵树王的不远处,有一处唐朝时期的遗址,它在见证着青钱柳成长的同时,也说明在古代青钱柳和人们的生活并没有距离。

据《修水县志》记载,修水民间用青钱柳叶当茶饮用已有200多年的历史了。清朝乾隆年间,修水县桃坪乡一名叫何绍启的药师上山采药时发现几棵大树的叶子味道很甜,泡出来的水甘甜爽口、气味清香,于是他将采摘回来的青钱柳分发给亲朋好友泡水服用。后来邻里乡亲和当地寺庙和尚把青钱柳作为一种茶叶来饮用,渐渐地成了村民的一种饮用习惯。因其甘甜清香,遂称"甜茶";久之,又因其能生津解渴、强身健体,当地村民便称之为"神茶"。

青钱柳还有一个好听的别名叫"青钱李"。"青钱李"有一个美丽的传说。相传很久以前,有个老乞丐一路乞讨来到修水县的一个村子,饥寒交迫病倒在马路边,不省人事。这时候,村里一个姓李的年轻人将老乞丐背了回来,悉心照料,老乞丐很快恢复了健康。一段时间后,老乞丐决定离开村子,临行前,他对李姓的青年说:"小伙子,我没什么送给你的,在你家后山上我种了一棵树,它能保佑你和全村人的健康。"

老乞丐离开村子没几年,小树就长成了大树。后来,有一次,年轻人病了,吃了很多种药不见好转,他突然想起老乞丐的话,于是让人帮忙到后山老乞丐种的那棵树上摘了些叶子回来煎服,神奇的事情出现了,年轻人喝了这种"药",病神奇般好了。后来,村民们把这棵树当作树神给供奉起来,在树下盖起了石头屋子,不时还会给树朝拜,并称这棵树为"青钱李"。

树木的形象往往是被文人赋予品格的,成为寄托着精神文明的象征。这个故事却是真实的,在宋朝时期分宁县(今江西修水县)名医冷寿山发现了青钱柳的神奇药效。冷寿山出身儒门,进士落第后便放弃功名而从事医学,他熟读《内经》《神农本草经》《伤寒论》等医书名著,尤笃好仲景之书,研究精深,并遍访各地精于医术之人,其医术高明,远近闻名。当时,冷寿山的表弟徐俯乃朝廷重臣徐禧之子,是宋朝著名的诗人,表兄弟间常有书信往来。冷寿山托人给徐俯捎去一些"甜茶",并在信中介绍此茶非普通的茶叶,具有消渴生津、扶正祛邪等功效。徐俯收到甜茶后即取出些许冲泡,细细品呷,觉得这茶与平素所饮的茶味迥然不同,不仅有一股特别的清香,还清甜爽口,生津提神。他甚为高兴,遂邀夫人吕氏一同品尝,吕氏饮后赞赏不绝。于是她又将此茶送给她父亲吕惠卿。吕惠卿曾官至参知政事,因朝廷纷争,不堪重负,加上平素恣意肥甘厚味,又少活动,染上了严重的消渴病。吕惠卿听女儿说此茶能消渴生津,便日日饮用,服用两个月后,其口渴喜饮,多食易饥,病症全部消失。吕惠卿欣喜万分,便在其已撰写完成的《建安茶记》中又特别写下:洪州分宁有树,其叶味甜,清香可当茶饮,能消渴生津解渴。可见,如果不是这甜茶,很难设想身患严重消渴病的吕惠卿是否能活到近百岁的高龄。正因如此,徐俯又将这茶带给了远在宜州(广西宜山)的舅舅黄庭坚。

黄庭坚收到家乡寄来的甜茶后欣喜万分,邀请宜山寺诸禅师一同品茶。后来有流传至今的《寄新茶与南禅师》:"筠焙熟香茶,能医病眼花。

因甘野夫食,聊寄法王家。石钵收云液,铜瓶煮露华。一瓯资舌本,吾欲问三车(三车:菩萨乘、声闻乘、缘觉乘)。"

20世纪70年代,修水青钱柳已有一定的名气。江西省农业科技人员徐卿和舒惠国决定到修水考察,意外发现深山区的村民长期有饮用"神茶"的习惯,于是将采集的"神茶"标本送至庐山植物园鉴别,确定了村民所饮用的"神茶"就是青钱柳。

很快徐卿和舒惠国做出了一个大胆的决定,组成课题组研发"青健茶(神茶)"系列产品。在那个科研设备相对落后的年代,想要研发一项产品,需要足够的勇气和胆识。虽然树立了目标,干着的却是一件看不见摸不着的事情。"科研就是在不断探索中取得希望的。"对于徐卿和舒惠国来说,这显然是一个挑战。然而,要想见着一丝希望,就得付出巨大的努力。就在徐卿和舒惠国摸着黑夜前行时,前面突然迎来了光亮。1979年,青钱柳被列为江西省科技"七五"规划攻关项目。"青钱柳神茶"名气开始暴涨,很快就传遍了大江南北。

关于青钱柳研发的细节,我就不得而知了。这也是科技的秘密,对于我们这些写作者来说,只能从中探寻到一些秉性和脾气。

1986年,"青钱柳神茶"被列为江西省二级科研项目。1987年至1988年试制青健茶(神茶),经微核试验属阴性,急性毒性试验属无毒范围,符合国家卫生标准。"青钱茶(神茶)系列产品开发"被列为1989年省重点科研课题,于1990年通过省级课题鉴定和新产品技术鉴定。以青钱柳为原料制备青健茶(神茶)的方法,1988年获得国家发明专利,1994年7月获得国际发明专利。这些成果,充分说明"青钱柳神茶"有着它的特殊价值。

为了更好地开发利用好青钱柳资源,让"青钱柳神茶"更好地服务人类,1989年,修水县政府决定在国营三都垦殖场内建立"江西省青健茶精制厂"。1990年试产的青健茶(神茶)正式推向市场,获得了良好的经济效益和社会效益。"青健茶"是修水创造的一件伟大而神秘的作品,其伟大之处在于给人类带来了健康的福音。

1992年至1993年,中国中医研究院西苑医院、上海市第一人民医院和华西医科大学附一院对青钱神茶进行临床疗效试验,结果均显示青钱神茶对糖尿病有良好的治疗功效。西苑医院对40例2型糖尿病患者,用青钱神茶进行了初步临床试验,有效率达到52.5%;上海市第一人民医院内分泌科,使用青钱神茶对30例2型糖尿病患者进行临床试验,有效率为53%。华西医科大学附一院内分泌科,对53例2型糖尿病患者进行了临床试验,试验结果:空腹血糖(平均值)由实验前的9.41±4.16mmol/L降至实验后的7.60±3.07mmol/L,总有效率为51%;餐后2小时血糖由实验前的13.73±6.97mmol/L降至实验后的11.44±5.49mmol/L,总有效率为58.8%。这表明青钱神茶对2型糖尿病患者疗效显著,在减轻患者多食、多饮、多尿等症状方面均有效。

1992年,"梅山牌神茶"新闻发布会在上海举行,上海市副市长顾传训、江西省副省长舒惠国、九江市市长戚善宏出席会议,上海20多家新闻单位的记者以及医药、食品界专家到会。

1993年,修水县政府在江西省青健茶精制厂基础上,组建国企江西省修水神茶集团公司。"青钱柳"始终在研发中,不断地取得丰硕的成果。1997年至1998年,修水神茶集团公司先后研制成功以青钱柳叶为主要原料制作的降糖神茶(现更名为青钱柳牌迪可莱茶)、降压神茶(现更名为青钱牌普莱雪茶)和减肥神茶(现更名为俏格格牌素丽美茶)三个保健产品,均获卫生部(今卫计委)颁发的保健食品批准证书。

1995年,日本商人本川在日本广岛注册成立株式会社神茶园,代理修水神茶(集团)公司产品在日本的销售,产品正式命名为"青钱柳神茶"。

1995年4月至8月,北京协和医院内分泌科进行降糖神茶临床试验,共观察60例糖尿病患者,其中治疗组(神茶)40例、对照组(消渴丸)20例,治疗组与对照组疗效相近;治疗前后空腹血糖、餐后2小时血糖和24小时尿糖均下降,其差异非常显著。

1995年,经原江西省药政管理局批准,由江西医学院一附院负责组织并会同江西中医学院附属医院、南昌市第二医院共同进行了青钱神茶的临床试验。按照《新药审批办法》和《中药新药临床研究指导原则》,制定了临床试验方案,采取随机对照试验方法,共有合格受试者150例,随机分为青钱柳叶袋泡茶治疗组100例和消渴丸对照组50例。结果显示,治疗组总有效率为63.0%,对照组为62.0%,两组比较差异无显著性意义($P>0.05$)。治疗后患者的空腹血糖、餐后2小时血糖和24小时尿糖定量均较治疗前明显降低,治疗前后比较,其差异有非常显著性意义($P<0.01$)。在试验过程中,还观察到青钱柳叶袋泡茶有降低胆固醇与甘油三酯的作用,治疗后胆固醇和甘油三酯均有所下降,治疗前后比较差异有显著性意义($P<0.05$)。

1999年,新华社报道:"中国科学家发现并证实胡桃科植物青钱柳能有效治疗糖尿病。近年来,中国药科大学药理研究室、江西医学院、江西中医学院的研究人员对青钱柳做了进一步研究,发现这种植物有明显的降低血糖作用。上海市第一人民医院、中国中医研究院西苑医院、华西医科大学附属第一医院等医疗机构对青钱柳的临床验证表明,糖尿病患者在服用青钱柳制成的饮品一个疗程后,临床症状消失或减轻,空腹血糖明显下降,病人的血浆胰岛素浓度升高。"2015年,修水神茶公司委托中国科学院生物物理研究所进行"青钱柳复方与单方主成分对INS-1细胞的作用功效比对及分子机理研究",研究结果发现,青钱柳复方(青钱柳降糖神茶主成分)和青钱柳单方能促进胰岛B细胞增殖能力,而且青钱柳复方比青钱柳单方效果更明显;同时还发现青钱柳复方对脂毒性诱导的胰岛B细胞凋亡具有保护作用。胰岛B细胞增殖能力下降及凋亡增加是导致糖尿病发生的重要诱发因素。

2000年,德国出版了《青钱茶》一书,专门介绍修水青钱柳。

根据市场的需求,2005年国企改制,江西省修水神茶集团公司改制后,成立江西省修水神茶实业有限公司。修水神茶实业有限公司在原有的三个以青钱柳叶为主要原料制作的保健食品基础上,先后又推出了青钱柳茶、青钱柳叶袋泡茶和以青钱柳叶为主要原料制作的青钱甘蒲茶、青钱百玉果茶、青钱山萁茶、青钱花叶茶、青钱姜香茶、青钱明果茶、青钱凉茶等十多款青钱神茶新产品。修水神茶青钱柳系列产品获得"国家原产地标记保护"。

青钱柳神茶系列产品不但畅销国内市场，还远销日本、韩国、新加坡、马来西亚和德国、俄罗斯、荷兰、美国、澳大利亚等，与17个国家建立了贸易伙伴关系。近十年来，年产品销售总额均超过亿元。

三十多年来，中科院生物物理研究所上海药物研究所、中国医学科学院药物研究所、北京协和医学院药用植物研究所、北京中医药大学、中国药科大学、南昌大学、江西农业大学、江西中医药大学附属医院、江西医学院一附院、中国中医研究院西苑医院、上海市第一人民医院、华西科技大学附属第一医院、第二军医大学等数以百计的科研院所、大学、医院及企业，分别对青钱柳的种植栽培、植化成分、药理、药效、安全性、临床试验、产品制作工艺等进行了系列研究。

1998年，日本医学博士足立和保主编的《糖尿病》出版发行，全书分别记叙了不可思议的茶的故乡、青钱柳的故乡修水、实验证实青钱柳的健康效果、青钱柳治疗糖尿病的效果和日本患者服用青钱神茶后效果显著的反馈等。

2015年，文燕主编的《神奇的青钱柳与糖尿病》由军事医学科学出版社出版。这是一部理论与实践相结合的书，成为医学和科研的重要教材。

青钱柳渐渐地有了属于自己的"名分"，这种"名分"是时代发展所赋予的，属于修水这块土地，也属于修水的人民。

文燕与"青钱神茶"

一个人的命运，至少有两种走向。文燕的命运在与"青钱神茶"相识后就紧紧地捆绑在了一起。

1992年，文燕东渡日本留学，在勤工俭学时发现，日本一些百姓都在饮用一种来自中国的神茶。一位日本老人建议,希望文燕利用暑期回国时,在中国代购些神茶带到日本来。文燕回国后,几经周折却未能找到所谓的神茶。因为日本人所饮用的神茶包装上,没有标识产地和地址。大概是请人从中国民间买来的,这种渠道一般很难打听得到。文燕失落地回到日本,她的心里空荡荡的,但眼前,时常会浮现"神茶"生长的样子,仿佛某个群山的角落,一大片一大片的。想到这,她的内心就开始汹涌澎湃。

1996 年,文燕从日本留学回家。起初她打算帮姐姐打理一家酒楼,没多久,这个念头就烟消云散了。她有着一颗敢闯敢拼的心,想干一番事业。再三考虑后,她决心创办北京东方科文科技发展公司,这个公司一开业就赢得了市场。

就在公司走上正轨的时候,一次偶然的机会,她和一位修水的朋友聊天时,无意听朋友提到了修水"神茶"。听到"神茶"时她的心头为之一振,她怎么也没有想到,自己苦苦寻找多年的"神茶",原来就是产于自己身边朋友的故乡。在朋友的帮助下,文燕有了第一次修水之行。实际上,这时的修水"神茶"已成立了专门的经营公司。

文燕记得当时父亲刚刚诊断有糖尿病,她到修水后,将修水民间传说能治疗糖尿病的"青钱神茶"带回去给父亲试用,让她感到意外的是,一个月后,糖尿病有了明显好转。

后来文燕特地将产品拿到科学院的研究所去检测,并没有发现任何西药的成分。可那时,江西省修水神茶集团公司正处在一个尴尬的境地,可以说是如临深渊。一些心存不轨的人,开始冒用"神茶"包装制假贩假,导致产品被曝光。"青钱神茶"的命运差点与"宁红"重蹈覆辙,企业即将面临倒闭。吉凶祸福,无人知道。

2005 年 8 月,文燕通过多次到修水实地考察后,决定投入资金买下江西省修水神茶集团公司 70% 的债权,重新组建了江西省修水神茶实业有限公司。这是一个大胆的决定,前车之鉴,"宁红"所经历的坎坷命运,证明一个品牌从衰败到兴盛需要一个较为漫长的过程。但文燕并不这么想,在她看来,"青钱柳"有它的命运。最重要的还是文燕对"青钱柳"的认识,她认为"青钱柳"有它的市场价值。

企业刚组建成,文燕就病倒了。可她还是顽强地带领团队,千方百计地处理客户的投诉,尽力消除曝光后带来的负面影响。

可以说,是文燕让"神茶"起死回生的。在回忆起与"神茶"的结缘时,文燕说,这是一个人内心的情感。2011年,在上海举办的国际茶叶博览会上,修水神茶获得了保健茶类金奖。也就是在这一年,修水神茶还拿到了荷兰卫生部的检测认可,为其在欧盟市场上的销售拿到了一张绿色通行证。

文燕常言:"茶有千千道,茶香会告诉你,何为人?何为商?"在茶道中行商道,在责任中谋发展。企业发展的同时,文燕深信社会责任与企业发展共生,具有社会责任感的企业才能做强做大,而企业及企业家反哺社会、带头履行企业的社会责任应是一种自觉行为。

文燕说:"在未来的规划中,修水神茶将致力于打造世界三高人群的健康饮品品牌。"

修水神茶的成功,令文燕更加注重回馈社会。近年来,她经常出现在公益组织现场,参与抗震救灾,加入灾后重建,资助贫困大学生,为中小学提供《弟子规》用以弘扬传统文化。

第五章　在路上
——宁红茶人的故事

宁红保健茶的崛起

江西省宁红集团公司(简称宁红集团)是一家集开发、生产、销售于一体的综合性轻工中(Ⅱ)型国有企业。

说到宁红集团,首先得从1950年创办的江西省修水茶厂说起。在漫长的时间里,江西省修水茶厂历经着繁复、高亢和宁静,用它的细微享受着星空与大地的辽阔。

对于涂翌利这个名字,后人是从《修水茶厂志》里获得的。涂翌利在江西省修水茶厂担任厂长时,也就是20世纪90年代初期,历史不算太久远,很多与他共事的部分老职工还在世。可要彻底寻找到他们,实在是件不容易的事情。

那天,我到修水县茶叶协会查找史料时,吴东生会长不在办公室。吴东生当时兼任修水县茶叶协会的会长,他的主要工作是研究和推动修水茶叶发展,因此在修水县茶叶协会有他专门的办公室。涂翌利是江西省修水茶厂的最后一任厂长,他的任期至1991年。那么,接任他的人又是谁呢?当时的江西省修水茶厂是怎样变身为江西省宁红集团公司的?我决定专门找吴东生再做更深入的了解。

1990年,市场经济大浪袭来,修水茶厂没有跟上时代的步伐,依旧沿袭着过去的经营、管理体制。企业管理混乱,年年亏损,甚至濒临破产边缘。

"这年,恰巧钟利贵担任修水县委常委、政府常务副县长,就想着将江西省修水茶厂升级为集团公司,这也是企业发展的必然要求。"吴东生说。

"我们要利用好老祖宗的品牌,创新一套适应于市场的产品。打破传统计划经营模式,转换企业经营机制,开发适销对路的新产品,是企业冲出经济低谷的有效途径。"钟利贵把涂翌利叫到办公室时,涂翌利小心翼翼地坐在他对面的椅子上,他的两条腿贴得很紧。根据他的年龄,第二年就得退休了。

一般情况下,一个即将离开的企业厂长,最多是做好企业的稳定工作。涂翌利是个有想法的人,他想着的是在任一天就得把这一天的事干好,还得站好最后一班岗。钟利贵就是看中了他骨子里所隐埋的这种大公无私的精神,也就与他有了一次推心置腹的长谈。谈的什么内容呢?从头到尾都没有谈及个人的事情,更没有道出半句难言之隐,而是分析企业的发展前景,如何推出新的品牌。

涂翌利可谓是临危受命,参与到困难重重的茶厂升级中。"别人都巴不得丢弃这个'烂摊子',他怎么愿意呢?"我问。"本可以安度晚年了。可涂翌利没有这样选择。因为他从小喝着宁红茶长大,怎么能让宁红就此没落呢?"看到我眼里的疑惑,吴东生如此回答道。

涂翌利在钟利贵的支持下,不久就上演了一场大刀阔斧的改革大戏。涂翌利清醒地认识到,吊死在一棵树上,靠经营传统的老产品,企业是没有出路的。要想企业重新起航,就得重新塑造品牌,开发新的产品。涂翌利组织员工大胆地做出了走向市场的举措。首先,进行了详细的市场调查研究,确定产品开发方向,做到有的放矢,在调查过程中,收集了四方面的市场信息:一是市场开发方面的信息,包括各个市场的布局、规模、发展变化、趋势和潜力。二是竞争者方面的信息,主要是指各竞争企业和竞争产品,如竞争企业及产品的规划、地理位置、促销方式、分销方法、改进现有技术和设备计划,其产品、质量、价格、成本、利润情况。三是用户方面的信息,用户使用产品的动机、购买行为、使用环境和使用条件,对产品的功能可靠性、安全性、造型等方面的要求;对售前和售后服务的要求,对产品价格的要求。四是新产品开发方面的信息,主要是各自的科技情况。通过详细的调查论证,宁红集团看到了大力发展宁红保健茶的有利条件,宁红保健茶属于中药材饮品,含有多种对人体有利的营养成分;消费者对茶叶要求是简便化、多功能化、系列化、快速化,宁红保健茶系列产品符合潮流。随着生活水平的提高,肥胖者也越来越多,全国约有三亿肥胖患者。许多减肥用品相继问世,而符合不腹泻、不厌食、不乏力三大原则的产品却不多。当时,全国生产减肥茶的厂家有八家,这些产品都是以泻减肥,消费者难以接受。开发阻止脂肪在肝脏合成、通过降脂达到减肥的目的的产品,符合减肥三大原则,市场前景广阔。基于这个条件,宁红集团大力开发宁红保健茶系列作为主攻项目之一。在开发过程中力求做到产品功能设计符合消费者的生理要求,产品造型设计符合消费者的审美要求,产品个性设计符合消费者的个性特征,产品时代设计适应社会潮流。

　　涂翌利是个憋着蛮劲干事的人,他很快就启动了"试制宁红保健茶系列产品"工作。宁红保健茶系列产品即宁红保健减肥茶、强力茶、清暑茶、抗感茶、葆春茶等。宁红保健茶产品技术开发涉及茶叶、医药、工程技术等多种技术领域,涉及面广,工作量大。宁红集团尽管是一个老厂,茶叶加工技术队伍力量较强,但在新产品开发方面的条件还不够完备,缺少技术所必需的仪器设施。为了克服技术开发的盲目性,提高产品开发的有效性,达到开发一项、见效一项的目标,涂翌利采取了"借鸡生蛋"的技术开发模式:通过挂靠科研单位,和上海中医营养食疗研究会建立一种互惠互利、共担风险的协作关系,聘请有权威有名望的专家教授担任技术顾问。合作方式有委托开发、成果转让、技术咨询三种方式。联合开发的技术有宁红保健茶系列加工技术,其工艺参数、加工装备、检测手段及设施、包装设计等技术基本定型,适应大规模生产需要。要使宁红保健茶系列星火计划项目取得成功必须依靠广大干部职工的共同努力,涂翌利充分调动全公司干部职工的积极性、主动性、创造性,把大家拧成一股绳,形成一股劲,共同攻克技术开发难关。宁红集团以企业内部制度改革为依托,将企业带入一个按照竞争机制、激励机制和约束机制运转的全新环境。多数职工对这种改革表现出满腔热情,但也有一部分职工存在各自消极心理,主要有自卑心理、焦虑心理、失落心理、怀旧心理、求稳心理、雇佣心理、担忧心理、抵触心理等。为保证这个星火计划项目的顺利实施,宁红集团切实加强干部职工思想政治教育,消除干部职工消极心理,更新他们的观念。对干部职工着重强调"市场是企业第一线,质量是企业生命,用户第一,一切服从于宁红保健茶系列产品开发,干部能上能下,能进能出,全厂一盘棋,上下一条心"的观念,树立竞争意识、市场意识、信息意识、质量意识、人才意识、超前意识、规划意识等。其次是理顺宁红保健茶系列产品的开发、生产、销售关系,加强宁红保健茶的生产经营管理,致力于开拓市场,参与竞争,取得效益。为此,集团对行政职能关系进行了调整,强化宁红保健茶经营管理职能,设立了宁红保健茶系列产品开发中心,负责中药材的购进保管、广告宣传的统一策划与管理,保健茶的销售、调拨、中转等工作。设立了新产品开发科,负责宁红保健茶的配方与拼配宁红保健茶第二代产品等开发工作。再次是对宁红保健茶系列技术开发在人力、物力、财力上实行政策倾斜。对负责宁红保健茶星火计划项目实施的宁红保健茶系列产品的开发中心实行权力下放。该部门享有生产经营自主权、干部任免权、人事用工权、奖金分配权、生产行政指挥权、资金财产使用权等权力。在人事权上,凡是该部门所需要的技术管理、经营人员,集团都予以开绿灯,全公司抽调45名中层干部充实到开发中心,形成一支精悍的技术开发队伍。该部门率先推行三项制度改革,在人事制度上打破了干部终身制和干部与职工的界限,从上到下实行聘用制,层层优化组合,择优上岗,做到能者上、平者让、庸者下,创造一个人尽其才、才尽其用的良好环境。为了保证三项制度的顺利改革,集团在全公司范围也推行三项制度改革,制定了集团用工制度改革的试行办法。为了克服平均主义,打破大锅饭,奖勤罚懒,调动职工积极性,在分配上全方位向茶生产、销售一线倾斜。集团对开发中心实行经济承包,开发中心对各销售点、车间也实行经济承包,从而形成了一种横包到面、纵包到底的承包网络。此外,对宁红保健茶销售人员实行工资、差旅费、住宿费、正常的业务费用在一起的大包干。由于政策措施得力,大大地凝聚了职工的向心力,鼓足了职工干劲,为项目顺利实施打下了良好的基础。

涂翌利绞尽脑汁,不停地出招,在不断优化软实力的同时,在宁红集团内部进行改革,形成了科室、车间、班组三个层次的纵向技术组织。他们按产品生产的实际需要,成立了中药材、包装、加工工艺三大系统的质量技术攻关小组,对产品生产过程进行质量控制,实行了产品之间的横向协调,从而在全公司建立了矩阵型组织机构,保证了产品质量工作的开展。同时,从健全质量责任制发展到协助行政后勤等部门,健全了以质量责任制为重点的经济责任制考核标准,从而充分发挥了各职能管理部门的作用。在此基础上,进一步把部门的质量责任制落实到各岗位人员,明确规定各类人员的质量责任、任务权限、考核等内容。在既考虑到发展又不脱离企业实际可能的情况下,明确质量总目标,再根据总体目标,又依据科学的质量数据,从产品适用性质量出发,制定具体目标并使确定的质量指标达到了技术先进、管理可行、成本合理的目的。之后,把质量指标层次分解,落实到车间、班组和个人,并将此目标和经济责任制挂钩,与每个职工切身利益紧密联系,确保了质量指标的实现。在完善质量检验、管理机构和制度的同时,首先抓好质量检测工作,加强了从原材料进厂到产品出厂主要工序的检验,发挥检验的预防作用,为生产过程和质量考核提供准确的依据。同时对检验人员加强职业道德教育,做到坚持原则、准确检验、严格把关。其次是抓好质量检测,开展质量审核。专门成立了质量审核小组,制定了产品工序体系的质量审核制度和程序,自编了产品缺陷标准。每季度对产品进行审核,每半年对工序和体系进行审核。

1991年,宁红保健茶系列被列入江西省第二批试制新产品计划,所研制的"宁红保健茶系列产品"很快就通过了省级新产品鉴定。这也是涂翌利对宁红集团改革后所取得的成果,"宁红保健茶系列产品"在全国主要城市设有31个办事处,产品畅销150多个中小城市,并出口日、美、德、法、俄等14个国家。

1992年,钟利贵出任修水县委副书记、县长,涂翌利已经离开了江西省修水茶厂。应该说,是涂翌利把江西省修水茶厂变为江西省宁红集团公司的,他所做出的努力以及付出,其中的滋味也只有他自己最为清楚。他和钟利贵道别时,说过几句感人肺腑的话:"我虽然离开了茶厂,但我还是修水的茶人,用得着我的时候,可以随时召唤我回来。"

此时,在钟利贵的眼里,他似乎看到了更辽阔的远方。这个"远方"就是宁红更广阔的世界。但"宁红"的发展在时间的变幻中,显现着各种颜色。常常在夜深人静的时候,钟利贵还在思考茶叶的发展。有了钟利贵的高度重视,"宁红系列保健茶技术开发"被列为国家级星火计划项目。在宁红保健茶系列技术开发星火计划项目实施过程中,多次召开政府部门、科研单位、企事业单位及社会各界人士征询意见座谈会,争取得到方方面面的支持。

新成立的宁红集团与上海中医营养食疗研究会的密切合作,形成了以科研单位为依托,以质量求发展的产品技术开发的路子。产品投放市场后,以其优良的质量赢得了国内外顾客的信赖,被消费者誉为"老区一枝花"。

一些国际市场也慢慢地与宁红集团形成了合作。中日合资江西宁红保健茶有限公司也是在这种背景下应运而生的,双方共同开发宁红保健茶系列及第二代新产品。合资公司有利于改进产品生产技术设备,借鉴国外先进管理经验,利用外商销售渠道,将宁红保健茶更好地打入国际市场,同时也弥补了技术开发资金的不足。在成立宁红集团前,江西省修水茶厂累计亏损750万元。宁红保健茶系列产品的开发不仅化解了亏损资金问题,还将宁红集团一夜间变成了赢利亿元的税利大户。宁红集团的每项经济指标,居全国同行业之首,是江西省第二大食品加工业。从1995年至1997年三年间,"宁红"商标连续被认定为江西省著名商标。

宁红保健茶系列产品有六个品种,在宁红保健茶进入市场的初始阶段,如果同时推出六个品种会有很大的风险。为了减少这种风险,集团经过慎重考虑,首先推出销售市场容量很大的宁红保健减肥茶。这种产品属于普通消费品,宣传对象选择了保健意识很强、追求时髦的阶层为主。

实际上,宁红集团在广告发布之前,根据长期和短期的广告目标,把广告表现形式统一起来,有计划有步骤地开展大规模的广告活动。宁红保健茶减肥广告分为七个阶段,第一、二、三阶段合并进行,动用各种媒体,进行逐渐密集式的广告宣传,提高知名度,树立名牌形象。第四、五、六阶段为中期目标,三个阶段合并进行,采取密集式媒体攻势,掀起社会性减肥效应,增加产品介绍,加深品牌介绍,促进产品销售及知名度提高。第七阶段则保持广告力度,主要通过报纸邮递、广告招贴、样本小册子、说明书、服装、包装袋等形式。报纸和杂志发行面广,时效性强,商品介绍可表现颜色、款式风格、主题等特点,是理想的广告媒体。宁红集团在全国23家报纸杂志和48家地方杂志上刊出广告。

"电视是广告采用的主要媒体之一。主要以中央电视台为主,地方台为辅,在中央电视台新闻联播前的《榜上有名》栏目与晚间新闻后播放,播出时间通常为一年。"吴东生说。地方台选择在销售旺季之前,播放频率为每天晚上连续播放两到三次。在必要的时候,还会通过电视专题片、资料片的形式进行宣传。

一个产品要让消费者完全认可,需要一个漫长的过程。宁红保健茶投放市场初期,有许多用户来信,有一部分来信反映质量问题,也有反映包装问题,比如内包装纸质、颜色等不一致,还有疗效、茶叶风味等方面。公司针对用户来信,进行仔细分析,及时研究改进措施,维护消费者利益,增强消费者对产品的信任度。

2003年,宁红集团被授予国家农业产业化龙头企业,具有国内先进生产水平的红绿茶加工生产线两条,保健茶系列产品生产线两条,茶饮料生产线一条。年加工茶叶八万担,保健茶1亿盒,瘦身含片一亿片,茶饮料五千万听。产品远销欧洲、北美、东南亚及港澳地区。产品畅销全国29个省市地区,外销市场遍及美国、日本、英国、德国、法国、朝鲜等40多个国家和地区。

遗憾的是我没有找到涂翌利本人,也不知道他是否还在人世,没有人知道他的去处。但有关他与宁红集团的故事,老职工还记得,说他的嗓门有点大,喊一声楼上楼下都听得见。

大椿茶叶世家

黄四娘家花满溪,又见春茶采摘时。这个名曰大椿的茶乡,在春日晴柔或细雨霏霏中,茶事繁华,天地间一派欣欣生气。

大椿是修水县典型的茶乡,位于修水县西北部,隶属"崇乡"四十七、八都,与溪口、马坳、渣津、古市、全丰及湖北崇阳县大源交界。全乡146平方公里,与湖北省崇阳县、湖南省平江县毗邻,因境内有一百岁古椿,枝繁叶茂,四季常青而得名。

大椿生产茶叶历史悠久,有闻名遐迩的"双井绿茶"。这里一千多年前就有产茶记载,东面"雷锋尖"、西面云腾山上"仙姑堂"就有读书品茶之谈,有"读坐石头"为证。一方水土养一方茶。大椿的泥土是茶的作坊,是茶今生和前世的舍利。

历经漫长的岁月,大椿树早已不见踪影。那块以树命名的土地上,却到处长着野生的茶树,由于茶树繁多,茶销千里,使得大椿乡成了远近闻名的茶乡。

渐渐地,人们发现茶树和椿树一样,都是上天赐予大椿的天然植物,也都给大椿带来了无限的希望。

鸟瞰中国的茶叶版图,不难发现,茶无论是在思想上还是在文化上,都给村庄带来了外部审视和观照中国基本生活的关系。从某种意义上,它在统治着乡村,在改善落后的同时,也在神秘地、不可思议地体现着中国人的乡村生活,为人们增添了无限的生活情趣。

2011年9月2日,大椿乡一村民在整理旧衣柜时发现一本商票,共9

张,经修水县黄庭坚纪念馆研究员黄本修鉴定,是百年前茶叶通商票,该票票面印刷精美,正面有"公和厚""修水县大椿""认票不认人"等文字及轮船漂洋过海的精美图案,反面有"驳票通商"及"社公井"字样和图案。后又经江西省茶叶学会副理事长吴东生等茶叶专家鉴定及查询相关资料后证实,该票是"公和厚"茶叶商号于1911年发行的茶叶通商票。

茶票的发现,可见当时大椿茶叶在历史上的地位,也证实苍黄的天空下,萧瑟的村庄茶叶最终是乡村永恒孤独和沉默的风景。茶叶始终对普通的乡民生活敞开,有着它独立的生活形态。

大椿茶有百余年历史,代表着历史的还是挂着"大椿茶厂"四个字的老屋。院子里的老枣树,与茶的时间、空间和季节一起存在,与大椿的每一个茶人、每一棵茶树一起存在。

在这个晴朗的日子里,我终于与茶一道融入暖阳,与茶同沐生机,身心安然。

好茶一般都出自海拔高,温差大,空气湿润的高山环境中。大椿得天独厚的环境,为大椿茶的生长创造了优越的条件,同时,也使得大椿茶在众多的绿茶中形成了独有的品质。

你看那郁郁葱葱的山头,茂密的茶树散发出清新的香气。欣赏着这片与人生和时光相依的风景,你伸手可触、可采,此刻,你会变成茶的部分气息。

建议你最好走慢点,最好停下来,坐在茶树下或草地上,深呼吸,看一枚翠芽从枝头开放。

与绿芽说不尽的情话,是茶山春哥;与茶树缠绵不尽的浪漫,是温柔细致的抚摸;与茶山不离不弃的深情,是浓得化不开的滴翠春光……

野生的古茶树生长在高山的地壁上。那时的茶仅供农人耕种之余解渴。家境贫寒的家庭,只剩余茶时,茶农挑着茶叶四处寻找买家。一夜间,大椿的茶叶唤醒了市场,而那些卖茶的人也变得富裕了起来。

在听完他们的故事后,你会明白好茶来之不易的道理。

吴章金是现任大椿茶厂的厂长。对于大椿茶叶的发展,他再熟悉不过了。吴章金出身于茶叶世家。他的曾祖父从清朝时期开始贩茶,祖父接替了曾祖父,父亲接替了祖父,他接替了父亲。一家四代都是知名的茶商。

　　曾祖父的部分记忆是祖父讲给他听的。那时,"人多地少",20世纪五六十年代人均八分地,庄稼一年种两季,小麦一季,接着种绿豆、玉米、芝麻、烟叶等经济作物。由于地少,这些农作物的收成连糊口都不够,因此,在20世纪80年代之前,几乎整个村子里的人都面临粮荒,夏天一到就断粮,无米下锅。村子里大多数人家穷得叮当响,没吃没喝的,有些村民弄点碎烟叶,挑着担子,去山外换点粮食,换回点酱醋。光靠几块地完全解决不了全家的吃饭问题,曾祖父再也无法忍受饥饿的时候,决定寻找一门出路。到底干啥呢?这成了曾祖父日思夜想的问题。曾祖父的力气小,卖柴挑不起担子,思前想后,他决定干茶叶生意。曾祖父萌发这个念头的时候,村子里还没有真正的茶人。"听说羊楼洞收茶,茶可以换盐。"吴章金说,不知道祖父在哪听来的。盐是抢手的,村子里最缺的就是盐,有钱的人家也买不到盐。

　　羊楼洞产茶历史悠久,茶文化底蕴深厚,被誉为"中国青砖茶之乡""中国米砖茶之乡"和"中国名茶之乡"。

　　早在三国时就有"荆巴间采茶作饼,叶老者饼成,以米膏出之。欲煮茗饮,先炙,令赤色,捣末置瓷器中,以汤浇覆之,用葱、姜、橘子芼之"(《广雅》),记载了荆巴地区的饼茶制作、饮用情况。晋代陶潜的《续搜神记》载:"晋武帝时,宣城人秦精,常入武昌山采茗。"

　　到了南北朝时期,江南官宦和士大夫嗜茶,当时湖北为重要的茶产区,在现存资料中可查的湖北茶叶重要产地有安州(今安陆)、西阳(今黄冈市)、武陵(辖今长阳、五峰)、武昌(辖今鄂南各县市),可见在两晋南北朝时期,鄂南茶叶已占一席之地。

　　19世纪70至80年代是羊楼洞产茶鼎盛期。英商、俄商、粤商、晋商和本地商人日增投资,茶庄越来越多,有压制青砖、米砖的砖茶厂,有收原料制成半成品的散茶包的包茶庄。各地原料茶涌来,源源不断,鄂南各县茶大多数集于此。由于大椿与羊楼洞邻近,茶农肩挑贩运,茶路上的运茶人络绎不绝。《洞茶今昔》一书记载:这时羊楼洞茶庄多达上百家,影响遍及鄂南各县,各县也形成茶镇,集中开设茶庄。

羊楼洞茶产品种类丰富,自古至今,先后有了片散茶、帽盒茶、砖茶、红茶、绿茶等种类。其中大椿茶厂生产的绿茶最为丰富,量最大的时候达到100担。

"去羊楼洞看看吧。"半夜,吴章金的曾祖父吴忠荣叹着气对曾祖母说。这也是万不得已想出的招数,说不定还能寻找到生活的门路。

在此之前,有村民去过,走到半路就回来了,脸被荆棘划破,到处是鲜血,不仅没有找着出路,回来没几日就死了。"那你路上要小心。"曾祖母说。曾母的这句话说得轻,落在曾祖父的心里却是千斤重。

大椿离羊楼洞有好几十里的山路,弯曲的山路是挑脚的人踩出来的,行走起来十分艰难,有随时掉下悬崖的风险,不时还有豺狼虎豹来侵犯。尤其是夜间,很多动物活动频繁,很有可能成为它们的盘中餐。

第二天,曾祖母突然不放心了,劝他还是不要去为好,过穷日子比丢了命好。吴忠荣本是个性格懦弱的男人,可这回不知道哪根筋不对,坚定不移,非要去不可。曾祖母拦不住,把头上的金银首饰取下来,让他在村子里收了批最好的茶叶,虽然数量不多,但都是一叶嫩芽。吴忠荣稍作准备,带着这批茶叶,从大椿乡大港村的后山,翻山步行了两天一夜,艰难地走到了羊楼洞。吴忠荣到羊楼洞时由于长途劳顿,加上饥饿,已是疲惫不堪。看着来来往往的茶商,听着不停的吆喝声,他发现腿脚很不听使唤,便瘫坐在街边的石头上,茶叶从袋子里倒了出来。

不知道是哪家的小二上前来,问他的茶叶卖什么价钱。他还不懂得如何讨价还价,更不知道茶市的行情。于是他勉强站了起来,说:"你看能卖个啥价?"小二一听就知道他是新来的小茶贩,说先过秤,一称只有38斤,他来的时候反复称过是40斤。"你是要钱,还是要盐?""一斤茶换一斤盐。"小二说。吴忠荣目的是来用茶叶换盐的,他听说是一斤茶叶换一斤盐,心里可是乐坏了,可他还是强压着内心的兴奋,表现得非常冷静。小二见他犹豫,接着说还管他一个晚上的食宿。换好盐后,吴忠荣挑着担子就风似的跑了回来。

回到村子里,这担盐一夜间就抢购一空。村子里还是很贫穷的,大多数人家是以鸡蛋、鸭蛋换盐,少数给钱的,也有先赊着的。总之,只要是来买盐的,不管有没有钱,吴忠荣都不分贫贱,先把盐卖出去。

有了第一桶金,吴忠荣开始发动村民种茶树。欠盐钱的可以用茶叶来还。

一些村民开始跃跃欲试。村子里没有茶苗,吴忠荣专程去漫江买茶苗,免费分发给村民栽种。大椿的水土好,气候适宜茶树生长,栽种下去的茶苗不到两年就开始有收益了。

那时,漫江"宁红"已与羊楼洞建立茶叶营销合作多年。"宁红"是通过水路运往九江,再从九江运往湖北的。

"宁红"茶的运销,贩卖手续极为复杂。初茶户制成毛茶,即向附近的茶庄出售,或经小贩登门收购,转售于茶庄。茶叶卖给茶庄时先从买方袋中抽取样品,置竹盘内详看粗细、色泽。嗅其气味之香否?观其形状之整否?然后谈判讲价。成交后,过秤落薄,凭薄付款。茶庄收买毛茶,加工焙制,筛其杂梗,去其湿度,即行装箱,才可运销。承转间所耗费用,有加佣、贴磅、补箱、贴现、栈租、回扣、茶样、打包、保险等,耗费成本20%左右。此外,中间商人会以不正当手续,任意剥取,以及洋商之利用弱点故意压价。

大椿至羊楼洞的茶叶之路,应该说是吴忠荣带着村民一步步踩踏出来的。

有一回,接近黄昏时,吴忠荣挑着一担沉甸甸的上好精制茶走到深山脚下,一阵阴风吹来,一个疲倦的声音在林丛中响起:"我是鬼。"紧接着他听见簌簌的声音,"滴滴"地响,很细微,很吓人。这时他听见土匪放出口风:"我们发财啦,这块肥肉我们得吃掉,千万别让别人占了先。"他有一种不祥的预感,让他的内心不寒而栗,除了加快脚步,无疑没有任何选择。

天色彻底昏暗下来的时候,好像有鬼要乘虚而入,然后便是一个惊天动地的炸雷,像耳光一样劈在地上。一场暴雨噼噼啪啪地打在他的箩筐上。从林子里跳出几个莽汉,啪嗒啪嗒地朝他身上猛打,他先是求,被按压在地上。

这担茶叶被强盗抢走了,回来时,他的头又痛又难受,他便开始诅咒那些强盗。从这以后,每次出门都请几个壮汉同行,再也没有过类似的事情发生。

后来大椿至羊楼洞的茶道越踩越宽,被绘制在万里茶道的版图上。

在寻找到茶叶的销路后,吴忠荣带领村民在大港村开辟了一块五亩地的茶园。这也是大椿乡历史上的首个茶园,就是从这个时候开始,大椿的村民们便开始种茶。

从一开始的买鲜叶,到后来的产品,茶叶价格在逐年增长,大椿茶始终保持着高质量,所生产的茶始终在茶市上供不应求。

茶叶的发展彻底改善了村民的生活。一些缺盐的人家,再也不少盐了,甚至还可以去集镇换点油、买点布匹回来。但是好景不长,1917年俄国十月革命爆发后,沙俄茶厂纷纷停业,羊楼洞茶事经历挫伤。1925年,联俄政策恢复,阻断了外销的茶路,羊楼洞茶事回到十月革命前的盛况。从1929年开始到1949年,中苏因中东铁路事件断交,日寇铁蹄踏进赤壁市区西南26公里的羊楼洞,百年"川"字号茶庄纷纷破产,羊楼洞茶事一落千丈。

大椿的茶叶由于没有其他销路,慢慢地,茶园无人看管。一些茶农被迫想着法子再谋生计。多年后,吴忠荣开发的那块茶园遗落在深山老林中。低矮的茶树,慢慢地长成了森林。

俄国十月革命后,上海为输出茶市之中心,修水所产的茶,得用民船由修水河运到涂家埠,转南浔铁路火车至九江,由九江装火轮运至上海。运费依据上海商品检验局茶叶调查报告,民船运费每箱四五角钱,火车每箱五角七分钱,轮船每箱一元三角八分钱。此外还有保险费、报关手续费等等,每箱三四角钱,总计约三元。红茶每百斤(两箱),运费捐税十二元五角三分五厘钱。

大椿有少量的茶农,将茶叶卖至漫江茶商。茶叶统一由漫江通过各种工序后,制作成"宁红"。那时,"宁红"在国际上的价格明显下跌。

茶庄输出茶"屡沽贱价",从而压低毛茶价格,使茶农非但无利可图,而且有亏损的风险,不得已放弃种茶。茶商压抑毛茶价格颇严,采买毛茶时,限定毛茶最高价格。

当时买卖摘录原文如下:

启者:各分庄进货,自本月十二日起,应遵照茶业公会维持茶市决议案,乾圳红茶(即元茶)每斤限价七百至八百,乾圳青茶每斤限价八百至九百,再须缩紧,另由本庄周知,秤用茶商习惯,以二十两为度,由公会派员密查,如各庄有违背议决案,每斤超过限价一文,或缩秤一两,或以元茶报火茶给价者,一经查出,按每百斤罚银一百元,以二成赏给密查员,以三成充赏报信者,以五成归公会办公,特此函达各分庄查照,事关公议,务希按照议价及茶秤买茶,不得越逾,自取咎累,是为至要,此致分庄先生茶业公会同启

此后,汉口虽然偶有对俄茶叶贸易,但与以前完全不能相比。

吴忠荣的后半生没有再做茶叶买卖,可他在茶道上摸爬滚打的故事,却是深深地影响着儿子吴香华。吴香华从小就喜欢茶叶生意,在家徒四壁的时候,父亲用茶叶养活了一家子人。吴香华也是父亲用卖茶的钱,把他送进了私塾。他读过《增广贤文》,也念过《三字经》,后来还熟读了陆羽的《茶经》,对种茶制茶特别感兴趣。尤其是父亲那执着的精神,深深地影响了他。

在吴香华刚成年的时候,正是秋收起义爆发的时候,他和两个兄弟一起去参加过革命,结果只有他一个人受伤回来,回来就倒在床上,第二天也没法起来,第三天开始发起了高烧。后来,采茶女采了不少草药回来,整整一个星期,吴香华才勉强坐了起来,但他的眼神像是失去了光泽。另外两个兄弟变成了烈士。他每天守着两个兄弟的牌位哭泣着,还喃喃自语地祈祷。很小的时候,兄弟仨还有过继承父亲做茶商的打算。

现在兄弟都走了,他就只能孤独地一个人重操父亲旧业。他在大椿乡大港村聚集人口最多的地方,开了家"大椿"茶庄。来大椿做茶叶生意的人,半年都难遇上一波。茶庄招揽不到生意,仅是块招牌,风吹着就会晃动。但吴香华并不愿意关门,没有人来,他决定学着父亲走出去。

吴香华只是个茶叶小贩,到底有多小连他自己都说不准。半斤二两他都收,收的价格却不低。开始,村里的茶叶都由他一个人收购,后来还是遇到过尴尬的局面,有些茶农把茶叶卖到了临村。

在调查摸底后,吴香华发现,有些茶农担心他付不了现钱,所以宁愿卖到外村去。于是他采取先付定金、后收茶叶的方式,让附近周边的人把茶叶都卖到他这里来。他收购公平,从不缺斤短两,遇上高品质的茶叶,另外予以奖励。最关键的还是他的收购价比别的地方高,而且高出很多。但是,遇上十里八乡的茶农都到他这里卖茶叶时,他还真的犯愁了。付不出现钱,他只好限购。不过,本村的茶农即便是限购,还是会将茶叶送上门来,就算是欠钱,也愿意将茶叶卖给他。吴香华一有了钱,立马就会支付,他的信任度越来越高,不出三年就由一个小茶贩子,变成了一个响当当的商人。

吴香华去世前,将他所创办的"大椿"茶庄转交给了吴文胜。他再三叮嘱吴文胜,一定要做有良知的茶商,宁可自己亏本,也不能亏待茶人。

吴文胜极瘦,颧骨高耸,双颊下陷,两眼浑浊。

新中国成立初期,吴文胜把自家的自留地全部种上了茶叶。他一个人重新做起了父亲的老本行,乐此不疲地创办了"大港茶厂"。"大港茶厂"大概就是大椿乡最早创办的民营茶厂。

吴文胜的"大港茶厂"不仅有自己的茶叶基地,而且还购进了各种茶叶设备。在"大港茶厂"创办没多久,乡里的集体茶厂应运而生。但与"大港茶厂"相比,无论是管理上,还是生产技术上,都略微逊色一些。

1970年,就在吴文胜的"大港茶厂"芝麻开花节节高的时候,吴章金便来到了人间。对于吴家来说,吴章金的到来的确是件万分欣喜的事情。农村里一直以来重男轻女的偏见依然存在,现在有了男孩,吴文胜便大胆地谋划着未来更大的茶叶事业。他知道茶叶事业是无比漫长的,他计划着吴章金长大后继承他的茶叶事业。也就是出于这种心理,他又在大港的荒山上开垦了几亩地,栽种上了茶叶。

吴章金个头不高,温文尔雅。1982年他还在念小学时,父亲吴文胜又将村里的三十亩零散的茶叶基地承包了下来,从那个时候开始,父亲成天在地里忘我地劳作。吴章金也会跟在父亲的后头,帮忙除草、施肥,春天的时候采摘茶叶,还慢慢地学会了一些制茶技术。父亲从小就夸赞他,是块做茶叶生意的好料子。他开始并不懂,以为做茶叶生意是没有学问和志向的事,可当父亲把一张罗坤化的画像挂在正厅堂的墙壁上,和他讲述罗坤化的故事后,他仿佛明白了其中的一些道理。所谓"三百六十行,行行出状元",茶叶这个行当,也是能够出人才的。

1988年,吴章金高中毕业时,父亲开始体弱多病。"他吃了太多的苦,身体明显出了问题。"吴章金含着眼泪,深情款款地回忆父亲时,父亲已经走了好些年,他的眼里噙着泪花。父亲在世的时候,很多时候茶园里只有他和父亲俩人,时常是他在陪父亲,父亲滔滔不绝地和他说着茶叶的门道,他则躲藏在茶树底下捕捉蝴蝶,在茶园里蹦来跳去。

其实,父亲经常煞费苦心,为了让他对种茶产生兴趣,变着法子培养他的兴趣,有时候滔滔不绝地和他聊一些神话故事,然后又把神话故事转到茶上来。无形中,他的精神视野开阔了。让吴章金记忆犹新的是,村里有许多上不起学的孩子,父亲总会想方设法替他们交学费。

实际上,那时父亲的举动让吴章金有些不解,因为他的零花钱都是他自己采摘茶叶得来的。他经常会利用放学回家吃饭的时间,去山上采摘茶叶,有时候还会帮着父亲制茶。无论是采摘茶叶,还是制茶,父亲都会给他相应的报酬。许多年后,他明白了其中的道理,就在他最困难的时候,父亲当年帮过的孩子,后来都想着法子帮助他。"不说滴水之恩,当涌泉相报。至少,说明父亲做了件正确的事情。"吴章金说。后来这些人,多数成了吴章金的伙计。他知道父亲帮助孩子们的初心,绝对不是图他们有回报。

当他把茶叶当作一种谋生手段时,父亲已经走了。"父亲走时不到六十岁。"吴章金接过重担的时候,上要赡养年近八旬的爷爷奶奶,下要抚养四个弟妹。这可不是件容易的事情,可是他没有半句怨言,依然咬紧牙关,极力承担着家庭的重任。

1992年,村集体三十亩茶园实行产权转让。吴章金听到这个消息失眠了,想着父亲一辈子与土地打交道,干着的也是祖先留传的事业,不能在自己的手上干不下去了。"当时体会到经营自主权的重要性,要是茶园转让不了,对今后的茶叶发展会造成极大影响。"在万般无奈之下,吴章金毫不犹豫地从银行借贷一万两千元,又从亲朋好友处借来八千元,将这三十亩茶园的经营权盘下,开始创业。

种茶、采茶、制茶绝非外人想象般"诗情画意",采茶、杀青、揉捻、沤堆、复揉、烘焙……从一片茶叶到一杯好茶,其中要经历繁杂的工序,每一道工序都考验着制茶人的功力和耐力。

20世纪末,因种种原因,国际、国内茶叶市场走入低谷,价格低、效益差,市场竞争激烈,许多小型茶厂都倒闭了,但吴章金始终不愿放弃,充分利用自己这三十亩茶园基地,不停地摸索实践,掌握茶园管理及茶叶加工技术,开拓茶叶经营销售渠道,茶叶市场越做越大。在逆境中顽强拼搏,他不断加大投入,扩大规模,拼出了一番新天地。

在吴章金的茶厂进入高峰期时,1962年,大椿乡政府创办了"大椿茶厂",属乡集体企业。当时政府的出发点,意在集中打造大椿茶叶品牌,将全乡的茶叶资源进行集中整合。翻开蜡黄的《大椿乡志》,还能找到详细的记载。大椿茶厂设立在大港村甫臣屋(原大港大队),原名九路坪茶场,厂长叫车国华。车国华和吴章金是忘年之交,两人经常在一起谈茶叶门道。

有一段时间,吴章金也参与到了"大椿茶厂"的经营生产中,比如帮忙收购茶叶,提供技术方面的支持。

1972年,大椿茶厂出现生产经营问题,那时恰逢知识青年上山下乡劳动改造。"知识青年都是有头脑、有想法的知识分子,他们的主意特别多。"吴章金说。大家集合在一块商讨着茶厂的发展,很快就拿出了发展方案。1973年9月25日,大椿茶厂被改名为大椿知青茶厂。重组大椿知青茶厂的第二年,大椿茶叶发生了翻天覆地的变化。年产茶叶600余担,产值达10万元左右。

知青茶厂运行期间,下乡知青做出了非凡的业绩,创新了茶叶特色品牌,铺垫了大椿茶业的坚实基础,从种植、加工、销售积累了宝贵经验,为大椿人民创造了财富;也使大椿茶叶经久不衰,得到了健康发展。

这个时期,大椿茶厂生产的"双井绿"伴随着中国宁红在国际上声名鹊起。

"企业生产经营了几年后,再没有了发展空间。考虑要扩大茶园,扩大生产。"吴章金说。1978年秋,通过乡企办提议报乡政府审批,决定在大椿乡罗家地开辟新茶园,于1979年7月开工,开辟茶园256.2亩,同年规划生产厂区。1980年3月兴工动土建设加工生产厂房,同年10月茶厂由大椿村泉塘迁到大椿村与新庄交界地罗家地即现在的生产厂旧址,并改名修水县大椿茶厂,1983年经工商行政管理局注册再次改名为"江西省修水县大椿茶厂"。

"在这8年的时间里,大椿茶厂虽然历经了一些波折,总体来说没有出现任何问题。"吴章金说。

2000年,由于市场经济冲击和经营管理不善等原因,大椿茶厂连年亏损。"从2000年到2010年这十年时间里,出现了一种饥饿的现象。连正常的工资和厂房电费都拖欠。"实际上,在这十年间,吴章金的茶厂却一直稳健发展。2003年以来,他一边开发茶园,一边做大茶厂的生产规模,在他的牵引作用下,对大椿茶叶资源、品种、加工进行整合,实行优化组合,在南昌、九江开设了自己的直销店三个,实行了销售线上线下一体制,还进驻了北京、上海、济南等全国大中城市,年销售额突破五千万元。他注重品牌开发意识,把品牌创建作为产品挤占市场的"通行证",2004年,有六百亩茶园获得有机食品论证,2008年,"霞森"商标被认定为江西省著名商标,"霞森"系列茶产品获国际、省、市金奖、银奖和优质产品奖 36 项。

2007年,大椿乡政府做出乡集体企业改制为民营股份制经营的决定。"那个时候,大椿乡已经出现了好几家私营茶企。乡政府把我们召集在一起座谈,听取意见,目的是重新组建民营修水县大椿茶厂。"这是个难得的发展机会,吴章金的茶厂虽然已经有了不小的规模,他已总结出一套完整有效的管理办法,但企业需要壮大,就必须购买茶厂。"那时还很年轻,就想着搏一搏。"吴章金说。他咬紧牙关把"大椿茶厂"买了下来,并且很快就形成了一套以"公司+合作社+茶厂+基地+农户"的经营模式。

"蜀道难,难于上青天。刚刚起步时,就感觉前面被一块陨落的巨石挡住了去路。"吴章金说,"公司注册资金600万元,厂房建筑面积达3万余平方米。"这对于一个乡镇私营企业来说,非常不容易。但是办法总比困难多,重组后的大椿茶厂很快就成了"双井绿""宁红茶"的重要生产企业,拥有绿茶、红茶、乌龙茶以及金丝皇菊等加工生产线。大椿茶厂经历了从手工制茶到机械制茶、从纯粹生产型到生产销售型的演变,2010年有茶园面积205公顷,产毛茶130多吨。

"种茶、制茶、卖茶都是非常辛苦的活,常常是整夜不能眠。"为了保证茶叶的新鲜,从茶园采摘的鲜叶当天必须炒完,否则,将会降低茶叶的品质,很难做出好茶。每天吴章金白天要上山采茶,晚上要亲自炒制完当天采来的鲜叶,制作之后还要拿到集镇上去卖。"我在采茶做茶的半个月时间里不能上床睡觉,有时只能在车上睡一会,通宵达旦是经常的。"

吴章金习惯性地在村子里走,去了东家又去西家,在村子里的茶农家走来走去,一条路不知道走了多少回。他会逐家逐户了解村民的生活质量,以及对茶叶产业的真实想法。

也许是茶叶拯救了这个村庄。很多的村庄人烟稀少,很难看到年轻人的身影,甚至也很少听见孩子们的琅琅读书声。可是在大椿的很多村子里,还能看到孩子翻跟斗的身影。还有一些孩子在对面的山上撕心裂肺地喊着,叫喊声在山涧来回荡漾。

"随着时间的推移,茶已经成为身上的一份责任。不忍让青葱的茶园荒废,不忍看到乡亲茶农眼中的无奈与期盼……"吴章金说。

应该说,吴章金懂茶,会搞经济,朝着一个目标,在不断地往前走。

日子在不断地变换着,吴章金的茶厂在悄无声息中不断地发展壮大,由当初的一个简陋小茶厂,慢慢地发展成拥有全县最先进的自动化绿色生产线,有符合清洁化的生产车间和仓库,更有占全乡五分之一的自主经营茶叶基地,已成为集生产、观光、旅游为一体的现代农业,并被九江市评为十佳特色农产品基地。

"为什么修水的茶叶好,除了先天优越的地理条件外,还要对茶园的管理做到有机化。"吴章金说,大椿乡所有茶企和茶农均严格按照"无公害绿色食品"的标准进行茶园管理。在茶园管理上做到人工除草,用农家肥,推广物理防虫,使用微生物农药。大椿乡还成立了茶叶协会,协会和各茶叶合作社均制定了"三不准、二统一"的茶园管理制度,即不准使用高农残农药,不准超量施用化肥,不准随意喷洒除草剂;统一病虫害综合防治,统一茶叶采摘标准。通过严格的管理,全乡的茶园管理水平逐年提高,茶叶品质明显改善。

一分耕耘,一分收获,通过多年的打拼,吴章金终于实现了自己的创业梦想。"大家好才是真的好",吴章金始终没有忘记父亲的谆谆教诲,时刻想着贫困的乡亲们。多年来,他响应党和政府的号召,积极为脱贫攻坚贡献自己的力量。每年在他的茶园里做零工的乡亲有一千余人,很多人实现了在家门口就业。

"大椿茶业从小到大、从弱到强,一步步走到今天,不仅有坎坷、有困惑,更有荣誉、有贡献!作为修水茶人,吴章金不愧是优秀代表。"修水县茶叶协会副会长、秘书长钟俊新说,"在修水脱贫攻坚工作中,吴章金做了许多具体实事,为二十多户建档立卡贫困户,每户增收一万元。他们挣得了一点钱,盖起了楼房,过起了幸福的生活。"

"农民外出打工赚钱,每年还得背着行囊回来。回来过完年,春天还得出去。一年来来回回,收入并不理想。"考虑到这个问题,吴章金专门成立了合作社,把这批人利用起来,茶苗、肥料、收购统统由他来负责。只要他们出力,负责茶园的管理。"不是请他们干活,而是给他们分红。"一年下来,最少收入也有五到六万块钱。"家里的其他事情一样都没有耽误。"

一缕茶香染流年,谁知道当初她的芽儿,却浸透了奋斗的泪泉,洒遍了专注的心血。吴章金以他的吃苦耐劳和执着专注,在茶叶这条道上坚守了近三十年,如今他依然奋战在茶园里,只为让大椿茶走得更远,走得更好。

坐观楼百尺,三面种新茶。如今的大椿,已是"中国名茶之乡""全国无公害茶叶生产示范基地乡""全国十大魅力茶乡"。大椿茶厂在市场经营上结合自身优势实行多元化发展,在品牌建设及实体店铺经营上实行直营及合作经营有机结合,保证品牌,市场健康稳定发展的同时实现快速有效占领市场。目前销售店铺有二十多家,销售区域覆盖江西、山东、河北、上海、北京、广州等省市。上海修水知青刘钟瑞返回上海后,在上海创办了"湖心亭茶楼"。"湖心亭茶楼"坐落在风光旖旎的上海中心区,吸引着文人墨客前来饮茶品诗。"湖心亭茶楼"所用的茶正是大椿茶厂所生产的"宁红茶"和"双井绿",作为茶楼的最大特色,经常是宾朋满座。

必须承认的是,一个茶叶产业的发展,离不开像刘钟瑞这样的有缘人。茶商周德兵与吴章金是茶道上的知己,周德兵从事茶叶生意三十余年,在山东有十多家门店,卖的都是大椿茶厂所生产的"宁红茶""双井绿"。周德兵在卖茶的过程中,注重文化品牌,从修水的文化内部推广"宁红茶""双井绿"。周德兵自从干上茶叶这个行当后,极少归家,在山东开店。

周德兵刚去的时候,吴章金借给他不足2000元的本钱,他凭着自己吃苦耐劳的精神,现在已是家财万贯的大老板。每次吴章金到山东,周德兵总会召集同乡聚会,聊过去的悠悠往事。

1992年10月,大椿茶厂所生产的精制绿茶"双井绿",荣获首届中国农业博览会银奖,"双井雀舌"在2006年第十三届上海国际茶文化节名优茶评比中获银奖。2010年,大椿茶厂被评为江西省农业产业化龙头企业,"霞森"商标被评为江西省著名商标。2014年上海国际茶文化节,大椿茶厂生产的"宁红金毫"荣获第一名。吴章金自己也常常参加各地的茶叶制作大赛,2017年获得全国手工绿茶制作技能大赛个人一等奖。

　　走进厂区,宽阔的马路,高耸的楼房,整齐的车间,掩映在葱郁的绿树中,鲜醇的茶香在空气中流淌。机声隆隆,人声嗡嗡,生机和活力充斥着每一个角落。我和吴章金坐在门口聊天,茶香被风一层层卷过去,看不清楚颜色,感觉在整个村子里越积越厚,和高远的蓝天慢慢地凝聚在了一起,像梦幻一样美丽。

　　不远处,有几个大人在接孩子放学回家。此刻,大地和河流都是绿色的,在温暖的阳光下冉冉地移动着。吴章金虽然已过不惑之年,可他还是那个孩子,在漫长的童年中他始终没能走出来,他在孤独中走向了一个温暖的所在,这是他最大的成长,也是他的幸运。

　　大椿茶厂的生意越做越好,这几年一直在走上坡路,吴章金不仅要对付厂里的事情,还要对付外头的生意,两头辛苦。筋骨虽好,岁月终究不饶人,眼见着头发白了一大半。

　　深夜里,吴章金时常会看见父亲那张慈祥的面孔。他感觉那么的真实,又是多么的遥远。毕竟父亲已不在世多年,"我把做好的新茶,用开水泡了一杯,温度相对好,爸,您试试"。"章金,你又讲梦话了。"第二天妻子和他说。这样的梦,吴章金经常会做,他担心自己没有把茶做好,担心茶的品质没有上去,生怕父亲责怪自己。他爬起来,小心翼翼地点亮了父亲留给他的茶灯,上面还留着父亲的墨迹。父亲在世时,喜欢做灯笼,连茶园的地头上都挂一盏,上面写着一个"吴"字。现在年代有些久了,可吴章金依然小心伺候着,竟然成了他内心的一道风景。

　　"放拣"时分,随着清脆的电铃敲响,工厂的大门立刻涌出哗啦啦的人流,如同出闸的洪水,顷刻间涌向马路,塞满路面。迎面而来的车停了,人阻住,路旁的摊贩急忙拎起家什,逃得很远。黑压压的人流,其中多半是妇女,裹挟着沸腾的人气、喧嚣的人声,如浪头朝县南滚动,数十分钟内,便射箭般填满大街小巷,消失在千家万户中……

经商得有道,致富得有方。吴章金与茶叶的缘分,无疑是一本厚重的书,需要慢慢去解读,才能够体会到其中的生命情趣。

两代人传承"宁红"

从小生活在修水,俞旦华的性格里带着"宁红"的温文尔雅。他讲话不疾不徐,思维敏捷开阔,给人气定神闲、虚怀若谷之感。

其实,生活中的他喜欢安静,更嗜茶,感悟人生先苦后甜的真谛。他向往宋朝人夏季时酒至微醺、醉卧竹榻,身旁有茶童摇扇煮茗的诗意生活。

俞旦华与漫江的情感,就是从胃开始的。他刚到漫江时,喝着第一口"宁红",他感觉整个胃都是暖洋洋的。

我去漫江找俞旦华,他一次次失约了。我只好在街上瞎逛,后来在一个绿色招牌的小店里,见着了江西省宁红有限责任公司总经理王海兰。她是俞旦华的搭档,一个安安静静的女人。

"不好意思,今天俞总又失约了。"每次我都是通过王海兰寻找俞旦华的。

我认识王海兰有十多年了吧,记得王海兰喜欢文字,在一次修水县举办的文学笔会上,王海兰就坐在我的旁边。她脖颈长,长眉星眼,丰润的双唇,比城里见过的那些矫情的太太小姐漂亮多了。让她发言的时候,她站起来亮开嗓唱道:

温汤水,润水苗,一筒油,两道桥。

桥头有个花娇女,细手细脚又细腰,

修水茶客要来媒……

"要来什么?"平静的会议室里,顿时吃喝起来。会唱的也会跟着唱,在唱采茶歌的时候,不分贵贱,不分男女。像是女人在打情骂俏,谁也不知道谁才是真正的对手。

去漫江前,我给王海兰打过几次电话,意思是和俞旦华见个面,另外听她唱几首茶山情歌。那天下午,本来是答应见面的,王海兰突然给我打电话说,俞总临时有急事出差了。

在修水,茶人对俞旦华并不陌生,他便是"宁红"重要的传承人。

"我想去你们公司看看。"我说。没有见着俞旦华,我的心里自然有些失落。

王海兰放下手中的茶杯,指着前面的路说,公司离这不远,前面步行一条街,再走半里路,过一座大桥就到了。

记得我去的那天,茶园里还有很多采茶的姑娘。江西省宁红有限责任公司的一栋白墙黛瓦的房屋摆放在茶园的中间,旁边的几间砖瓦老屋,被绿色植被缠绕着。

"我们这个公司是俞总回来组建的,也是目前漫江最大的茶叶公司。"王海兰介绍说。

"从哪回来呢?"我这才知道俞旦华原先是宁红集团的副总,可他老家却是漫江乡宁红村。可以说,他从小就与"宁红"结缘,而且出生在"宁红"世家。在茶工祖师罗坤化的影响下,俞旦华的父亲俞道文毕生传播"宁红"精神,五十年如一日,把毕生的心血全部倾注给了"宁红",被誉为"现代宁红茶第一人"。

由于历史原因,"宁红"到俞道文这已经很不景气了。在俞道文的心里,依然是重振"宁红"。这似乎是"宁红"不断辉煌、不断走向低谷的命运。"宁红"的命运与国家的命运、时代的命运紧密相连。对于茶人来说,就是不断地接力,不断地让"宁红"流淌在历史的长河中。

想起当年,茶叶先辈罗坤化赢得"茶盖中华,价甲天下"的声誉,郭敏生摘得甲级大奖章,莫雪岷兄弟创"宁红不到庄,茶叶不开箱"的历史,俞道文的心里有些兴奋。为了更好地总结前人的智慧,传承好宁红茶的技术,1985年,俞道文历时四年编辑撰写了《宁红茶技术》。这应该是"宁红"历史上首部有关宁红茶技术的示范教材。

因为俞道文钟爱"宁红",对"宁红"的痴迷很快就在业界产生了影响。俞旦华的母亲易芝兰,在得知俞道文潜心于茶叶研究而且未婚时,主动来到他的身边相依相伴,和他一起学茶制茶,有了易芝兰的帮助,俞道文的事业果真蒸蒸日上。

1958年的初春,大地刚刚下过了一场雪,白得耀眼。

"孩子生了。恭喜俞总,是男孩。"

俞道文高兴不已,为了"宁红"的制作生产,他已经好久没有这么高兴过了。此时,正好是"宁红"进入一年一度的"开采期"。"就从明天开始开采吧!"俞道文高兴地说。

俞道文思来想去,决定给孩子取名"俞旦华",意思是"日月光华,旦复旦兮",期待他像"宁红"茶一样红火。

俞旦华从小就跟着父母在茶园里打转,半大的时候就会制茶,而且制出来的茶品质很高。茶厂里的师傅都喊他"小俞师傅",他居然以这个称谓倍感自豪。

子承父志,俞旦华没有辜负父亲的期望,2014年,俞旦华被授予宁红茶"非遗"制作技艺首批唯一代表性传承人。2018年,俞旦华被评为中国茶叶流通协会首批"中国制茶大师"、中华茶人联谊会首届"中华匠心茶人",获得修水县茶叶协会茶叶产业终身成就奖等荣誉称号。

俞旦华并没有满足,晚上总是不得入眠,他想着人生短短光阴,发展和推动"宁红"却是路远迢迢。

庆幸的是,2001年,俞旦华收购国营修水茶厂时,得到了后来担任江西省宁红有限责任公司总经理的王海兰的支持。

王海兰在修水茶界可说是无人不知。她倾情助力"宁红",也是修水少见的女人。与"宁红"的结缘,完全是对俞旦华的敬佩,在她的心里,俞旦华无论是干事的态度,还是对茶叶的情怀,无不深深地打动了她。

2011年,江西省宁红有限责任公司创立"漫江红"品牌,面临着极大的困难,需要在技术上突破,王海兰不分昼夜,全身心扑在公司里,她不懂技术,可还是能做些事情。实际上,王海兰和俞旦华不仅是茶道上的知己,还算得上是纯粹的"茶友"。因茶结缘,不谋而合,合的是茶叶那缓缓而动的精神。

经过漫长的酝酿和深入的研制,也就是在这一年,"漫江红"和"龙须茶"正式问世了。

这年,俞旦华瘦了一圈。他的勤奋和吃苦精神,让王海兰更加感动。

每年的三四月间,春寒料峭时,俞旦华成了漫江乡醒得最早的人。为了保证茶的品质,他得早早起来守着静静萎凋的茶叶。其实,俞旦华的家安在县城,从三月开始,一直到六月,这四个月的时间里,家里无论是大事还是小事都由妻子担着,俞旦华只能利用晚上的时间回去,天未亮时还得返回来。无论是刮风下雨还是下雪,他从未间断过。在他看来,制茶是不能分神的,得全神贯注。

红茶加工的时间长,技术要求也高。通常使用的制茶方法是重萎凋,轻揉捻,轻发酵,其好处是茶叶破碎率低,得茶率高,而且干茶条索美观,但缺点是香气平平,滋味欠浓厚。

俞旦华坚决采用传统的宁红工夫茶做法,轻萎凋,重揉捻,重发酵,这样制作出来的宁红茶冲泡时空气中芳香四溢,茶汤滋味醇厚,茶叶更耐泡,长时间搁置未喝,冷后的茶汤依然有醉人的芬芳。但是,如果把握不当,不仅干茶外形欠美观,一旦揉捻或发酵过度,整批茶就可能报废。俞旦华总能做到恰如其分,因此,经过俞旦华之手的"漫江红"因香气突出且持久、滋味醇厚,让人有回味无穷甚至难以忘怀之感。

"宝剑锋从磨砺出,梅花香自苦寒来"用来形容俞旦华非常贴切。每季茶完成时,俞旦华的手指头、手臂上都会留下数道伤痕。

为让顾客喝到真正的好茶,俞旦华自创立漫江红品牌以来,不仅坚守"看茶做茶,用心做茶"的茶人精神,还始终坚守"做有良心的企业,做有品质的红茶"的企业家精神,不仅工艺上坚守传统工艺,在原料把握上也坚持全部采用晚熟的宁州群体种原料。

宁州群体种也称宁州种,是中国茶叶学会1965年在福州召开的"全国茶树品种资源研究及利用学术讨论会"上从五百多个品种中推荐的第一批茶树优良品种,同时也是各茶区推广的第一批五十个地方良种之一。但由于历史的原因,20世纪80年代,随着中国经济体制的转变,中国以出口为主营的大小茶厂全线停产停业,修水茶在忍痛转产宁红保健茶后,修水茶产业也遭遇了"红改绿"(改种红茶品种为绿茶品种)的阵痛,在全面实行红改绿以后,宁州群体种被大量的外来品种(绿茶优良品种)替代。而漫江茶园又因管理不善,宁州群体种面临被取代时又濒临死亡,俞旦华为保护宁州群体种茶园,也为保护当地职工的利益并维护改制环境的稳定,经过多年努力,终于将漫江茶园高价收回;濒临死亡的漫江宁州群体种得到精心呵护,成为修水目前保护完整的宁州群体种。

俞旦华坚持传统工艺并采用宁州群体种原料,这不仅需要放弃春茶更早上市的利润,还需要付出更高的原料成本。俞旦华却说:"我不仅是商人,我更是茶人,而且是老宁红茶人,所以不需要太多的利益考虑。"

因为对"宁红"的情结,俞旦华出资出力潜心搜集、整理宁红茶资料,制作文本拍摄视频,成功将宁红茶申报为市级、省级非物质文化遗产。

俞旦华被漫江人称为"俞公"。

有诗赞俞旦华:"宁红世家,俞公愚匠。时逢盛世,茶业兴隆。避繁华至漫江,兴宁红于当代,选此佳壤,购地建厂,保护物种,规划茶园,遵循传统,辅以科技。制作精良,追求宁红极品;技艺高超,漫江红及海内。"

在国际茶叶博览会上,国外商人听说"漫江红"是宁红工夫茶,眼睛便亮了起来。说起来,俞旦华的大名在茶业界可是如雷贯耳了。大家都知道他制的红茶,外形肥硕紧实,金毫显露,香高味浓。

江西省宁红责任有限公司在践行传承、保护宁红茶文化和制茶技艺的同时,坚持有机种植,创建出口食品原料种植场基地,与国际市场共建"一带一路",目前产品已经销售到欧洲的德国、荷兰、波兰和非洲的毛里求斯等国家。

俞旦华说:"当年罗坤化让'宁红'在万里茶道上畅通无阻,今天我也要让'宁红'在'一带一路'上继续前行。"

青山不老,绿水长存。宁红茶在两百多年的时光中几起几落,但因为有"俞公愚匠"俞旦华这样的茶人,一代又一代地坚守着传承,才使得宁红茶精巧技艺得以熠熠生辉。

茶的故事:人在草木间

茶的故事,其实就是人的故事。

"茶"字被解构成"人在草木之间",将更深厚的情感,寄托于创造它们的茶人。

1962年7月出生的李冰池,是修水县知名的制茶能手。

在修水,李冰池在茶界可是鼎鼎有名。茶"道"里的茶友尊称他为"冰池师傅"。修水种茶人想要学技术,就会主动找李冰池取经。

种茶人对李冰池的信任,完全来源于他的影响力。当一个人具有一定影响力的时候,就像是一堵坚固的墙。李冰池留在茶农们心中的印象,就像是一块钢铁浇灌的墙。

茶与艺术是一样的,功夫体现在作品内涵上。好茶不仅需要好料,更需要上好的技术。李冰池的功力非凡。

说起与茶的结缘,李冰池感慨颇深。他指着一片绿意浓密的茶园说:"那时候这里还只是一片荒芜之地,种下去的都是幼苗。"如今这里一层层茶园梯田错落有致,一株株茶树长势喜人,正吐露新芽。站在茶树间,眺望茶园,李冰池忍不住掬起一捧新芽在鼻尖深吸一口茶香。"从种茶、制茶到卖茶,我和茶叶打了一辈子交道。"

1979年开始,李冰池进入大椿公社知青茶场,1987年转入修水县大椿茶厂,先后担任过茶场的副厂长、厂长,在茶叶的路上摸爬滚打了41年。17岁那年,李冰池高中毕业,初入社会,便作为学徒进入当时的大椿公社知青茶场学习手工制茶。制茶大致分为摊青、杀青、揉捻、定型等几个步骤,最难的要数杀青过程,杀青时,双手需要在温度高达120℃到

180℃的锅中不停翻炒,去除茶叶中的水分,便于揉捻,茶叶温度一般高达100℃。

"那时候条件艰苦,制茶的时候都是用煤油灯照明。"刚开始时,掌握不了翻炒的力度和节奏,李冰池双手手臂常常因为剐蹭到锅边,被烫起泡。身体上的疼痛加上年轻不服输的韧劲,李冰池决心要尽快掌握杀青的技艺。"制茶是一门熟能生巧的活儿",在师傅的教导下,李冰池利用空余时间找来柳树叶反复练习,一遍一遍翻炒,常常累得腰酸手痛,但他却很少停歇,慢慢地,手臂的力量能控制手在柳树叶和锅之间来回自如。李冰池内心充满了成就感,那刻起,他便下定决心要学好技艺,好好制茶。之后他更加刻苦地练习,参加各种培训,不断总结经验和心得,还自创了一套独有的杀青口诀——高温杀青,先高后低,透闷结合,多透少闷。杀青技艺日益精湛。

1982年,年仅二十岁的李冰池,初生牛犊不怕虎,决心单独手制"双井绿"。他几乎把自己封闭起来,躲藏在一个小院子里,也不让任何人走近半步,反复捣鼓着制茶技术。有些时候,他心里难受得很,闷得慌,脸色苍白。就这么反复捣鼓了一个月,他手制的"双井绿"一举夺得"江西八大名茶"之一的殊荣。

李冰池的发掘精神,对茶业的执着精神,不但使自己的事业有成,也深深地感染了他的家人。现在他的儿子、儿媳、女儿、女婿都从事茶业,吃的都是"茶叶饭"。

茶叶生产是一项专业性较强的农业产业,尤其是茶叶加工,技术含量很高。为了全面、扎实掌握这一技术,李冰池在生产实践过程中,一边实践,一边总结学习,还拜茶技站和县茶科所的专家教授为师,向专家们求教,同时在生产实践中用心总结经验教训,掌握技能。

因为用心制茶,李冰池慢慢成长为修水县茶叶专业的农技师。2004年集体茶场改制后,李冰池下岗创业,创办了"大椿冰池茶厂",从零开始,从事茶叶种植、加工和销售。"从幼苗长到这么高,就像呵护小孩一样呵护着它们长大。"站在如今郁郁葱葱的茶园里,李冰池回忆道。那时起,他每天给茶园除杂草、检查病叶病枝,耐心伺候着种下的50亩茶叶幼苗。

自创办大椿冰池茶厂以来,李冰池一心想制作独属于自己品牌的茶叶。"每一种茶都有独特的制茶之道,但好茶均追求形色香味。"李冰池对以往制茶的每一道工序了然于心,但要制作不一样的茶叶,就必须打破先前传统的制茶习惯和思维。他从每一个环节开始进行尝试,按形色香味的标准,从手法、时间和工序上进行改良,让茶叶形状更秀丽,口感更佳。

李冰池是修水县第一个实至名归的茶业工匠。在研制"大椿冰绿"的过程中,李冰池发现纯手工制作茶叶的过程中,杀青要用锅加热,人工一锅一锅炒出来,不仅费时费力,技艺不精湛的工人也不容易掌握火候,出茶率不高,还影响了茶叶的质量和品相。"如果控制好温度、湿度,用机器代替人工,是不是会更好呢?"李冰池大胆设想,并将自己的想法付诸实践,设计定做杀青机器,经过反复试验,终于将人工杀青改为机械杀青。这一技改不仅大大提高了功效,还稳定了杀青的质量,制出的茶叶香气独特、颜色鲜艳,产量也从以前每人每小时1斤左右,提高到了近20斤。这一技改的推广也使当时大椿乡大批量生产高档名优绿茶步入了快车道。因为注重用科学的方法种茶制茶,2015年李冰池被评为"中国科学普及带头人"。"大椿冰绿"牌茶叶,很受消费者的喜爱,成为江西省著名品牌。

1993年,李冰池取得农业部颁发的"中国农民技师"的农民职业资质;2009年,参加县茶叶办组织的评茶员培训,取得国家中级评茶资质;2011年,参加江西省首届手工制茶比赛,荣获"江西十大制茶能手"称号并排在第一;2012年,被评为九江市农村科普带头人;2013年,被评为江西省农村科普带头人。

在李冰池的桌上,堆满了各种荣誉证书,这些是李冰池用心制茶的最好见证。

"我这一生和茶叶有缘,希望茶叶带给我的,我也能传授给他人,齐心协力将制茶技艺传承下去。"李冰池动情地说道。

在这位老茶人的眼中,我们看到的是一颗永远不老的心,一份对茶产业浓浓的感情。

和李冰池一样,修水县上杭乡六叶茶叶有限公司的生产厂长占良喜也是一个制茶能手。

一口标准的修水话,和宁红茶打了一辈子交道的占良喜并不是修水县本地人。1962年,他出生于江西都昌县。1980年至1983年,他在婺源茶校学习茶叶制作。"就是因为高考分数刚好上茶校,没想到一辈子与茶结缘。"占良喜笑着说。毕业前实习,占良喜选择到修水学习红茶制作。毕业后,他被分配到修水茶厂生产技术科工作,从此开启他三十多年与茶为伴,埋头苦干,刻苦钻研之路。

因专业理论知识与技术技能过硬,初来乍到的占良喜工作之初就崭露头角,经常到各产茶乡镇从事指导工作,在漫江、四都、溪口一待就是几个月,有时也到乡村茶厂指导茶叶加工、生产,而经他指导制作的茶产品销量总能名列前茅。

1985年,为参加全国优质食品评比,修水县成立宁红工夫茶创优领导小组,占良喜作为成员,与邹匡复、陈范一等专家从事茶叶技术工作,从鲜叶筛选开始到最后的发酵烘干,占良喜全心向专家学习宁红茶制作技术,最终博得"宁红金毫为礼品中之珍品"之名。同年,他参与制作的"越海"牌宁红工夫茶获得国家银质奖章,占良喜也获得政府颁发的个人荣誉证书。"也就是从那时开始,我真正爱上宁红茶的制作。"占良喜说。

2007年,占良喜受聘眉毛山茶厂,在此之前,眉毛山茶厂从未生产过红茶。为钻研高山红茶加工技术,占良喜全身心投入,各个工序反复试验,克服高山昼夜温差较大的困难,最终生产出外形秀丽、内质优良的红茶产品,深受消费者的喜爱和好评。

安徽祁门红茶以"祁门香"享誉海内外时,为学习祁门红茶加工技术,同时交流宁红茶加工技术,2009年至2012年,占良喜到安徽潜心学习祁门红茶制作,得到"祁红"技术专家的悉心指导,明白了"祁门香"的形成和技术要领,红茶制作技术更加精进。为提高茶产品品质,当时受聘于琼峰茶厂的占良喜开始对茶叶加工生产线、茶叶初制体系等各个方面进行技术创新。热风炉研制、蒸汽发酵等新设备和新技术相继应用到茶叶加工中,并很快普及全县各个茶叶企业,使琼峰茶厂成为当时红茶加工技术的示范带头企业,茶产品多次获奖,产品销售连年翻番。

"此生有茶相伴足矣。"李新华说,"我请你品品我的手艺。"他从橱柜子里掏出个茶罐来,一使劲,拧开了蜡封的罐盖,一股喷香的茶气扑面而来。我居然被这股茶气给镇住了,半晌说不出话来。

"如果你花五年甚至十年时间去做一件事,那么你就是'状元'。"这是中国登山队队长王勇锋说过的一句话。李新华将三十多年时间全部用在茶产业上,他不但为自己打造了一座取之不竭的"绿色银行",而且成为带动周边农户发家致富的"领头雁"。

1968年李新华出生在大椿乡大椿村的一户茶叶世家,祖父李聘儒是远近闻名的茶人。20世纪80年代初,还在学校读书的李新华就经常一边看祖父制茶,一边学习制茶技术。由于制茶时电炒锅温度高,有时候稚嫩的小手上难免烫起一串串水泡,但他从不言苦,还经常与祖父交流自己的想法。半年后,他的制茶技艺大幅提高,很多红茶制作师傅对红茶发酵程度都难以把握,可他却每次都拿捏得很准。为此,15岁初中毕业后的他就成了大椿茶厂的制茶师傅。

不过也有人劝他:"李师傅,你年纪这么小,可以去学做篾,吃制茶这碗饭是要受罪的,你看大椿的几代茶叶生意人,山客、水客都做过,也是辛苦过头。"

李新华不爱听这话,怎么也咽不进肚子,就吐了出来。见他不理睬,那人就骂他:"少年狂妄如此,将来一事无成。"

"人各有志嘛。"憋闷了好一会儿,李新华才说出这句话。从这以后,他终日琢磨着,怎样才能把企业做大,然后真正解决村民的生活问题。"大椿的茶产业规模日益凸显,茶叶仅靠本县销售必然是一条死胡同,必须尽快打通外销渠道!"于是他抱着试一试的心理,将自己收购的300公斤茶叶贩运到江苏常州销售,没想到一趟来回就挣了不少的一笔钱。从此以后,李新华走上了贩茶的道路,足迹遍布整个江苏地区。刚开始,每年的茶叶贩运量只有2000公斤左右,几年后每年的贩运量达到5000公斤,他也成为县内小有名气的茶叶经销商。

做生意不可能一帆风顺,"栽跟头"也在所难免。1994年,李新华贩运2000多公斤茶叶到江苏销售,没想到那一年江苏地区正在进行国企体制改革,茶叶销售量锐减,茶叶公司进货量也随之骤降。那一次,很多老客户都终止了进货,他在江苏地区一待就是45天,最后以极低的价格才将茶叶卖出去。回来一盘算,亏损7万多元。回来后,有人七嘴八舌地劝他不要贩运了,他也一个人默默地流眼泪,似乎感觉像是决堤的洪水冲上来,立刻要把他卷走,可他仍然咬紧牙关,他懂得"不经历风雨,怎能见彩虹"的道理。"吃一堑,长一智",从此他经常关注茶叶市场行情,根据市场行情来安排茶叶贩运量。

"做生意,门槛要精,心要狠。该松的松,该紧的紧。"李新华说,吃这碗饭要吃得滴水不漏,才可能让一块牌子立得稳。"有些时候,吃了点亏,大便宜就会滚滚而来。"

到2003年,整个大椿乡有三个茶叶贩运商,贩运茶叶的中间利润也降到很低,李新华便考虑如何转行发展。恰逢当年县委、县政府将茶产业作为重要的农业主导产业来抓,并出台了一系列扶持政策。李新华便投入50多万元在大椿乡新庄村流转300亩土地种植茶叶,创办大椿新华茶厂。土地涉及村里大部分农户,有些农户不愿意流转,考虑到茶园要成片开发,他便上门做思想工作,介绍发展茶产业对地方经济的拉动作用以及对周边农户的带动作用,终于争取到农户的支持。后三年,正是茶园的管护期,不但没有受益,每年还要投入20多万元的农资费用和管理工资。

2006年,部分茶园已经投产,李新华又追加投资800多万元,兴建5000多平方米的厂房,购置一条半自动化的红绿茶生产线。随着茶园的产量逐渐上升,他的产业效益也水涨船高。2020年,茶厂产茶16吨,产值800多万元;2021年,预计产茶25吨,产值超过1000万元。如今,新华茶厂的茶叶远销北京、上海、厦门等地,业务量成为县内茶厂的"佼佼者"。考虑到专门生产红绿茶空间太小,2021年他又投入260万元,扩建厂房1800平方米,添置自动化红茶精制生产线一条。

李新华深知,唯有提高茶叶品质才能长期立于不败之地。为此,他聘用几名县内知名的茶技师长期驻守茶厂,严格监督每一个加工环节,杜绝不合格产品流入市场;同时,将产品整合在"宁红""双井绿"的公用知名茶叶品牌下,借助传统茶叶品牌搏击市场。

"新华茶庄"坐落在江南茶博城内,茶馆可以维持茶厂一年的工钱,茶馆开得好,来喝茶的自然不少。李新华说:"从前听说开茶馆的人都须吃'油炒饭的',我不懂,这次才晓得,若没有你那一张油嘴,如何摆平这四面八方的来客。"接着便是他哈哈的笑声。

宁静的茶庄是灵魂的避难所,茶具在商人手中可值连城之价,争夺一个茶碗,也可能是一场战争的起因。因此,李新华将茶道进行了改革和发展。素淡、典雅的风格进入茶道,高雅的文化生活又还原到日常生活。他在茶庄内,拉长着调子,长篇大论地演说着修水茶的神奇故事。

"下面位置很烫,我们可以在边角的位置揉。揉的时候不能太快,要慢慢地揉,水汽一会儿出来,这就需要摊开烘一下。如果感觉水汽被吸收了,我们再接着揉,这是一个反复的操作过程。"从小跟着母亲学习传统制茶技艺,采摘、摊晾、杀青、揉捻、沤堆、发酵、烘焙、加压、陈化……每一个环节,他都熟记于心。

李新华定期在茶厂开设培训班,向村民传授种植、采茶、茶园管理、制茶技艺等知识,培训30户农户成为传统制茶能手,并把发展绿茶传统产业和当地特色乡村生态旅游结合起来,建立了一个茶生态旅游示范基地,带动当地农户脱贫致富。

"炒茶咯!"村子里和技校的学生会来到这里,李新华操作、讲解,学生们尝试。热火朝天之时,在烘焙翻炒中感知冷暖;冥思静想之时,拿起放下后品味人生。

2017年4月26日,中国技能大赛——茶叶加工职业技能竞赛("遵义绿杯"全国手工绿茶制作技能大赛)圆满落幕。来自浙江、湖南、重庆、甘肃等15个省(自治区、直辖市)以及贵州各地市(州、区)的102支代表队、241名选手参加了手工制茶、理论考试等比赛。修水县茶叶协会选送的修水职业中专茶叶生产与加工专业毕业生桂普群,经组委会和专家组综合评定获得特等奖。其手工制作的80克卷曲绿茶(比赛作品)卖出了当天最高价6800元。在这次竞赛中,桂普群获得"全国技术能手"称号。

桂普群就是从技校里培养出来的茶叶达人。

1989年,桂普群出生在修水县古市镇桂垅村,村里交通不便,地少人多,男人都跑得远远的,去上海、浙江、广东一带赚钱养家糊口,村子里就只剩下女人儿童。桂普群家旁边的山坡满是大片翠绿的茶园,每当茶叶采摘的季节来临,他就跟随母亲上山摘茶,又到村加工厂看工人师傅加工茶叶。

夜幕降临的时候,桂普群的心头有些乱,他哪里晓得茶会改变他一生的命运,在没有任何出路的时候,他只知道种茶可以解决吃饭的问题。有些时候,他总是找不着可以对话的人。

2005年,桂普群初中毕业,因家境贫困,几乎要辍学务工。这时修水县职业中专开办了涉农专业免费班,其中就有茶叶生产与加工专业,他闻讯后,欣喜若狂,便说服家人,他要到县职业中专学习茶叶生产与加工专业。入学后,他如饥似渴地学习专业知识。他深深懂得,读书的机会来之不易,要好好珍惜。他经常向老师请教专业上的各种问题。特聘教师张冬燕是他人生道路上的重要引路人。张老师是修水茶叶界专家,对茶叶生产与加工有深入的研究。说起张老师,他满是敬佩,他说,没有张老师就没有他的今天,在学校张老师最看重他,毕业后帮助他联系实习单位,又引荐他向修水各茶厂的名师请教,鼓励他参加各种比赛,并推荐他到南昌一家销售企业做茶叶销售。这期间,桂普群学会了各种茶叶加工技术,他每次获奖,总是第一时间向张老师报喜。

他在做销售期间,有机会接触到各地的名茶,发现市场不缺茶,但缺好茶。他有一个心愿,就是要制茶、制好茶,要把学到的制作技术派上用场,于是毅然放弃了收入颇丰的销售工作。

2008年,从修水职业中专茶叶专业毕业后,他花四年时间先后到浙江、福建、湖南等地茶场、茶企、农业大学茶专业拜师学艺,在生产实践操作中更系统地学习茶叶种植栽培技术、各种类茶叶的手工和机械制作工艺,学习和探究茶文化,每到一处,他都是心热如火。

2012年,桂普群返乡创立属于自己的茶叶加工厂,专门从事茶叶生产及茶叶代加工。好茶郎茶业的成立不仅解决了当地茶农的鲜叶销路问题,还解决了当地百姓的就业问题,带领当地乡亲们脱贫致富。

企业上了一定的规模之后,桂普群想到的是乡亲,他说,甜不甜,家乡水;亲不亲,故乡人。过去家庭贫困,没少得乡亲接济,办厂之初,资金短缺,又得乡亲支持,乡亲帮盖厂房工资只算半价,他心存感激。于是,他经常免费指导乡亲茶叶种植技术,免费为乡亲们加工茶叶,以市场最优惠的价格收购茶农的鲜叶,优先招用乡亲进厂工作。

但是,桂普群对茶叶加工要求极为苛刻,员工必须培训上岗;鲜叶分拣严格按照标准,什么样的鲜叶可制什么样的茶,不能马虎,成品的品质来源于原料的品质;他重视生产过程的监督,每一个环节都是亲自把关。他知道,品牌创立不易。正是因为他有一手好技术,茶叶不愁销路;正是因为心里装着乡亲,不愁收不到鲜叶。

桂普群全身心投入到中国宁红重振雄风的大规模行动中,他更大的兴趣是打造中国有史以来的茶叶宣传教育管理专业,通过和修水中专合作培养一批茶学专业带头人。

"我做茶事业,带动了身边一大批年轻人喝茶,这是我特别欣慰的地方。身边的学生和朋友,他们原先有不少人不喝茶,或者喝茶时抓把茶叶放到壶里焖一天。后来跟着我慢慢爱上了喝茶,也学会了喝茶的仪式感,这是我做茶的意义。"

桂普群说,茶是他安身立命的本行,现在是"一业为主"。"一定要把茶做成事业,你在哪个层次,才能把客户带到哪个层次。做一件事,就要想着如何把它做到极致,脚踏实地去钻研,而不是只做表面文章。很多行业入门容易,想做好太难了。别把自己看得太重,也别把自己看得太轻。要相信人外有人、天外有天。越厉害的人,越低调谦虚。"

"一件事情只有坚持十年以上,才能称为匠人,才算有一颗匠心。我希望自己能用未来十年的光阴,将自己培养成一个真正的茶人,为自己锻造一颗茶人的匠心。"

"男人,一定要有风骨。"这大概就是修水茶人的精神。

好干部心系宁红

茶,是修水儿女热情待客的必备饮品,承载着他们对小康生活的美好憧憬。几十年前,人们耳熟能详的彩调剧《刘三姐》唱段"我今没有好茶饭,只有山歌敬亲人",如今已悄然被改为:"我今已有好茶饭,更有山歌敬亲人。"

夏秋之交,我们走进了"连空气都是甜的修水",聆听修水山区茶农的"茶故事"——

弯弯曲曲的山路尽头,便是"宁红的发源地"——漫江乡宁红村。这里地形险峻,云雾缭绕。

2018年,修路队开进村里,宁红村民盼望的柏油路修好了,村子也变样了。河岸护堤、亲水平台相继搭建,在保留村庄原有模样的基础上把传承、旅游结合起来。

"人均1亩茶、户均2亩姜、村均万亩杉是我们的产业发展目标。"村支部书记刘九花说。

走进茶人的泥坯木屋,映入眼帘的是一串串、一排排各种形态的竹制包裹,有类似粽子状的,也有常见方形的,还有类似大烟囱高高大大立在屋子里的。

"这是村民养护茶的一种方式。"

品尝古朴的味道成为人们的一种追寻。经过改良,形成了修水茶

"存茶于民"的模式。对屋子加以适当修整,同时达到茶厂要求的卫生、温度、湿度、通风要求,就可以将茶放在自家老屋了。存茶于民,农户们每年也可获得一笔养护费。

不光种茶,养茶也成为这里的一景。妇女们一边生火熏茶叶,一边编织竹篓,养茶房呈现出一幅温馨幸福的喜人景象。

清苦的生活迎来转机。年轻的凤求姑和村里妇女们一起忙活着,开起"长桌宴",跳起"竹竿舞",唱起"敬茶歌",在传承中获取了新生的力量。

…………

"孙县长来了。"

2011年,我在修水广播电视台担任记者,随同新上任的县长孙朝辉去漫江调研宁红茶。孙朝辉站在茶园中沉默不语,从他的表情里可以看出内心百感交集。茶园的四周只见清澈的修河水倒映出蓝天、白云、青山、绿树,"真是个种茶的好地方"。

在一栋"宁红客栈"的木屋子内,"这是今年的第一道茶",孙朝辉端起杯子,侧着头看,很好的红色,一荡,浊浊的汤,上口很纯。喝完倒出来,就像是中药渣子,依然有菱有角,不吸水,香气却弥漫在屋子里。

好茶是出自乡村的,只有古老的乡村,才养得活一树好茶。漫江自然是个出好茶的地方,"宁红"就是这块土地上生长出来的好茶。

从漫江回来,孙朝辉思考的问题是,一名干部到底要为老百姓做什么样的事情才算得上称职。修水县,位于幕阜山腹地,修河上游,是著名的革命老区,还是中国工农革命军第一面军旗在这里设计、制作并率先升起的地方。面积达4504平方公里,人口89万。在古代号"分宁",国史有上望之称。修水是宋代"诗书双绝"黄庭坚、近代国学大师陈寅恪的故里,是一个山清水秀、人杰地灵的地方。

然而,改革开放以来,由于修水县山多地少,1994年被定为国家贫困县,2002年被列为国家扶贫开发工作重点县,2011年又被列为省定特困片区县。

从南昌、武汉、长沙朝修水进发,横穿两百多公里,你会发现,眼前是一道绿色的屏障。半路上到处闪烁着"修水,一个诞生文化奇才的地方"的宣传标语。可以说,"宁红"一直以来都是这块土地上的富民产业。让人费解的是,修水一个这样的地方是怎样沦落为国家级贫困县的呢?

孙朝辉深入调研后发现,并不认为修水是"穷山恶水出刁民"。修水造成贫困的原因关键是丘陵纵横,田地少,民间素有"八山半水一分田,半分道路和庄园"之说。

如何改变贫困的面貌,孙朝辉可谓是煞费苦心。修水离沿海地区较远,发展工业必然不能改变贫穷的面貌。唯有依靠本地资源,发展旅游、茶业、蚕桑等产业来帮助农民脱贫致富。在担任县委副书记、县长的三年期间,孙朝辉都在贴近百姓的想法,出台一些实际的帮扶政策,给老百姓增添了发展产业的信心。

2014年,孙朝辉担任县委书记。在一次调研中,他发现修水种茶的茶人只是一小部分人,甚至一批以前种过茶的茶农还有外出打工暴富的梦想,一年到头,走南闯北,不仅照顾不到家庭,几块地也由于无人看管,只好抛荒了。"孙书记,现在茶农没有什么效益,如果县里能组织起来,小小的一片叶子,必定能带富一方贫民。"

回来后,在第二年召开的全县三级干部大会上,孙朝辉提出了发展茶业的新思路。这种思路就是通过各级党员干部,沉下去,深入到群众中,用入心、入脑、醒神的方式,让阳光照见他们的内心,一对一地进行帮扶,从而帮助群众脱贫致富。

修水县大力倡导"不忘初心、坚定信心、秉承匠心、上下同心",全面推广地标化、标准化,深入推进茶业供给侧改革,持续打好质量管控、贯标用标、链条延伸组合拳,打造修水现代茶业。围绕"宁红"产业、文化和地域特色,结合智慧城市、智慧农业建设,充分整合"宁红"资源,融入人文、生态、环保、绿色发展理念,实现常态长效。这是促进修水旅游、经济、文化、农业等相关产业发展的重要途径。

溪口镇车头村村民程泉海,今年三十五岁,他一直对政府并不满意。

精准扶贫后,村支部书记夏小梅琢磨着,造成他懒惰、对生活没有激情的原因,还是一直没有娶到媳妇。家里穷得叮当响,哪个姑娘愿意上门呢?关键的问题是这般岁数了,还像个孩子成天无所事事的。夏小梅反复思考后,决定这户由她自己来对接帮扶,思前想后决定支持他发展茶叶。一开始,程泉海不感兴趣,可夏小梅的一句话,给他点燃了生活的希望。"只要你把茶种好,媳妇的事我来帮你操办,保证帮你娶个好姑娘。"人只要予以生存的希望,势必会将冰冷的生活解冻。经过几年的打拼,2018年,程泉海住上了崭新的房子,还买了一辆电动三轮车。旁边村子里的一个比他小十来岁的姑娘走进了他的家门,还生了两个孩子。

"我问他是怎么做到的?"他笑着说:"只要自己勤劳,生活没有那么可怕。"如今,程泉海不仅茶叶经营得井井有条,还发展起了油茶,空余的时间在家里做起了奶爸。妻子刚刚生下二胎,他甚至懂得婴儿的护理。

在修水,还有许多这样的家庭。他们有着各种各样的困窘,但是在党的关怀下,他们的苦楚变得越来越少。

2019年,江西省宁红有限责任公司开启采茶技能竞赛。选手们神采飞扬,随着工作人员一声鸣锣,比赛开始。选手们挎着采茶桶,穿行在青翠欲滴的茶园中,熟练地舞动双手,采摘嫩芽,很快采茶桶里青叶层层叠起。比赛结束后,工作人员对每位参赛选手所采茶叶逐个称重、取样,并对茶芽进行评定。

"采了20多年茶,第一次参加这样的采茶技能竞赛活动,还拿到一等奖,特别开心。更重要的是在茶园里大家不仅增进了友谊、提升了技能,更加坚定了脱贫致富的信心和决心,希望以后举办更多类似的活动。"参赛选手莫双菊说。

我看见莫双菊薄薄的手掌握成了拳头,手背上的青筋都暴了出来。她觉得自己忘忧在茶里。

随着宁红茶的衰落,宁红村也经历着历史的考验。虽然宁红村是宁红茶的发源地,却是"十三五"深度贫困村。全村共有建档立卡贫困户86户320人,有茶叶和蚕桑两大支柱产业。这里有多穷?1993年的时候,村民家的小孩把家里的鸡蛋悄悄吃了,家里大人知道后把小孩打了一顿。

原来家里实在太穷了,鸡蛋得卖了交学费,不能拿来吃。

"十几年前,这里走的是泥巴路,住的是茅草屋,村民的日子过得紧巴巴。男的只愿往外走,姑娘不愿嫁进山……"说起村里以前的情况,宁红村支部书记刘九花面露难色,思忖片刻,她又加了句:"现在大不一样了,村里的茶产业让村民的日子一天比一天好。"

2018年江西银行开始帮扶宁红村,了解到村里原本有一所简易村小,但因房屋破旧被鉴定为危房不能再使用,宁红村近百名小学生被分散到漫江乡中小学与山口镇小学读书,给学生及家长带来诸多不便,老百姓对重启宁红小学建设的呼声很高。2019年8月1日,江西银行决定出资兴建宁红希望小学主楼。经过一年多时间的建设,一所崭新的小学建成。

走进江西银行宁红希望小学的校园里,一股清新的茶香扑鼻而来,学校周围被清翠的茶山包裹着。

"我们把宁红茶文化应用到教育教学中,让孩子感受到中国宁红的魅力的同时,记住自己是'茶工祖师'故里——宁红村走出来的孩子。"江西银行宁红希望小学校长刘璐璐说这句话的时候满脸自豪。

"茶产业是改变一切的关键!"爱学习、肯用心、能吃苦,梁慧斌,以他的朴实、真诚、精干,以及在茶叶方面的实绩,赫然走进了党组织的视野。

"靠山吃山,咱的优势在大山,发展茶叶是条路。"梁慧斌反复调研,提出了想法。

"村里的茶叶发展起来了,对村民脱贫致富更有信心了!"宁红村村委会主任莫春生说。很多的村民都积极响应,成片的茶园,一芽一蕊,雀舌一般的,新鲜得叫人爱怜。一些不愿意发展茶叶的村民也沉不住气了,他们似乎看透了,这个地方最好的风水就是栽种茶叶。

现在宁红村人家家都有股份,家家因茶致富!宁红村也成了栽种茶叶名副其实的风水宝地。

在壮大集体经济的同时,村委会还鼓励村民大力发展茶叶产业。村里提供免费的茶苗,还通过组建茶叶专业合作社,坚持标准化、良种化、机械化和绿色无公害生产,统一生产经营、服务管理。

"宁红村现在成了产茶大村,还大力发展乡村旅游。"梁慧斌说。

宁红村以茶产业发展为经济基础,村庄整治为文化基础,依托"宁红茶原产地"特色和"宁红小镇",将打造成江西省宁红茶交易集散地、宁红茶生态休闲观光旅游AAAA级景区,积极打造"看得见山、望得见水、记得住乡愁"的特色美丽乡村,将山地高效农业、特色生态产业有机融合,充分彰显生态文化,探索出一条"生态产业化,产业生态化"的生态农业发展之路。

这是一种新的发展观念,通过这种观念,更新群众思想,也是党的干部将来改变产业发展的方式。

一望无际的茶园,在黛青色山影的衬托下,显得格外鲜艳青翠。水色从叶尖的缝隙里折射而出,随风闪动,如散落在大地上的点点碎银。而这古老而静谧的土地显得尤为年轻,这厚重而又深沉的大地因为有了这些激动的绿色尤显飞扬。纵横交错的阡陌之间,到处是一派令人感慨的祥和景象。

在宁红村环山茶区,表土下面竟有一条透水性甚佳的石英砂岩地带,雨水渗入,形成许多的山洞和名泉。一升水中氡的含量比一般的矿泉水氡含量高出一倍,用来泡茶最好。

2020年,中国政府向全世界郑重承诺:全部脱贫!这不仅是一个口号,更是几千万党员干部在扶贫路上挥洒热血的结果。

修水县"90后"扶贫干部樊贞子、吴应谱的扶贫故事尤为感人。

2018年12月16日,星期日。修水县大椿乡政府扶贫干部樊贞子和丈夫吴应谱前往大椿乡船舱村贫困户游承自的家,帮他销售养殖的土鸡。在返回途中,他们不幸发生车祸,献出了年轻的生命,分别只有23岁和28岁。

吴应谱和樊贞子2018年11月7日举行了婚礼。婚后第3天,夫妻俩就投入扶贫工作。吴应谱是县政府办派驻复原乡雅洋村的第一书记，在他出事的前两天，还召开村民集体会议，计划发展500亩茶叶，这500亩茶叶可以解决13户贫困村民的脱贫问题。这个愿望就如星星之火，刚刚点燃，让贫困户立即陷入了无限的痛楚中。在他们看来，贫困不是干部的问题，是他们自身的环境造成的，说到底就是生来这样的命。吴应谱在世时不同意他们的说法，说命运是可以改变的，自己的命运得掌握在自己的手中。

12月15日，夫妻俩商量第二天前往大椿乡船舱村看望樊贞子帮扶的贫困户游承自。

2017年，樊贞子从新余学院毕业后，通过考试进入大椿乡政府工作。在扶贫攻坚路上，她把贫困户当亲人，真心实意帮扶困难群众，深受贫困户好评。

船舱村贫困户游承自，已近八旬。游承自一家6口人，仅靠儿子在外面务工维持生计。从2018年初起，他成为樊贞子的帮扶对象。为此，樊贞子鼓励他饲养土鸡，种茶，增强"造血"功能，争取早日脱贫。

樊贞子、吴应谱去世后，雅洋村的村民不仅种上了茶叶，而且还开了制茶厂，樊贞子帮扶的游承自老人，大椿乡一名叫程玲的年轻干部接过了接力棒，说一定会帮她完成心愿，后来老人没有拖后腿，如期脱贫了。

我在采访樊贞子、吴应谱的事迹时，一些热衷于交谈的人也变得寡言不语。他们遥望着远方，完美的生活对于他们而言，在目光里变得明静如水，"但是脱贫需要像他们这样的精神，他们永不臣服的姿态一直都在我们心中"。

其实，在修水，像樊贞子、吴应谱一样，在扶贫路上献出生命的党员干部还有很多，像"90后"扶贫专干程扶瑶，杭口镇党委书记匡美健，党委委员、副镇长邓旭等。他们都是一心为民的好干部，共产党员的楷模。也正是有了这样一批不怕牺牲、敢于担当的好干部，"宁红"才成了人们生活的源泉。

"我们干工作，要对自己的事业负责，要有结果！扶贫是要带领贫困户自强不息奔小康。"修水县政协副主席、县扶贫办主任刘石生认为,扶贫不能走过场,否则就会竹篮打水一场空。国家投入这么大的资金,这么大的人力物力,如果不能真正解决内生动力,让贫困户从里到外都变个样子,没有人会同意。

在20世纪80年代的农村,村子里只剩下一些留守老人和留守孩子。故乡只是人们心中一个被月夜和思念渲染得过于沧桑的词。隔着遥远的月亮,犹如一个人对着深井喊了一嗓子,声声回荡,它在身体的阵阵痉挛处,把一个人带到了远方。每年春节,坐着绿皮火车,带些简单的行李,一个人去广州,有些人去向不明,后来便没有再回来。农村里缺乏劳力,参与农村建设的力量越来越弱,田地抛荒越来越多。大批田地荒废,这给大椿乡党委书记李四海造成了极大的压力,他是在农村长大的,认为有效地利用土地,不仅是对国家负责,还是对村民负责。

他在担任大椿乡党委书记期间,村民们不仅称他是"茶叶书记",还把他当成了半个茶农。

就拿大椿的几千亩茶园来说,原先是几个村民小组的自留地,一些村民外出打工,就抛荒在那长草。由于偏僻,没有路,更没有政策资金补助。有想法的村民想流转土地开辟茶园,可有些村民并不支持。

开辟茶园关乎村民的未来,更关系到贫困户的脱贫。李四海经过综合考虑,决定逐家逐户上门做思想工作。

问题是很多村民不在家,一些工作和几个留守老人很难定下来。

但在他眼里,这不算困难,他趁着过年期间所有的村民都回来时,一户一户地上门。果然,大家被他的真心诚意打动了。有些村民主动参与到茶叶的种植中来。

开辟茶园得有足够的资金,李四海决定,只要大家有兴趣,他以个人的工资担保,动员乡其他干部一起帮助村民贷款。

在他的坚持下,大椿乡新开辟了三个千亩茶园,大椿乡也成为江西省的茶叶名乡。

李四海的家在县城,在大椿乡担任党委书记期间,他半个月才回一次家,不是他家里没有事情,他妻子身体不是很好,女儿在县城上中学,可他根本顾不到她们,一心扑在茶叶产业上。可他心里也有委屈,妻子很多时候不理解,"我是党委书记,党委书记就是带头的人,我只能牺牲小家,我的职责是服务大家"。

李四海调离大椿时,大椿乡数百名群众自发地涌向乡政府,敲锣打鼓,点鞭放炮。最引人注目的是几十位白发苍苍的老翁和老婆婆,从家里拿出铁锅和脸盆,用铁勺拼命地敲击着,有个茶农还把祖宗传下来的吉祥物挂在他的脖子上。

那个离别是何等的风光,可他的脸上全是泪水。此时,他必须挺直站立,强忍着如此不堪的情感,好像必须如此,才能盛得住挥别的姿态。那天他一直在想,在这个世界上,好干部就是老百姓的亲人。只要干部帮他们干了实事,他们是不会忘记你的恩情的。

这仅是李四海人生里的一个小传,可他却只字不愿意再提。

其实,在修水县像李四海这样的干部还有很多。他们始终保持着一种特殊的茶叶情怀,一颗闪烁的初心。

党和党员干部在群众中的形象树立起来后,党才在群众心里变得纯粹、干净和神圣。入党也成了群众心中一种干干净净的理想,于是很多的茶人,用工整的文字写下了人生的第一份入党申请书,郑重地提出申请,希望加入中国共产党。当党支部找他们谈话时,大家都说:"入党光荣啊,我也要做一个像李书记那样的人。"

脆弱的生活必将成为过去,遍布生活的细刺也将磨得平整。在习近平新时代中国特色社会主义思想指引下,修水县人民的生活变成了另外一种样貌。有人在门口挂上了感党恩的对联:致富政策处处顺应民意,阳光大道条条彰显党恩。

"宁红"的脱贫故事

江南的修水,本来有着性情温和的岁节和温润的雨季。缥缈的雾气在清晨和傍晚缭绕着修河,是小叶种灌木茶林生长的最舒适温床。

一片小小的叶子,是如何扛起扶贫大梁的?这里面有偏方。

修水的区位条件、自然环境无法改变,山多田少,既无名山也无大川,修水的脱贫攻坚出路在哪里?

多少年,当我们的目光再次注视着"宁红"的传奇时,它依然闪烁着往昔的光晕,仍然为中国的农业保存着一种堪称成功的范式。

在修水的乡村,到处是一望无际的绿色。在绿色的映衬下,飘着白云的蓝天显得宽阔、高远。在远处,在极远的远处,大地简化成细细窄窄的一条绿线,我们已经无法分辨那绿色到底哪种是茶叶。

"宁红"代表着一种农业的生产方式,在某种程度上,它也是中国的未来。

修水的茶叶发展模式,为中国的茶叶发展起到了示范和带动作用。

修水森林覆盖率72.8%,生态优势明显,政府把贫困户的就业、土地流传等全部纳入茶产业发展规划,让贫困家庭户户能就业、人人有收入。

修水县上杭乡是产茶大乡,到处是一片滴绿的翡翠,让人赏心悦目。一条笔直的公路从有机茶叶基地中间穿过,远远地看见几个年轻气盛的青年扛着铁锹,在忙着开挖沉积在水沟的泥土。几个少年在茶园的深处毫无目的地奔跑,不时会有蜻蜓飞起来。

上杭乡现有茶园面积8000多亩,如何借助党员的力量从传统产业中挖掘脱贫新动力?2017年,上杭乡从一片小小的茶叶,开启了"党建助推精准脱贫"的新探索。

我在上杭乡调查时发现,上杭乡为吸引贫困户参与茶业劳务用工,在每个村建立了脱贫攻坚党小组,让每一个党小组作为采茶致富的先锋队,在各茶叶基地设立免费采茶培训点,脱贫攻坚党小组党员在这里帮助贫困户家庭成员成为采茶能手。这个举措,的确从根本上解决了贫困的问题。上杭乡棋盘村建档立卡对象周美梅,她无依无靠,"接下来怎么活呢?"愁肠百结的时候,她决定依靠在茶身上,改变了"赚钱无门、坐等帮扶"的现状。"过去我不知道来这里采茶,以前都是在家里做做家务、带带小孩。"周美梅说,"经过这次培训,村里书记带我们来这里采茶,我来这里采茶以后,一天也有100多块的收入。以后我会带一些在家里没事做的劳动力来这里采茶,大家一起共同致富。"

采茶不仅看速度,更要重品质。经过称重与鉴质的双重考核,每年至少评选出了10名采茶能手。2017年,贫困户阮世英获得了"采茶王"的称号。这几年来,她每年的采茶工资都有1万多元,实现了脱贫。"成为采茶王,我真的很高兴,心情非常激动,以后要带动更多的贫困户都成为采茶王,让我们贫困户能够凭自己的双手劳动脱贫致富。"说到这,她重重地一声叹息,眼睛便湿润了。

因为家庭贫困,阮世英的儿子一直没有找着媳妇,在那次"采茶王"大赛上,她结识了一个年轻貌美的姑娘,姑娘见她成了"采茶王",非要拜她为师。但无论她如何拒绝,姑娘就是要跟着她。也就是这份茶缘,姑娘后来成了她的媳妇。她清楚地记得,媳妇和儿子结婚时的情形。"一拜天地,二拜'采茶王',夫妻对拜,送入洞房。"三个人都把杯中的茶喝光了。

如今的上杭乡企业用工向贫困户倾斜的意愿强了,贫困户采茶增收的积极性高了。一些偏远的村落,还有车子接送村民到茶园采摘。上杭乡已有613名建档立卡贫困对象参与采摘增收,人均可增收4300元,2017年全部实现脱贫。

大桥镇是修水县的重点镇,在脱贫摘帽中,大桥镇大力发展茶叶产业,以产业助推脱贫。

2020年3月,在大桥镇大桥村的枫露茶叶有限公司开发的梁天柱宁红茶旅产业园里,村民正在整地、挖坑、栽种茶树苗,一派热火朝天的景象。

"我在这里栽种茶树,每天的工资是100元,采摘茶叶的工资是每天150元。"大桥村贫困户冷秋良说,镇村干部时刻记着贫困群众,茶园有事做优先安排他们,让他们对摘掉穷帽子充满信心。

枫露茶叶有限公司旗下的宁红茶共有三大品牌系列、20余个茶叶品种,在提升品质、拓宽市场的同时,企业不断强化品牌宣传,形成央视荧屏、县内外户外平面、参展参会、铁路系统等四方面为主的品牌宣传矩阵,让"宁红"品牌知名度、美誉度进一步提升。

"通过近几年的宣传推广,宁红品牌知名度大幅提升,2018年公司茶叶销量比去年同期增加20%;公司生产名优茶近80吨;产值达四千余万元。希望通过加强宣传和品牌效应,让'中国的梁天柱、世界的宁红茶'广告语家喻户晓。"梁天柱说。

如今,"宁红"不仅是茶业生产基地,而且打造成为一个茶叶产业的全产业链,建有茶文化公园、茶文化旅游景点,游客可以在这里感受茶的历史文化,品味特色茶宴,采摘柔嫩鲜叶,尽享茶的种种乐趣。

大椿出名茶。在大椿乡,种茶成了村民脱贫致富奔小康的重要渠道。

"我们乡有100多户村民种茶,贫困户靠卖茶叶脱贫,大伙都过上了小康生活。"大椿乡党委书记晏少兵说。

大椿乡的茶生长在平均海拔600多米高的半山腰上,山上常年浓雾弥漫,丛林茂密,空气清幽,雨水充沛,孕育出大椿茶独特的品质,深受市场欢迎。站在山巅,放眼望去,一座座茶山成了群众的"金山银山"。

"大椿生产的茶多次获得国际、国内的金奖。这几年,除了深圳、上海等地,美国、日本都有订单,我们产茶叶不愁销路呢!"吴章金掰着指头如数家珍。

为做好大椿茶的产前、产中和产后服务,让"小茶叶"变成"大产业",助农致富奔小康,大椿乡党委政府决心要把大椿茶产业做大做强,让在外的修水人都能记住"家乡的味道",同时带领茶农一起致富。

每到春冬之时,政府就派技术员深入田间地头,指导群众进行茶树管护、茶叶采摘、保管运输,并承诺保价回收,让茶农少了后顾之忧。

江西省茶叶协会会长黄光辉说,他在长期的调研中发现,依托得天独厚的生态优势,江西已逐步培育形成了以婺源、浮梁为主的赣东北,以修水、铜鼓、靖安、庐山为主的赣西北,以遂川、井冈山、上犹、宁都、资溪、金溪为主的赣中南三大优势产茶区。修水的"宁红"茶,一直冲在最前头。政府引导贫困户发展茶产业,走出了一条"靠山养山、兴山富民"的产业扶贫之路。

"以后就不外出打工了,家门口有做不完的活。"修水县大桥镇大桥村农户姚爱华,从2020年2月份开始,就在家门口的梁天柱宁红茶旅产业园就业。

对于茶产业来说,传统的发展思路是制作档次不同的茶叶供人们饮用,这样,茶叶的附加值并不高。罗伟民说:"我们正在探索把茶区变景区,走茶旅融合之路。"他进而介绍,县里正在打造的500亩梁天柱宁红茶旅产业园基地,具有精深加工、观光旅游、文化交流、休闲养生等功能,其实质是强一产、优二产、活三产,做到三产融合发展。如此一来,产业链拉长了,茶叶的附加值大大提高,对农村脱贫攻坚无疑有着长效作用。

秋分过后,凉风习习,碧空万里,正是秋茶采摘季节。我徜徉在修水县何市镇,细细品味一抹秋茶的淡香。

盘桓在漫江乡云雾缭绕、恍若仙境的西峰岭山顶,欣赏满目绿意的起伏山峦;逗留在大椿乡、庙岭乡的青石板路,品味历史古韵和观光茶业的默默相融……农业产业化国家重点龙头企业——宁红集团有限公司,就在那山那水之间。

山路难行,一弯又一弯。在去何市镇范浆村的路上,宁红集团董事长朱丽俐侃侃而谈:"国家级龙头企业应发挥市场、品牌、科研等方面的优势,找准产业扶贫的精准定位,倾力打造绿色扶贫产业链,帮助更多的贫困户拔掉穷根。"

车到范浆村山坡茶园,放眼望去,满山遍野的茶树,处处可见茶农在忙碌地采摘秋茶;弯弯的茶道上,运茶的小汽车、摩托车穿梭而过……

顶着秋阳,我们爬上了海拔500多米的前下山。正在摘茶的廖连香满脸笑容地说:"我家只有7亩农田,加上养了几头猪,平时到镇里打点短工。往年一年下来,全家7人只赚7000多元。这两年,我和两个女儿到喜农茶叶专业合作社务工,每年大约180天在合作社采摘茶叶、除草、施肥,一人就能赚1.3万多元!"

廖连香并非个例。同村的贫困户廖庆玉也感慨地打开了话匣子:"在加入喜农茶叶专业合作社之前,由于粗放式的小作坊经营,我们村茶农采摘的茶叶价格低,还卖不出去,村民称之为'伤心茶'。2014年,合作社成立后,指导我们按照生态绿色品种、标准化种植,并提供技术服务,以高于市场价的价格收购,茶叶产量高,鲜叶价格比原来高了一倍多,'伤心茶'变成了'开心茶'。我一年的收入有5万多元,一年就甩掉了贫困帽。"

与我同行的修水县茶科所所长万亚军,思考了片刻说:"宁红集团绿色产业链扶贫的实质,就是坚持绿色,强一产、优二产、活三产,提高绿色生态农业全产业链收益,将精准扶贫户纳入合作社入股或就业。对于缺技术的派技术人员到茶园指导,缺资金的想方设法给予扶持,让贫困户户户有产业,人人有收入。"

新建一个茶园非常不易,得把一小块一小块的土地流转起来。何市镇党委书记周先胜把松林、火石、大里等村支部书记召集在一起,开了几个会议,决定将200多户贫困户的5500亩整合起来,新建一个上规模的茶园。吸纳贫困户以土地入股,合作社将茶园施肥、整枝等日常管理和茶叶采摘工作分给贫困户,三年来,为贫困户增收200多万元,加上土地流转收入,人均年增收3000多元。

修水县布甲乡横山村贫困户夏尊兴,住在太阳山的半山腰上。"我已经活不下去了,我一个亲人都没有,感谢杨书记帮助我。"说到这时,夏尊兴的声音哽咽,热泪盈眶,腰又深深地曲下去。

夏尊兴是个性情中人,听到这话,布甲乡党委书记杨列桥也跟着把腰曲下去。这是他帮扶的一个贫困户,他不仅自己掏钱帮他买了牛、羊回来养,还鼓励他和妇女一道上山采摘野生茶,"季节性采茶工资4600多元",加上牛羊的收入,每年至少有四万元。

冷芬安原本在外务工,2013年因父亲去世后回乡接手老茶园。当时家里还欠着外债十多万元,母亲的医药费、孩子的学费都成问题,家中5

口人生活很是艰难……正因为这些,他被村里识别为建档立卡贫困户。"芬安,你晓得不,现在一亩茶叶都能卖几千块钱,上面的政策好,还有补贴呢?"从2013年至2016年,他在帮扶干部的帮助下,把家里的老茶园扩建,还着手新建厂房发展茶产业。厂房建好后,他通过贷款付了一部分工程款,剩余的部分却再也无力支付。正在这时,在扶贫组和县茶科所的帮助下,他拿到了4万元的资金。正是这4万元的新建厂房奖补资金,在他最需要的时候给了他极大的支持。

修水县溪口镇南田村为了发展脱贫产业,栽种茶叶1000余亩,吸纳建档立卡贫困户100户、395人。"通过发展茶叶产业,让贫困户有了长期稳定的收入,脱贫有了依靠。"南田村支部书记周金石说。

怎样壮大绿色扶贫产业链,让全县的贫困户通过"一片叶子"富裕起来?

修水县30多个乡镇兴建了茶叶初加工厂,揪住完善合同、订单、按劳按股分红、保底收购、股份分红、订单收购的"牛鼻子"不放,与农民合作社、贫困户深度融合。

真正做旅游,就离不开文化。茶文化旅游是现代茶业与现代旅游业交叉结合的一种新型旅游模式,属于旅游产品分类中主题文化旅游的一种,将茶叶生态环境、茶生产、自然资源、茶文化内涵等融为一体进行综合开发,是具有多种旅游功能的新型旅游产品。

茶文化旅游是以茶和茶文化为主题,涵盖了茶园观光、茶叶品鉴、茶古迹游览、茶特色建筑参观、茶事劳作、茶俗体验、茶艺观赏、茶商品购物等多种内容,是集乡村旅游、生态旅游、文化旅游、主题旅游、养生旅游为一体的新型旅游模式。

"我们这里大部分家庭都有小茶园,也有多家茶叶加工企业和他们的基地,茶叶是我们村的主要经济来源。"修水县农业农村局驻新庄村第一书记徐军说。新庄村180户贫困户通过发展茶叶产业,经济收入逐步增长。

修水推行"公司+基地+农户"的订单农业经营方式。公司定点负责收购鲜叶,从根本上解决了茶农卖茶难问题,同时茶农在参与的整个产业前期链条中,实现了"三次就业,三次获益":在茶叶种植、培管上实现第一次就业。鲜叶的采摘、毛茶初制加工均由茶农主导完成,每天采摘鲜叶的收入有70到120元,毛茶的加工增值也能达到每公斤6元到8元,这为茶农提供了大量第二次就业机会。同时,农民农闲期间还可以到茶企从事制茶、包装、拣梗、销售等工作,实现第三次就业。"这样一来,基本上保证了茶农能稳定就业,全年创收,脱贫致富。"

修水县现有茶叶企业120家,其中国家龙头企业1家、省级龙头企业7家、市级龙头企业20家;组建专业合作社72家,其中省级示范社2家;兴建了"修水茶叶生态科技示范园""双井进士村茶文化生态园""宁红茶文化产业园""立顿茶叶精深加工观光产业园"等一、二、三产业融合基地;涌现了大椿冰池茶厂、黄沙大坪茶厂等一批亩产值万元以上的基地。

从2015年开始,江西整合1亿元专项资金,在政策、资源、资金、技术等方面集中扶持"四绿一红"5个省重点茶叶品牌(四绿:狗牯脑、婺源绿茶、庐山云雾茶、浮梁茶,一红:宁红茶),力争通过5年努力打造1至3个全国茶叶知名品牌。

在"宁红"疆土上开拓的茶人,面临着的是永生的趣味。如果你的精神想得到流浪,必定要到"宁红"茶区看看。在那里的软泥上印上你的脚印——只有这样的标志,我们才能确证你自由的疆域到底有多大。

尾声　一杯宁红伴河山

"宁红"能够在世界盛行，不外乎两个原因：一是价值观念上的变迁，二是中国茶叶文化高度所带来的结果。第一个广泛运用于各个行业和阶层，第二个真正属于"宁红"自己。

"宁红"自古就是"万里茶道"的中国符号。改革开放以来，特别是近年来，修水茶产业始终坚持"放眼国际、兼纳百茶、固本培元、抢占高端"的发展方向，不仅创造了茶园总面积、茶叶产量、涉茶产值、受益人口等多项全国第一，而且成功抱团登陆欧美茶叶高端市场，纳入中欧地理标志保护合作协议产品清单。

江西省宁红集团有限公司是农业产业化国家重点龙头企业，"宁红"连续10年在名优茶评比中荣获一等奖，获得中国环保及绿色产品博览会金奖。宁红工夫茶荣获1915年巴拿马万国博览会甲级大奖章、2015米兰世博会金奖，成为世界中国茶的代表符号。

"宁红"的中国文化高度，主要是在悠长深厚文脉的影响下形成的一整套茶文化机制。"宁红"给人们带来了光明，也相应地带来了效益。

在我们谈论宁红的时候，更多的是谈论它那崇高的精神，以及千秋万代持续流传的价值。"宁红"的天地越来越广阔，情怀也越来越真切。

天有日月星辰，地有山陵河海，岁有万物成熟，人有体貌端修。"宁红"因生得久远，雅意流传，绵绵不绝。

"宁红大桥""宁红宾馆""宁红路"，一个个布满灰尘的招牌，的确是"宁红"的象征和见证。每个村子里的茶就像是本地方言，千姿百态，泡在杯子里都是红色的。

关于宁红的未来，实际上一直是茶业界探讨的问题。21世纪以来，中央政府调整产业结构，着力科学发展。进入新时代，国家的发展理念更加精准。人们愈发清楚地认识到:绿水青山就是金山银山!

现在,"宁红"就像是一本皇历,历史在浸泡中悄悄地离去,而另一种价值却悄悄地来。

我们在回味和体认着"宁红"热闹的同时,也对生活和生命更加敬重。

"宁红"的确是世俗生活中的产物。

我们在"宁红"内部世界荡漾的时候,外部世界自然也不得忽视。我常把"宁红"看作是天生的表达,它的身体关联着家与国;但在另一层意义上,它在这混茫的历史中沉浮隐现,在不断飘零中,寻找着自己的故乡。

修水当然是茶的故乡。一代代茶人恍然在眼前,他们说着话,把一个时代说得清楚,我们必须接受"宁红"衰败时跌入谷底的失落。

青山依旧在,"宁红"再次凸显着自己的形态。茶人在市场中嗅来嗅去,辨别可获利的气息。于是发展茶叶,绝不单是政府和茶人的事情,也与平民百姓息息相关。2020年,修水县先后被授予"中国茶产业发展政府贡献奖""中国名茶之乡""全国茶叶科技基地示范县""全国特色产茶县""全国重点产茶县""全国无公害茶叶生产基地县"等诸多荣誉称号。通过多年的引导和培育,已有"霞森"牌、"五杰银雾"牌、"凯球"牌等茶叶获有机产品认证。

看着满天繁星下的灯火人家,听自然鸟鸣,呼吸清新的空气,心底一派澄明。

有笑声的日子是闲适的,修城的闲适是让好山水惯的。修城一日比一日嘈杂起来,人流有修河水面一般轻柔的美感,久了,城还是略微有些让人烦闷,烦闷的人喝上一杯修水茶,突然平和了、老实了。傍晚时分,屋顶上的鸽羽泛着红色的光,转一圈又回到玄瓦的顶上栖息,暑热被撇在山水之外,这时候,广场搭了茶摊,约上三五知音小聚,一杯菊花豆子茶,渐入境界,平和心绪,让人品味清醇,洗心净垢。一杯菊花茶(只要两三元钱),坐上很久,吃烧烤,吃葵花籽,吃花生米,可以悠闲地看美丽的修水姑娘,也可以读书、看报,直到有了倦意便在椅子上打盹,有茶的日子惬意得很。

《倾城之恋》里,范柳原第一次请白流苏上香港的上海馆子吃饭,饭毕,范柳原将玻璃杯里剩下的茶一饮而尽,然后迎着亮瞧杯底的一片残茶,竟像一片蓊郁的森林。绿色的茶叶贴着玻璃壁,横斜有致,像翠生生的芭蕉。错杂在杯底的茶叶像没膝的蔓草与蓬蒿。迎着一片光亮,用心看,一片残渣中也见出美了。一对精明自私的庸俗男女,在一个兵荒马乱的年代,在一座倾覆的城里,竟刹那间感受到了平凡夫妻的那一点真心、苍凉。像暗夜的一点星火,叫人看到一点光色,却也更见出暗夜的浓稠和幽深。

宁红茶条索紧结秀丽,金毫显露,锋苗挺拔,色泽乌润,香味持久,叶底红亮,滋味浓醇。品着"宁红"茶和朋友交心,一个眼神,都能惟妙惟肖地传达出人的心灵世界的遇见。

因为修水出好茶,好茶滋养了一方修水人。如今走在修水大街上,随处可见漂亮的妹子,个个眉清目秀,灵气逼人,典型的山妹子,但比之前江南美女更清新自然。那种清水出芙蓉的美,让人流连忘返。

为什么修水会出美女呢?民间传言主要有下面几个原因。

第一种说法是,据传闯王李自成当年兵败,一路转战经过修水,将三千嫔妃暂时安置在了修水的白岭村,说是等时机成熟了再回来接应。结果这一去就如同霸王别姬,闯王自己也身死湖北九宫山,永世相隔,给后世留下了永久的遗憾和苍凉。三千嫔妃就成了修水产美女的源泉。

第二种说法是,修水盛产金丝皇菊,因为常年喝菊花茶的缘故,自然滋养出清灵怡人的美女来。金丝皇菊广泛分布在修水,几乎成为修水一大景观,怒放的季节,十分璀璨夺目!

其实最重要的还是修水的山水美,一方水土养一方人,修水自然景观优美,秀丽的修河逶迤绕城而过,大气磅礴的黄龙山、幕阜山高耸林立。有如此灵气之山水,自然会长出水灵灵的山里妹子,至于闯王留妃之说,增添了这方水土的厚重和神秘。我以为,是修水的山水美,集大地之精华，才让这块土地生出如此多的好女儿，出产了享誉世界的宁红茶。

我想，在人类灿烂文明的星河里，随着万里茶道的价值被重新审视，这条浸润着历史茶香的文化之途，再次响起象征着繁华与荣耀的驼铃。越来越多的沿线城市和地区希望借助复兴万里茶道，加强经贸、文化、旅游等领域的交流合作，基于茶文化基础上的边缘产业也将焕发生机，很多人将会踏上拥有秀丽自然风光和多彩风土人情的跨境茶道，追寻连通中国与世界的文化足迹。中国宁红必定会探索一条传播本土文化和价值精神的新出路，以它清澈透明的姿态翱翔于世界。

修水县城的街巷，平仄有韵、曲折有致，古巷的青苔上有记忆，有故事，有回味，有深长的遐想。深巷里的小吃店，卖小笼哨子、艾米果、油条和稀饭；还有杂货店、理发店、时装店、书店和网吧，来往这些街巷，多是年轻人，看他们走路的姿态，彼此招呼的样子，才知道古巷也有新容。偶然，走过的时候，来往的行人，或是不约而同到哪里狂欢去了，人很少，可是欢乐的笑声，仍然源源不断地从屋里传来，仿佛每天他们笑过以后，日积月累留下来的。

千年拱列，林影纵横，人立于草木中，组成汉字的茶。山水相伴，清泉煮茶，便是逸泉。青山绿水都在"宁红"的杯中，历史便也荡漾在杯中。茶人精神也在茶杯中，被人饮用，也被人传唱，茶就有了自己不凡的人生。

在修水小城，看山看水，栽花种菜，对酒品茗，对于修水人来说，占了生活的很大一部分。小城狭窄，种花种菜的地块并不多，有人家就把菜地花田搬到楼顶，充分利用空间。其实不种花不种菜，修水也是绿的，那些山就在近前，山上的松木一律郁郁葱葱，推窗可见，仿佛是挂在家中的画屏。

修水县溪流文学社副社长徐天安的《咏宁红茶》："别有风华骚客倾，江南烟雨孕诗情。清香一缕闻天下，万国勋章载美名。"这是赞许，也是激励。一片叶子便注入了新能量。

宁红以崭新的形象，以特有的外形、规装，像一个衣着漂亮的修水姑娘走出了修水，走出了江西，走进了京城，走向了大洋彼岸，获得了名重天下的声誉，引来了世界倾慕的目光。

一个十几亿人口的大国，如果没有一个坚定、坚强的农业在后面做支撑，不要说经济和科技的发展，以及工商、金融业的繁荣，就是填饱肚子都难。新中国成立以来，中国人抱着一个美好的愿望前行，走的是一条正确的发展之路，却经历了诸多的波折。从中国宁红的发展，我们可以审视，感受国运的起伏，当一个国家真正走向繁荣时，农业中的茶就是人们生活中最为熟知的。这也是人们过上幸福生活的象征，茶是具象化的精神因素。

冬日的暖阳下，几个人围坐在一块，说说旧事，晒晒太阳，喝杯热茶，日子便像春天一样暖和。我细叔像是在梦里，半睡半醒，窗外晶莹剔透，雪白明亮，恍恍惚惚，像是做梦一样，他成了脱贫光荣户，这是他怎么也没想到的。他的眼泪哗哗地直流下来，"要不是夏书记给我两亩地的茶苗，我不可能有现在的生活。这份恩情我怎么也不能忘记"。

有些产业是属于一个时代的，没有文化也就只是一种产品，时光过去就会被新的产品替代。我们可以充满信心地说，"宁红"是中国农业发展的风向标。支撑宁红的是中国源远流长的文化，大师一个个走远了，可他们的经典诗词却像是天空的星星，还在散发出光芒。

大国之大，是谓有大疆域。中国"宁红"，即是自由生活的成果。它在表达着一种现实生活的同时，也在影响着中国的政治、经济和文化。

一个时代过去，另一个时代出现，每个时代都有属于自己的"宁红"，这是不争的事实。

后记　人间天上，修水茶

今天是雨天，是从黄昏后开始的。这几天休假，我哪也不想去，也不便去，只能躲在屋子里写《中国宁红》。北门的屋子是20世纪80年代建的，有点破旧，一丝暖光从里间照出来，雨声顿挫着，像是落在键盘上滴滴答答地响，心却是落入了古人的意境中。

昨日是小雪。小雪的前夜我去了趟回坑，是和溪流文学社副社长何明生先生一起去的。那天下午去的时候，天开始下雨，到回坑地头时雨又停了。

在村子里走了一圈，变化是有的，新建了广场，修了路，还有一些设施都是新的。随同我一起去的何明生想要一棵金橘树，于是我们去了对面的山头上挖树。一片金灿灿的，我有点感叹，明天就是小雪了，这金橘丝毫不知道隆冬的来临。

我在修水生活了三十余年。这块土地上的事情，我是最清楚的。很长一段时间，我原本以为"宁红"和我没有关系。在后来的日子里，我慢慢地接触到"宁红"，几乎隔三岔五就会约几个文友，一起品茶，喝了"宁红"就神清气爽，茶成了孤独时的伴侣，成了密不可分的生活。在茶中聊往事，聊些这块土地上的事情。那时候，我感觉这块土地越来越辽阔，写作的激情越来越高。

我真正构思"宁红"的时候，是2019年在鲁迅文学院学习时。《中国作家》副主编高伟老师和我聊起修水，说到"宁红"时他一下来了精神，眼神里有一种找到了宝贝的兴奋。和他长谈后，我忽然明白，这个选题对于我的写作有着坐标性意义。

2020年，中国作家协会将《中国宁红》列为定点深入生活项目。为写好《中国宁红》，我先把海量的相关资料收入囊中，而后进行详尽梳理；

主干资料确定后,再谋篇布局;结构确定后,再进行文学加工。所有的资料全部打捞回来后,按照时间顺序进行整理,然后专门送给修水的茶叶专家过目,生怕遗落了重要的历史,更怕记录的过程中出现差错。就材料而言,整理和校正就进行了八稿。去茶叶协会至今是20余次。

初稿四个月就出来了,随后进行精细加工。对每一个标题、每一个字进行推敲和调整,以达到最大程度的和谐。

在历经一段时间后,我开始感叹,《中国宁红》的写作不仅太费时间,而且写起来够费劲。

为了力求高质量,2020年10月6日,我带着初步写成的稿件去了北京,请《中国作家》副主编高伟老师指导,在北京待了三天。高伟老师读后,指出了很多存在的问题。文本的结构和写作方法欠佳,关键是整部书稿得重写。我倒是乐意的,因为他说得很对,所提的问题都能接受。回来后,我又埋于案头,重新写作,还向单位请了一周的工龄假,在家日夜写作。大概今天(2020年11月23日)为止,写完了九万字。内心是愉快的,感觉自己也喜欢。记得十年前,我在出版《永远的心灯》时,后记中借用过巴金的一句话:一本书是可以带来希望的。后来,在出版另外一部书时我再提过一次。现在我重新再提一次。

12月1日,重写的《中国宁红》基本完成。我再次以微信的形式发给高主编指导,12月4日,高主编给我发来了修改意见。主要体现在结构和语言上,我又再次进行深入细致的修改。一遍一遍,我生怕遗漏了其中的部分,在那段日子里,我像是看到了一张张茶人的脸。

我再次约定12月17日前往北京改稿,去时已是寒冬,北京的街头很冷。这次得到了著名编辑家宁小龄老师、著名作家王剑冰老师的指点。他们从细部提出了许多有效的意见和建议,这对我的创作起到了很大的促进作用。一部作品,它最终以怎样的面目与读者见面,我想,作者的期望其实比读者更大。

我喜欢在静夜里思考,在雨水中独处。万物俱寂的时候,夜晚便脱落了白天的红尘,是一个人明心的最佳时机。一些最大胆的想法,一些与心魄无关的事情，便开始悄悄地打理。其实，自古至今，生死疲劳不是人能够考虑的。所谓能够考虑的，也仅是"尽其自我"。于是我想着，《中国宁红》出来时，便是我对生活的一种感怀，或者是生命在雨声中诞生。

　　或许，我只是为"宁红"立个小传，同时也是在为时代代言。我想，过去的"宁红"必然是会消失的，但现在的"宁红"正在我故乡的土地上生长。中国宁红，它所展示的，我想整个世界都能够看得见。

　　突然想起明天的去向。我和雨说，我得小睡一会儿了。感觉即刻就会睡着，睡着就算是告辞了，那时月亮大概挂在竹竿上，梦见一群人在朗诵我的爱情诗句。想想，写一本纯洁干净的书，仿佛自己也不是凡人。

　　此刻窗外的雪花飞舞着，我仿佛看见了雪花之下的春茶。

附：评传

茶叶深文化　民生大主题
——读徐春林长篇报告文学《中国宁红》

张　陵

作家徐春林的长篇报告文学《中国宁红》以江西修水宁红工夫茶的百年历史为线索，用心挖掘宁红茶深刻丰厚的历史文化内涵，从国运的兴衰展现宁红茶人的人生，揭示出茶文化与民族命运的深刻关系。与此同时，作品立足现实民生，翔实地描写宁红工夫茶在当地经济社会发展所起的支柱作用，突出表现宁红茶的发展与当前脱贫攻坚，探索走共同富裕道路的引领作用，从而提炼出具有时代精神特征的深刻思想主题。

中国是茶叶大国，茶文化博大精深。茶叶题材看似平常，其实写好难度很大。可以说，这也是文学创作的一个硬骨头。多少年来，各种体裁作品不少，但真正能与茶文化的历史厚重和现实精神相称的优秀作品并不多。多年前，作家王旭烽的长篇小说《茶人三部曲》获茅盾文学奖，形成了这个题材创作的一个高峰，也激励作家们并不因为这个题材写作的难度和高度而止步不前。事实上，这个题材有一种神奇的魔力，永远吸引着作家感受诗意的心灵，永远在激发作家前赴后继的创作热情。所以，这个题材的创作一直保持着良好的势头。有茶叶的地方，就有作家在写作，就有写茶的作品。可以说，《中国宁红》是其中的一部。

读下来，我们可以注意到，这部作品在立意上一直坚持保持历史站位的高度。宁红工夫茶历史悠久，到了近代，随着经济社会的发展以及商业中心的调整变化，出现了一个发展的活跃期。例如，武汉作为近代形成的商业中心,给了江西修水宁红茶一个难得的历史机遇。而能抓住这个机会的人,就是被后人称为"茶工祖师"的传奇人物罗坤化。一个偶然的机会,他在武汉认识了俄国使馆的官员巴诺夫,把自己制作的优质红茶介绍给这个外国人。正巧巴诺夫也是一名茶商,正在中国找优质的红茶销往俄国。于是,两人一拍即合,开始了中国宁红茶的黄金时代。中国的宁红送到莫斯科,得到了末代沙皇尼古拉的喜爱。这位俄国皇帝甚至不远万里来到中国,就为了认识茶人罗坤化。后来的茶商郭敏生对宁红茶的发展起到了重要作用。在他的努力下,他制作的"宁红贡茗"有机会参加了巴拿马国际博览会并拿到了最高奖,从而擦亮了宁红茶的品牌,把宁红茶文化传播到世界更多的地方。而莫家兄弟的"怡和福"对茶庄的贡献也不可低估。他们艰苦创业,以"奇奇号"太子茶行销国际市场,保持了宁红工夫茶发展良好的势头。选择这几个故事,真实地写出了修水宁红茶当年商业上的辉煌。

商业的传奇固然吸引人,但文人的佳话才更具文化内涵,更具流芳百世的文化魅力。中国茶叶不光是一种商品,更多的时候,是在商品之上,寄托着品茶人的情感和情怀的文化产品。文化人喝茶爱茶,喝出了茶叶的品位,也喝出了茶文化精神。修水是北宋大文豪黄庭坚的故乡;修水的茶有幸注入了文化的灵魂。《中国宁红》对历史的关注很自然聚焦在茶文化上,写出了黄庭坚与苏东坡品茶唱和的一段文人"佳话"。虽然黄庭坚推荐的"双井茶"是一种绿茶,但其文化精神,也在后来的红茶中得以传承与弘扬。传奇的商业历史在茶文化的精神中得以进步和升华,中国宁红的文化内涵和文化魅力也得以体现。

《中国宁红》的重点并不在写宁红工夫茶的历史和茶文化,而是把宁红工夫茶放在现实经济社会的发展环境中,写出宁红工夫茶与"民生"的深刻关系,写出宁红工夫茶与中国人民"摆脱贫困"的伟大斗争的关系,反映人民创造美好新生活的伟大精神,突出"民生"的社会思想主题。这一点,才是这部作品与其他同类题材作品拉开思想距离的所在,也是这部作品独有的思想价值所在。

作品真实地写出了宁红茶的历史命运。实际上,正是在一个动荡的时代,在一个民族灾难深重的时代,宁红茶出现了历史性的危机,终于很快就告别了一个看上去的"黄金发展时期",走向了衰落。到新中国成立前夕,宁红茶已经完全破产了,往日的好时光已经不再。作品写道:"那时'宁红'很不景气,外销濒临绝境,与19世纪中叶相比,全县每年只剩下7424担"。是新中国的社会主义建设时代,改变了宁红茶的命运,使宁红茶获得了新生,进入了一个新的真正的黄金时期。作品用比较大的篇幅,描述了党和政府利用修水传统产业的优势,支持茶叶生产,兴建茶厂,发展地方经济。到了1958年,就培育出了达到国际高级茶水平的"宁州种"品种。而一个叫徐明华的普通的上海知青,因爱红茶而成了宁红茶的专家,把他的青春热血都洒在这片土地上。他担任县委领导期间,宁红茶得以快速发展,茶园在过去的基础上,翻了两倍多,产量也大大提高。

新中国这段宁红茶的发展历程,并不传奇,也没有留下多少文化诗意"佳话",只有实实在在的"民生",但作家仍然坚持记录下来,不仅是对新中国经济社会发展的尊重,更是带着一种进步的历史观。作品显然在告诉我们,宁红工夫茶尽管在历史上有过一个"繁荣高光"时期,但并没有真正改变当地的"民生"。商业贸易的发达,并不代表"民生"的真正改变,不代表老百姓都过上了好日子。实际上,老百姓还是贫穷,修水还是贫困地区。只有到了新中国,党和政府才真正为老百姓谋幸福,真正开始"摆脱贫困"的伟大历史进程。作品能站在这个唯物史观的立场上去认识现实,去把握时代精神,去形成自己的问题导向意识,去讲述宁红茶的故事,说明了作品主题的思想高度。有了这个意识,作品主题就有了自己的思想之魂。

作品没有回避宁红茶在后来发展过程中所走的路并不平坦这样的事实。特别是改革开放,探索建立市场经济体制时期,宁红茶的发展也碰到了一些新问题,经受了严峻的考验。例如深化改革,对茶厂发展带来的阵痛。例如"宁红保健茶",本来是为了适应剧烈的市场竞争,更好地发展宁红茶,但结果却因产品问题受到国家的惩罚,在市场上没能站住脚,最后只能退出市场。这个教训当然是深刻的。同时也说明,宁红茶正在积极探索。例如支持民营经济的发展,知名企业"更香"茶叶公司就是一个民营的典型。老板俞学文在北京办公司,却在修水承包茶园,制作天然绿色的"有机茶"打开了自己的市场,获得了良好的声誉。

可以说,宁红茶正在走一条正确健康的发展之路。这条正确健康之路,就是发展"民生"之路,就是"摆脱贫困",走共同富裕之路。进入新时代,在习近平新时代中国特色社会主义思想的指引下,修水经济社会得到长足发展,宁红茶也迎来了一个历史上最好的发展时期。作品围绕着"摆脱贫困"这个时代民生课题,描写了宁红茶在修水脱贫攻坚中积极重要的作用;讲述一片小小的茶叶,一株株茶树连着大时代、大主题,凝聚脱贫新动力的故事。如上杭乡的贫困户周美梅经过培训,成了一名采茶工,每天有一百多元的经济收入,解决了"赚钱无门,坐等帮扶"的问题,很快就脱贫。而贫困户阮世英获得了"采茶王"的称号,每年光采茶的工资就有一万多元。她参加了采茶能手大会,还收了一个徒弟,接着又把这个徒弟变成了自己的儿媳妇。不仅脱贫,而且日子越来越红火。这样的故事还有很多,也算是写出宁红茶的一段段"民生"佳话吧。

《中国宁红》的主题提醒我们,修水县虽然摘掉了贫困县的帽子,但是中国的"民生"问题还远远没有解决。新衔接的"乡村振兴"才刚刚展开,宁红茶未来的发展任务更艰巨。只要紧紧扣住"民生",就有更光明的前景。而这部作品,则是通过反映宁红茶,凝聚了时代主题,讲出了宁红茶里的中国故事。

人在草木间
——读《中国宁红》

赵兴红

"茶的故事,其实就是人的故事。"

茶的故事不仅是人的故事,还体现了人的精神,人的性格,人的地域特征,人的集体无意识。

一方水土养一方人,一方水土产一方茶。《中国宁红》把"茶"解构为"人在草木之间",这是一种文学意义上的解构,符合修水的文化地理,也符合江西的文人气质,更符合"天人合一、和谐共生"的中国文化。

作品把茶的历史与中国精神互为表里来写。

作品在立意上透射出作者超越物种本体的写作理想,他在宁红之前冠以"中国"两字,一方面来源于宁红茶经过百年的滥觞精进、纵横开阖,屡次代表中国茶叶走向世界,为多国友人所喜爱的艰辛而辉煌历程;另一方面,不同阶段的茶产业、茶功能、茶文化在一定程度上反映了中国社会发展的不同阶段的时代理念;再有,作者通过挖掘宁红茶文化的厚重内涵,梳理茶文化与中国文化交融、渗透与反哺的关系,揭示茶文化所代表的"上善若水、低吟浅唱","精益求精而又淡泊宁静"的中国精神。

同时,以"南方有嘉木,修水出宁红"为写作本体,冠以"中国宁红"为标题,也体现了作者从宁红到修水、到南方、到中国的写作版图和创作理想,这是在小处落笔、往大处开掘的写作抱负。

作品把茶的浮沉与人的创业故事交织叙述。

写作也像做一道工夫茶,工夫代表着精湛和要求。下了多少功夫制茶,茶汤的颜色和入口的味道是分层次的;写作也一样,用了多少工夫,作品所呈现的文字面貌是分档次的,文字入眼所体悟的意蕴味道也是不一样的。

如何把文字写得密不透风？需要用脚力丈量土地，深入生活；用笔力做案头功夫，反复考证；当然还要有立意深远的脑力和独到而善于发现的眼力。

作者徐春林追根溯源，翻阅历史，刨根问底，把修水茶叶的发展历史做了一番考证，梳理了宁红茶四代创业人的从无到有、从有到优的奋斗史：从茶工祖师罗坤化的"茶盖中华，价甲天下"，到郭敏生为中国宁红摘得国际一等甲级大奖；从莫雪岷兄弟创"宁红不到庄，茶叶不开箱"的声望，到俞道文历时四年把实践变成技术理论，编辑撰写了《宁红茶技术》。他们身上有敢为天下先的开拓精神，有精益求精做工夫茶的工匠精神，更有精诚合作、艰苦奋斗、众志成城、团结一心的中国精神。

作品把茶的文化与修水的文脉并行书写。

吟诗作画，品茗悟道，清而不浊是中国古代文人的生活方式，因而书院文化、禅宗文化都离不开茶。茶文化与禅文化又融合成茶禅文化，成为中华文化对世界文明的一大贡献。

这无疑得益于"人在草木间"的一花一叶，以及修水源远流长的文脉。从黄庭坚、苏轼、齐白石、陈寅恪，到江南回坑作家村的作家徐春林、樊健军、蔡勋、彭晓玲等，更有江西的李小军、江子、范晓波、凌翼、简心等，"别有风华骚客倾，江南烟雨孕诗情"。能产一方好茶的地方，必然是青山绿水，人杰地灵。在这里，每个人无意识中已站在巨人肩膀上前行，每个当下写作者都是绵延钩沉的文脉延续的一分子。

文脉灌溉着修水，让这里的写作者为此自豪和得以沁润。从这个意义上说，草木已成为人们心灵的河山，文学亦成为他们精神的袈裟。

《中国宁红》:一曲时代的颂歌

朱伟鹏

读徐春林的《中国宁红》,仿佛是在听一曲时代的颂歌。

这部带着历史温度的《中国宁红》(见《中国作家》2021年5期"献礼建党100周年专栏"),是一部紧扣时代的大书。《中国宁红》展现建党100周年宏阔背景下,在县域范围内宏观层面成就脱贫攻坚中的宁红茶,以及宁红茶在其中的重要位置。确定以一个主要人物(县委书记)的视角,徐徐展开他眼里的修水宁红。通过几代县委书记、县乡村几级书记的故事和感受,讲述当下宁红茶的脱贫攻坚故事,重点突出宁红茶在修水社会经济文化方面的主要意义。

宁红不仅是修水的大产业,还是江西"四绿一红"的重要品牌。其中"一红"是指宁红茶,宁红在江西可谓是一枝独秀。历史上,宁红茶有"茶盖中华,价甲天下"的美称,形成了"宁红不到庄,茶叶不开箱"之崇高行规地位。在1915年美国旧金山巴拿马太平洋万国博览会上宁红茶获得甲级大奖章,当年设六个等级奖即甲级大奖、乙级荣誉奖、丙级金奖、丁级银奖、戊级铜奖和巳级奖词,所以宁红茶获得的是最高奖项。现代茶圣吴觉农经考证后指出:"宁红、祁红并称世界之首,宁红早于祁红90年。"

茶为国饮,中国是茶的故乡和茶文化的发祥地,古时就有"神农尝百草,日遇七十二毒,得茶而解之"的传说。千百年来,种茶、制茶、饮茶成为中华民族的生活习俗,自清朝以来宁红茶在国际上占据着不可动摇的地位。如今,茶已经成为中国与世界人民,特别是与"一带一路"沿线国家相知相交的重要媒介。

作者为何要写这部作品？这就涉及一个写作动机的问题。最为关键的当然是时代的感召。脱贫攻坚是当今时代的一个核心主题，也是现实时空的一个火热现场。脱贫攻坚关系到党的初心使命，关系到国家的长治久安，关系到人民生活的幸福安康，关系到社会公平正义。当下的文学书写无法绕开这个主题，这也体现出徐春林作为一名记者、一名作家的职责担当。他以"我在现场"的姿态，去深入、发现、挖掘，他把自己融入其中，去捕捉细节，寻找内在的逻辑，最终的呈现也就有了滚烫的现场质感。

还有一个原因，就是作者对土地的回报。在开篇的第一章，作者就写到自己的成长地，一个叫罗家窝的地方，这个地方是作者的文学坐标。因为从小熟读黄庭坚的诗，作者便喜欢上了修水的茶，在后来与修水茶人的接触中，对宁红的发展脉络和走向就更加清晰。

从文本写法上来说，作者显然不满足于报告文学的手法，而是将散文和小说的写作技巧运用到报告文学的写作中，大量跌宕起伏的故事，在他的笔下令人着迷。在《我家江南摘云腴》的篇章中，写到"茶工祖师"罗坤化时没有按照历史进行罗列，而是将罗坤化的个体特征描写得淋漓尽致。罗坤化成为富商后，不多置田产，而乐助公益。死之前，他把自己的手艺和家业都毫不保留地传给漫江茶人。

《中国宁红》写出了修水茶人的风骨，在《〈天下香〉的由来》和《在路上》尤为凸显。像《大椿茶叶世家》，通过吴章金一家四代茶人，反映出了大椿茶叶在百余年的历史起伏，也展现了四代茶人在传承茶叶的同时，形成"认票不认人"的茶人"门风"。

通读《中国宁红》不难发现，作者将史料、知识融为一体，有着鲜明的史识和思辨意识。通过鲜为人知的茶叶历史、人物、古迹等的叙述与描绘，让人们在触摸历史的同时又不禁低头沉思。

徐春林生于修水，长于修水，是修水的土地、历史、文化和修水的好山好水滋养了他。书写和表达修水成为他不竭的动力和永恒的追求。

他将修水放置在一个大的历史文化场域之中进行思考,根植于修水创作了一批本土重大题材的作品。几年前,他创作的《平语札记》就抓住了贴近土地、贴近基层、贴近百姓这一特点。可见,他也是一位热爱故土,有文学情怀和担当的作家。

一部作品因为遇到一个好的时代,才迸发出巨大的正能量。这离不开生长的环境,离不开作者自身的努力。徐春林《中国宁红》的成功恰恰证明了这一点,《中国宁红》会成为修水文学的重要记忆。

修水的"中国名片"

陈荣霞

修水,因水而得知,因山而深远。修水的宁红茶,历经百年的历史沉淀,在茶界享有"茶盖中华,价甲天下""宁红不到庄,茶叶不开箱"的地位,诗云:潇洒宁州府,青山半宁红,轻雷惊谷雨,合抱仰茶人。1929年《钱业月报》刊登:"修水即古之宁州,原为产茶名区,从前不仅有声中国,即在国际市场也占有重要地位。"可见宁红茶区既是中国历史上著名的茶市之一,又是茶叶生产、加工和贸易的重要地区,在"万里茶道"上发挥了不可替代的作用。

一杯宁红,跨越了百年。作者徐春林通过实地考察、走访、调研,潜心搜集、整理出修水近千年的茶文化资料,以纪实性的手法,记录了修水一代又一代的茶人茶事,将百年宁红传奇历史中的一个个人物鲜活起来,以罗坤化、郭敏生、莫雪岷、冯绍裘、陈范一为代表的宁红大师,他们以茶文化为己任,筚路蓝缕,以启山林,将修水宁红走出中国,走向世界。因此,宁红不仅仅是修水的宁红,更是中国的宁红乃至世界的宁红。

作为中国名片的宁红茶,曾经茶路上的一声声驼铃和一串串脚印在时代前行中成为记忆。一路走来,宁红茶更像一个优秀舞者,一次次舞出精彩绝伦的剧目。它无愧于当代茶圣吴觉农先生的题词"宁州红茶、誉满神州、努力革新、永葆千秋"。

读完《中国宁红》,我意犹未尽,好像还在品味一壶上好的宁红茶,咀嚼着中国宁红跨越百年的沉淀与其独特的精气神。"万里茶道"已成为历史,但它播下的种子则生生不息,作为历史的见证和鲜活的文化脉络存留至今。而对《中国宁红》而言,古老的中蒙俄万里茶道承担的不仅仅是过去的历史,它对传承、弘扬中华优秀传统文化,向世界讲好中国宁红故事具有十分重要的意义;同时,对充分挖掘、保护、利用万里茶道中蕴含的文化内涵及旅游资源具有重大意义。

中国作协创联部综合处副处长赵兴红对《中国宁红》有很好的评价,赵兴红认为这部作品优越的特点是把茶文化与修水的文脉一起来写。吟诗作画、品茗悟道是中国古代文人的生活方式,所以书院文化、禅宗文化都离不开茶,茶文化与禅文化又融合成茶禅文化,也是我们对世界文明的一大贡献。当然得益于人在草木之间的一花一叶,以及还有修水源远流长的文脉,从历史上的作家到回坑作家村的作家们,这些名字都很熟,包括江西的江子、小军,他们的文脉是一脉相承的。一个地方能产一种好茶,这个地方肯定也是人杰地灵的。每个当下的写作者是修水文脉延续的一分子,文脉灌溉着修水,也让他们每个人为此感到自豪和浸润,因此他们把宁红当成他们心灵的河山,文学就成为他们精神的袈裟。

可见徐春林是一个具有文化担当的作家,"中国宁红"这个题目,借修水的宁红茶,写出了中国的高度。《中国作家》副主编高伟说:"徐春林通过这次写作做了一件很有意义的事情,为修水的历史文化,为修水宁红茶的品牌建设和推广做出了贡献。通过这次写作,报告文学出来一个比较成熟的年轻作家,出来一部好的作品,同时这本书对修水的茶叶以及由茶叶延伸到修水的历史文化、社会推动都具有它的意义。比如这本书目前这样一个形式已经申报了当地文化的 LOGO,我相信这本书会成为当地的一个文化品牌和名片。"从这个意义上来说,徐春林也借助这次写作将自己这样一个文学创作建构在一个文化传承的高度之上。这本书体现了他的抱负和野心,同时借助这个写作让自己跟宁红茶一起走向历史,这个写作本身是很有意义的。

当然,这本书的内容远不止此。事实上,举凡茶与政治、茶与文化、茶与宗教、茶与民族等,在书中都有详细阐释。从精神的角度讲,它是冲淡内省的;从文化交流的角度讲,它又是如此润泽绵长。

从脚下的土地出发

韩 汤

一百年前,"宁红"在历史上创造了奇迹。一百年来,"茶盖中华,价甲天下"有着空前的回响。修水茶人为了小康大梦,脱贫攻坚,奋斗在这片温热的土地上,其坎坷,其艰辛,其成就,其辉煌,命运随着宁红起落浮沉。一批批"宁红"茶人,前赴后继,在脱贫的路上创造了奇迹。这大概就是徐春林创作长篇报告文学《中国宁红》(见《中国作家》纪实版2021年5期头条)的初衷。

当我用三个夜晚,把这部作品读完时,不禁被作者生动的文学语言、卓越的史学才识、饱满的真实情感而打动。

报告文学不同于一般的文学。作为报告文学,它讲究历史的真实性。作者在采写《中国宁红》的过程中,多次深入宁红的发源地——江西修水县漫江乡宁红村调研。掌握第一手鲜活的资料,又旁征博引,恢复历史真实性的同时不断挖掘几代茶人的精神内核,展现了建党100周年宏阔背景下,几代县委书记、乡村书记为修水茶叶发展的殚精竭虑,重点突出了宁红茶在修水社会经济文化发展中的重要意义。

《中国宁红》选材精准,结构扎实。它围绕着"宁红"与修水这片土地的情缘,描写一片叶子的重量与传奇,既有新闻价值、文学价值,还有社会价值、经济价值和历史价值。可以说,百年宁红既是修水茶人的缩影,也是中国茶人的缩影,或者说是中国茶叶史上的一块生理切片,具有解剖意义。在具体写法上,作品中有典籍、有传说、有修水文化的源远流长;有自然生态,有真实的人、真实的事和茶叶史的起落变迁。在结构上,作品中不乏宏观描绘,更多的是对具体人物和细节的生动描写。整部作品犹如循环往复的交响乐,整体的发展、个人的处境,再现修水脱贫路上攻坚克难的奋斗历程。

修水,古号分宁,国史有上望之称。修水历史悠久,新石器时代晚期就有人类在此生活,"山背文化"遗址是东南地区新石器时代晚期阶段典型遗址之一,距今约4300年。修水商封艾侯国,春秋为艾邑,汉建艾县,隋唐为建昌县、分宁县,民国三年(1914)改名修水县,因境内修河而得名,素有"八山半水一分田"的说法。在绿意葱茏、文脉流长的修水,徐春林是一位颇有气场的文学领军人物。在徐春林的写作现场,是一块自古以来就适宜栽种茶叶的生态宝地。毛文锡所著的《茶谱》记载:"洪州双井白芽,制作极精。"宋代著名诗人黄庭坚非常喜爱家乡的双井茶,常常将双井茶分赠给好友欧阳修、苏东坡、司马光等。欧阳修的《归田录》中还将它推崇为全国"草茶第一"。

通读《中国宁红》的时候,不难发现,《中国宁红》的思想深邃。纵观历史,无论是写百年的变迁,还是茶人的立意,皆离不开修水的好山好水。"宁红茶是修水的绿色精灵,在修水的雾水中生长。"徐春林与这里的山山水水浑然一体,真实地记录了这片土地上的茶人故事。

作为一名土生土长的修水人,徐春林从脚下的土地出发,立足于修水这方文化厚土。如何贴近大地,以一片叶子来记录和歌咏时代,不得不说,徐春林有着敏锐的嗅觉,几年前反映脱贫攻坚成果的长篇报告文学《平语札记》引起文学界和新闻界关注。如今又抓住当下修水脱贫这一契合点,通过百年宁红反映修水脱贫攻坚的历程。在绘制修水茶宏大的历史版图时,他将《中国宁红》与乡村振兴进行有机衔接。正是这种贴近大地、扎根人民的写作姿态,使他牢牢地立足故乡的土地,将对时代阵痛的体察和记录,点点滴滴地传导到他的笔下。使宁红茶走上万里茶道——古丝绸之路的罗坤化,取得巴拿马茶叶最高奖的郭敏生,形成"宁红不到庄,茶叶不开箱"行规的莫家兄弟,传承"宁红"的俞旦华父子,大椿茶叶世家的吴章金等,都是传播和探索修水茶叶的重要人物,也是修水茶人的本色。修水富于魅力的山山水水和勤劳的人民,在作者的笔下熠熠生辉、光彩照人。

不得不说,徐春林始终是清醒着的,在纵观宁红茶百年发展史的过程中,他自己也不禁反思,他在文中写道:"让人费解的是,修水一个这样的地方是怎样沦落为国家级贫困县的呢?"任何一部成功的文学作品都不可能只是一味地赞颂,纵观人类的发展历程,哪个时代不是在总结中进步?面对这个历史遗留下来的疑问,他走访、调研,不包庇,不偏袒,从根源上洞察宁红衰败的缘由。因此,徐春林的《中国宁红》还具有文学的批判性。

徐春林是一位日渐成熟的作家,在此之前,已经在中国各大重点文学报刊上发表作品约三百万字。他利用自身深厚的文学功底加以润色,采用多种文体并重的写作手法,编织了一幅精彩纷呈的茶文化宏图。

总而言之,《中国宁红》是一部用心之作、精心之作,是一部成功的报告文学。它既是报告的成功,也是文学的成功。"一片叶子富了一方百姓",徐春林的《中国宁红》写出了"修水的脱贫经验",写出了茶人的时代精神,让我们看到了新时代农村的新气象。

民族复兴的壮丽凯歌

周其伦

2021年第5期《中国作家》(纪实版)头条,浓墨重彩地推出了江西青年作家徐春林的长篇报告文学《中国宁红》,与此同时,它的单行本也由安徽文艺出版社正式出版。作品首次以全方位的视角,多情地俯瞰着一处山水的巨大变迁,从一种茶叶的历史绵延以及其源远流长的人文风韵,讴歌了中国茶文化的博大精深,赞颂了一代又一代种茶人艰苦卓绝的精神风貌和丰沛饱满的情怀。作品透过对"宁红"这一杯温热的茶水的描写,表现了在修水这一方水土上乡民们脱贫攻坚、事业兴旺、振兴乡村的豪情壮志,艺术形象丰满立体、人物个性鲜明多姿,犹如一曲民族复兴的壮丽凯歌婉转回荡。

徐春林早已在文学界崭露头角,他的作品先后在《人民文学》《诗刊》《当代》《中国作家》《北京文学》《清明》《散文》《黄河》《文艺报》等国内重点报刊发表,总量超过了300万字。著有长篇小说《白虎郡都》《活火》,小说集《该死的见面》,散文集《山居羊迹》《芳亭记》等,曾获得中国当代文学奖、中华宝石文学奖、人民文学奖、中国小说学会奖等奖项。这次发表的《中国宁红》,2020年获得了中国作家协会的专项资助,使他的创作势头如虎添翼。

长篇报告文学《中国宁红》,以茶文化的历史渊源为铺陈结点,紧密地结合宁红茶分布地江西修水县的社会经济与人文风情徐徐展开,这种大跨度大气魄的纵横铺排,异彩纷呈地展示出宁红茶在几百上千年的发展变化中丰厚的文化内涵和深刻的历史印记。作品紧扣发展主旨,从一杯小小的茶汤延伸开去,形象生动地在大量史料的梳理中见证宁红茶特定的意义,并由茶文化繁衍出汩汩流淌的文化滋养,以点带面的故事讲述与涵盖宽广的艺术张力互为依存,将"宁红"那丰饶的文化传承和盘托出,读来令人振奋感动。尤为可贵的是,作者自始至终以大写的人作为谋篇布局的主线,让民族的命运悲欢与社会的精神风貌这个最为活跃的元素来架构整部作品,文字风趣诙谐、灵动自如。

说到中国的茶文化,修水县绝对值得大书特书。修水古号"分宁",国史有上望之称。这里一直都是江西省著名的革命老区,更是中国人民的军队第一面军旗设计制作并率先升起的地方。修水也是南方林业的重点县,森林覆盖率达72.8%。为了创建美好幸福的生活,修水人民在革命战争时期就奉献出了两万多位儿女的宝贵生命。这里素有"八山半水一分田,半分道路和庄园"的称誉,然而,就是这样一个山区县,在近年来的脱贫攻坚决战中,依靠那一片小小的茶叶做文章,一举让8万余贫困人口成功脱贫致富。芳香四溢的"宁红"茶赋予了修水人民新的希望,修水县的山山水水、人文气象,无一不带着"宁红"滋润的温度。

有心的徐春林敏锐地意识到,一部"宁红"的百年历史,也就是一部修水人民的生活史、风俗史和社会生态史。漫山遍野、层林尽染的绿色茶,在灿烂的阳光照耀下,仿佛是一张张茶农纯朴的笑脸,在微风的吹拂下轻轻地摇曳,似乎在动情地讲述着千百年来茶人的奋斗故事。"宁红"的力量来自广袤的山水,修水在现实与历史中浩荡前行,客观上紧密地与世界的"一带一路"相系相连。于是,作者便一头扎进这一宽广的题材中,从浩如烟海的"宁红"记录里,找寻到修水人民追求幸福的坚实足迹。傍临着那条秀美的河,守着一汪温情的水,硬是让"宁红"茶婀娜多姿的秀美,渐渐与祖国的崛起和民族的复兴链接在了一起。在作者悉心的挖掘打量中,我们得知了"宁红"于2019年4月29日在北京与"景德镇瓷"一道,构成了颇具江西省符号的"茶文化与瓷文化"、名茶与名瓷交相辉映的文化特征,作者笔下的《中国宁红》便呼之欲出。

江西省的修水县曾经是一个国家级贫困县,也是全国名茶之乡。《中国宁红》以中国茶叶的历史变化为主线,体现茶在各个社会阶段不同层次间的意义和光彩。在这部纪实文学作品洋洋洒洒的叙述中,黄庭坚、苏东坡、欧阳修等众多闻名华夏的文豪的赞誉与罗坤化、郭敏生、莫雪岷兄弟、孙朝辉、徐明华等一大批实实在在的种茶人为了"宁红"殚精竭虑,为这一方水土上的一份茶缘增添了亮丽的色彩。他们的前赴后继、相生相伴,他们在这个茶品牌成长历程中的栉风沐雨、薪火相传、奋力前行,共同书写着令人感佩的中国故事。作者很妥帖地以家乡儿子的个人视角,着眼于当下的时代,认真梳理沉淀于茶品中的文化因子,在努力呈现一片茶叶与一方山水人文的因缘际会上,也赞颂了宁红茶助力人们脱贫攻坚、兴旺乡村的宏大命意,使得该作品的阅读维度得到了较为可观的拓展。

徐春林以一个日渐成熟的作家的眼光,努力从史实和社会生活中寻找到关涉《中国宁红》的翔实资料。我注意到文本中作者对许多细节的拿捏呈现,都具有非常独到的功力;同时作者还把细腻的个人修为,有情有义地倾注进当下这个伟大时代的滚滚浪潮中,让文思的奔涌始终围绕着精品"宁红"的"人情世故",让其得以惟妙惟肖地展现。作者在尽情诠释"宁红"这个中国符号传承的同时,还从小处落笔,放飞着高远的思绪,深刻揭示了"宁红"此起彼伏的兴衰史,与国家命运、民族命运之水乳交融互为关联,语言平和稳重,情感直抵人心。

无限的生命热量

何明生

万物都是有温度、有热量的。太阳火焰的温度,人人都能感受到。地球南北两极是一个冰封的世界,但如果您往深度看,冰盖下几千米深处,却全是滚烫的岩层。月夜是清凉的,如果您跟随月光穿过地心照射在地球的另一面,那也是热火朝天的一派景象。冰是寒冷刺骨的,如果您往水分子的内核看,高速旋转的电子,原子核中的质子、中子以及夸克,又是一个何等奔腾的世界。

和徐春林认识多年,在我看来,他亦是一个充满生命热量的人。他在武宁县卫生学校毕业后,在家做了三个月乡村医生,就被同学邀去了杭州打工。说是打工,实际却是传销。人生第一次出门,看到的不是鲜花,而是布满荆棘的巉岩。之后,他毅然离开了这个伤心地,前往陌生的广州,再辗转深圳、台州两地。有一次,他与伙伴出门到另外一个乡镇工厂找活干,所雇的车辆偏偏和他们开了个大玩笑,刚出门不久,车辆就抛锚了。炙热的阳光照得榕树叶都蔫了,他们只能继续前行。走了半天路,可身上总共只剩五毛钱了,此时人又饥又渴。他们把街边人家洗菜盆中剩下的一点水,当成了生命中的甘露一般,伸长脖子,顾不上旁人的眼光,放开嘴一阵牛饮。他也曾半年与人合睡一块铺板,硕大的蚊子每天晚上总是被喂得饱饱的,还整夜嗡嗡地作响,像在庆贺它们丰盛的晚餐。文学是他人生的梦想,再艰难的打工生活,也无法阻挡他拿起手中的笔,去描绘自己的人生色彩。那段时间,他一直不停地写稿,最后终于有作品发表在《台州日报》上。这种惊喜,让他像打了"鸡血"一样,高兴得连续几个晚上都睡不着。在看到九江《浔阳晚报》招聘记者的消息后,他立刻转往九江,并顺利通过应聘,在九江日报社一干就是一年多。这里的工作与生活让他成长了不少,但也让他知道,自己十分有必要为自己的文学梦充电。

他决定了的事情,说干就干。随后,他果断辞掉现有工作,去参加成人高考,并被华中师范大学古汉语文学专业录取。脱产学习两年后,徐春林顺利毕业回到家乡,应聘在修水电视台工作。电视台的大量采访工作,为他的文学创作开辟了一块新的天地,在《江西日报》《九江日报》《浔阳晚报》上,他发表了大量的作品。虽然有了一些小的成绩,但徐春林并没有骄傲,他在奔着自己人生的更高目标迈进。当得知北京有个文学交流会时,他宁愿坐两天两夜的绿皮火车,啃着冰冷的馒头也要赶过去参加学习。下车时还是早上五点多钟,又饥又饿的他,像一个长途跋涉的单兵战士,因为太早,天刚蒙蒙亮,只能暂时在路边小憩一下。也可能他实在是太疲劳了,倚在电杆树上,不知不觉竟睡着了。一觉醒来时,已是太阳高照,九点多了,他不敢迟疑,立马就奔到了学习会场去。他就像是一团火,什么艰难困苦都被他不断地燃烧掉。

在进行写作时,徐春林往往全身心沉浸在作品之中,只有茶是他身边唯一的伴侣。朝夕相处,他也越发体会到这"伴侣"的可爱之处:茶,生长在高山或丘陵,经过雨水云雾的滋润、温煦阳光的照耀,片片嫩芽,带着自然万物给予的能量,逢春勃发,生机盎然。当茶农给予翠绿茶叶温度和搓揉时,茶叶总是努力改变自己的形态与结构,蓄积起馨香。它让茶农忘记自己身体的疲劳,忘记高温锅底发出的烫手热浪,只去憧憬他们心中的甜蜜与梦想!当沸腾的水浸入它的身躯后,它便尽情舒展身姿,释放出甘甜与诱人的芳香。小小一片茶叶,凝聚的却是生活的希望与芬芳。

以此为灵感,徐春林脑中渐渐勾勒出《中国宁红》的雏形。在电视台上班,有规定的采访任务,但徐春林在创作时,没有请一天假。他利用周末的休息时间,把自己一个人关在老房子里,三餐都是面条,日日与茶相伴。条件虽艰苦,但他却出色地完成了创作任务。

《中国宁红》,是一部非虚构写作的长篇文学作品。确切来说,它是一部取材自乡土的报告文学。乍听这四个字,不少人或许会觉得它写实意味过重,以致读来枯燥乏味。然而《中国宁红》,却是打破了这种刻板印象:它的描绘具体翔实,亦不乏生动趣味的一面。正如何建明主席所说,"这部书是知识性、故事性、文学性结合得比较好的一部作品"。《中国宁红》,顾名思义,讲述的是宁红茶的"前世今生"。在谋篇布局上,徐春林采用电影蒙太奇式的手法,他择取一个个历史事件、人物故事,将其串联起来,用翔实的笔触、行云流水般的节奏,描绘出一代代茶人为谋出路所付诸的抗争与智慧,展现出千百年来不同社会制度下茶文化的滞塞与发展,同时也反映出中国乡村脱贫攻坚的艰难与成就。

　　有关宁红茶的诞生,最早的传说是明太祖带领士兵在长年征战中,一次兵至宁州漫江乡时,兵士得疾,当地长者敬奉变色茶药(发酵红茶),不料三杯下肚竟病去疴除。明太祖龙颜大悦,见茶外观乌赤,汤色红艳,于是金口御赐:宁红。经过一代代茶人的努力,到晚清时期,誉为"茶工始祖"的罗坤化,让茶的品质发生了革命性的变化——宁红茶已羽化成蝶,它飞跨欧亚大陆,甚至成为外国皇室的御品。"宁红不到庄,茶叶不开箱",这句坊间流传的话无疑是对宁红茶的极高褒奖。当然,宁红茶并非没有经历过困境,但正是因为有千千万万采茶人的辛劳付出、售茶人的智慧集结,所以宁红茶才能日渐发展壮大,口碑在外,芬芳永传。

　　《中国宁红》,不仅对宁红茶的"破"与"立"做了深入的讲解,它也结合史实选取了大量故事,而这正是其"故事性""可读性"的体现。故事中的事例和人物,是真实的、鲜活的,由此更令人觉得触动与震撼:譬如对父子、兄弟、师徒等茶农关系的描写,展示出茶人拧成一股绳的力量;对诗人、作家相关作品的描写,体现出宁红茶厚重的文化内涵……而通过这些描写,我们又可从中窥见当时的社会风貌与作者的人文情怀。因此,可以毫不夸张地说,《中国宁红》是一部厚重的、深沉的、价值极高的文学作品。

　　在当下,不仅有手工制茶、机械制茶,还产生了智能制茶。有更多的茶人,不仅是手工制茶的全国技术能手、机械制茶的行业标兵,也是智能制茶的高级工程师。特别要提到的是,很多贫困户的家庭成员,如今都成了赫赫有名的采茶王、制茶高手。在徐春林的笔下,我们可以看到宁红茶蕴含的自强不息的时代创新精神。这种精神,已深深地扎根到我们每一个乡村、每一个家庭,甚至是每一个人心头,并由此激发出无限的生命热量。

一缕茶香

秦宗梁

徐春林将《中国宁红》锁定在当今中国如火如荼的脱贫攻坚语境下,使得作品有了鲜明的时代性和新闻性。报告文学的"非虚构性、文化批判性和跨文体性",在书中有了精彩的呈现。徐春林用"立传"的决心写此书稿:拥有89万人口"八山半水一分田"的修水县,如何在一片小小的茶叶上巧做致富大文章,让8万余贫困人口成功脱贫致富,成为中国的名茶之乡?2020年4月26日,全县133个贫困村全部实现脱贫。作者在书中开头,巧妙地制造了悬念,激发读者的阅读兴趣。

徐春林不仅是"宁红"历史事件的记录者,更是"宁红"历史事件的亲历者和思考者。书中对"宁红"茶生长的自然环境和人文历史背景进行了浓墨重彩的抒写。从事过多年报纸新闻工作的我有切身体会:就文体的"特殊"而言,与小说、诗歌等虚构文学不同,报告文学是一种"政治挂帅""思想领先"甚至"主题先行"的文学。其"特殊"之处在于:相对于小说等虚构文学而言,它对作家的素质要求更高,条件更苛刻。

2011年,在修水广播电视台担任记者的徐春林,曾随同新上任的县长孙朝辉去漫江调研宁红茶。这种新闻工作者的特殊身份和眼光,让徐春林的写作有了超常的思维高度:"鸟瞰中国的茶叶版图,不难发现,茶无论是在思想上还是在文化上,都给村庄带来了外部审视和观照中国基本生活的关系。从某种意义上,它在统治着乡村,在改善落后的同时,也在神秘地、不可思议地体现着中国人的乡村生活,为人们增添了无限的生活情趣。"

作为报告文学的规范,非虚构性包括田野调查性、新闻性和文献性三方面。报告文学等纪实文学作家要比虚构文学作家付出更多的时间、精力和财力,去从事资料的搜集、整理与核实,因而其写作过程更长、更艰苦,其劳动也更令人尊敬。作者徐春林征引了宏富的文献证据,追寻宁红茶的踪影:"有关'宁红'茶的诞生,历史上有很多种说法。……史料的记载,有三种。一是《修水问茶》中记载:明洪武二十四年(1391)九月,由蒸制茶改发酵散形红茶。至明宣德年间已形成成熟的红茶制茶工艺。乾隆年间,宁红茶始创成功。中国一种名叫'宁红'的茶在修水横空出世。二是清代叶瑞延《纯蒲随笔》中记载:'红茶起自道光季年,江西估客收茶义宁州,因进峒教以红茶做法。'这种红茶,称为宁红工夫茶。宁红工夫茶,简称宁红。三是《祁门县志·食货志》中记载:1875年,徽商胡元龙到修水邀请宁红茶师创制祁红茶。当代茶圣吴觉农先生曾组织专家考证说:'宁红是历史上最早支派,宁红早于祁红九十年。先有宁红,后有祁红。'"

田野调查性的有无,成为报告文学与非报告文学的一个重要分界线。徐春林深入田野调查,揭开宁红茶的神秘文化面纱:"关于宁红茶的真正来历,我曾多次向江西省茶叶学会副理事长、茶叶专家吴东生求证。吴东生说,红茶真正的起源应该是起于乾隆年间。他还解释说:'最早生产的是宁红工夫茶,宁红工夫茶不是称之为工夫茶的茶艺,是一种茶名,"工夫"二字,代表茶叶制作过程的精湛和要求。'"作者这样写道:"清道光二十五年(1845),罗坤化出生在修水县漫江乡大源里村。这里是'宁红'的发源地,也是现在著名的茶叶村。我随修水县溪流文学社副社长韩汤去漫江时,正值秋天,秋茶刚刚采摘过。一路上遍地是火红的枫叶,让人迷醉、癫狂。枫叶沙沙地响着,仿佛每一个姿势都是一种仪式,在欢迎着客人的到来。随着起伏的秋波,不时能闻到一缕缕茶香。"这样生动灵性的文字,还原了当时田野调查的场景,让本书的真实性和文学感染力有了足够的保证。

《中国宁红》的写作,表现了强烈的跨文体性。书中将诗歌、民歌、故事、散文、新闻等杂糅在一起,将各种体裁的素材编织成一幅壮锦,最大限度地还原了"中国宁红"茶的前世今生和浴火重生的历程。书中使用了大量诗性的语言,节约了篇幅的同时,保证了作品的文学品质。如修水县溪流文学社副社长徐天安的《咏宁红茶》:"别有风华骚客倾,江南烟雨孕诗情。清香一缕闻天下,万国勋章载美名。"为保证作品的可读性、趣味性,作者还尝试了小说技巧,将历史和民间故事以影视的画面闪回:"突然,一个大汉从门口走了出来,正好撞着了个头瘦小的罗坤化。此人不是别人,正是俄国使馆的巴诺夫。"

"茶产业是改变一切的关键!"宁红村把茶文化做大做强。经过精准帮扶后,宁红村的气象焕然一新:"现在宁红村人家家都有股份,家家因茶致富!宁红村也成了栽种茶叶名副其实的风水宝地。""宁红村以茶产业发展为经济基础,村庄整治为文化基础,依托'宁红茶原产地'特色和'宁红小镇',将打造成江西省宁红茶交易集散地、宁红茶生态休闲观光旅游AAAA级景区。"报告文学"首先是新闻,其次才是文学",在真实记录的基础上,徐春林用抒情散文的笔调,动情地写道:"一望无际的茶园,在黛青色山影的衬托下,显得格外鲜艳青翠。水色从叶尖的缝隙里折射而出,随风闪动,如散落在大地上的点点碎银。而这古老而静谧的土地显得尤为年轻,这厚重而又深沉的大地因为有了这些激动的绿色尤显飞扬。纵横交错的阡陌之间,到处是一派令人感慨的祥和景象。"

报告文学具有了文化批判性,才能让作品在歌颂时代的同时,发出独到的声音和思想的光芒。如何实现歌颂与批判的有机融合?作者徐春林在书中这样反思:"可以说,'宁红'一直以来都是这块土地上的富民产业。让人费解的是,修水一个这样的地方是怎样沦落为国家级贫困县的呢?"这样发人深省的文字,让作品在唱时代赞歌的同时,具有了独立思想的深度。

在长篇报告文学中,要使纷纭散乱的材料有关联、成整体、有秩序、有魅力、有美感,这对作者徐春林的写作才华无疑是一个严峻的考验。

徐春林使用了"浓缩"和"类聚"的方法，让庞杂的写作素材熔炼成一部鲜活的报告文学作品。其间花费了作者多少时间和思考，只有作者自己才清楚。或许，这正如作者在后记中所言："我只是为'宁红'立个小传。"这是时代赋予徐春林的文学使命，也是我们每一位作者的文化担当与义不容辞的文学责任。

宁红的脚印

卢大翔

认识徐春林是在2019年某个夏天的下午,他到我单位采访,单位领导把我同他做了介绍。他的身材高大、健硕,脑袋微微斜着,一双眼睛永远睁开。当我探出双眼,他的眸光很像侠客出窍的剑,精悍、锋利,同我对视,我感觉自己思维输出不够。后来,我经他介绍加入了溪流文学社,偶尔在社群看到他简洁公布《中国宁红》的写作进度。我写过网络小说,起初也不觉得十个月写十几万字很了不起。一直到2021年5月28日晚,我陪他从北门向四都过三都返回,为他的新书《和平长江》采风。他说:"白天的修河、晚上的修河、雨天的修河,都是不一样的。不写作时的修河和写作时的修河是不一样的。"微言大义,字字珠玑。他将《中国宁红》(见《中国作家》纪实版2021年5期头条)带给我,我一夜畅读,对他肃然起敬,也郑重地揭开了对传统写作的认识。

《中国宁红》是用小说架构、散文语言、纪实手法精准、优美地呈现的一部长篇报告文学。行文所及的人物、故事、环境,充满了三维立体感,上到九天揽明月,下入深海探龙宫。时间、空间、感官,在字里行间交相呼应,相辅相成,为读者呈现一场"宁红"盛宴。

"宁红不到庄,茶叶不开箱。"几代茶人的心血铸就了宁红的辉煌。徐春林和分宁皇菊黄金、大椿茶厂吴章金是知己也是文友,往来品茗,情深茶熟。经历数年,宁红茶早已成为徐春林心中一壶。俗话说"心急吃不了热豆腐",徐春林没有奇思妙想,一蹴而就。他到漫江乡宁红村、新湾乡回坑村、大桥镇大桥村等,一连去几次,次次如初至,思维行走,脚踏大地。他犹如云间雨露,坠落到富饶茶乡,附着在翠绿茶叶上,哺育着蜷曲茶根,用视觉、触觉还有心灵的知觉去体悟宁红的过往、现状、未来,在宁红的源头听每一道雷鸣,淋每一场甘霖。他阅尽茶人,遍览茶史,让自己熟悉的、不熟悉的都变成一种经历,然后向读者娓娓道来。看《中国宁红》,如沐春风,舒适惬意。

据他所述,《中国宁红》开篇序章,修改40余次。成书的12万余字,洋洋洒洒,行云流水,逐字逐句,匠心独具。虽不说"字字看来皆是血,十年辛苦不寻常",要知道,成书如有一个错别字,往往破读书雅致。但这种情况对《中国宁红》而言,是不存在的。

《中国宁红》的面世不光有十月怀胎,还是修水89万人民奋进的新时代缩影。

修水人素爱饮茶。茶叶如家中板凳、桌子一般,稀松平常,不可或缺。但脱贫攻坚一声号角,修水茶犹如卧龙伏虎,一声长啸,直追赶路人的步伐。不仅有徐明华、孙朝辉这样的县委书记,晏少兵、李四海这样的乡镇书记,黄金这样的村书记,上下齐心,凝聚合力,深耕茶园,造福百姓;还有匡美健、程扶瑶、樊贞子、吴应谱等甘为人桥,英勇牺牲,碧血丹心,永垂不朽。村民奋发图强,因地制宜,种茶经商,脱贫致富。茶叶,摇身一变,成了20岁的修水姑娘。徐春林客观真实地书写了修水县干部群众追赶超越、奋发图强的华丽篇章。

但《中国宁红》的磅礴,远不止于此。茶是行走在草木中的人,《中国宁红》是徐春林和茶的对话。在书中,北宋著名文学家、书法家、江西诗派开山之祖黄庭坚,竹塅陈氏五杰等名人与茶的故事,《天下香》等戏曲剧目"活"了过来;"双井绿茶"、青钱柳、分宁皇菊等修水茶,茶不醉人人自醉;吴香华、吴文胜、吴章金这些茶商秉性温良,骨子里流淌着中国人的美德。文脉潺潺,茶香袅袅。

话音未了,徐春林又"高挂一帆向五湖",转述关于茶的独白。茶叶不仅仅是茶杯底下竖着的颜料草、提味剂,还是一代代中国茶人用血汗滋养的精灵,是信仰、文化传承传播交流的载体。翻开铅墨书页,一股悠悠茶香迎风而来。

　　《中国宁红》读完了。徐春林在想什么？当夜路寂寞，一辆轿车悄然行进漆黑山岭，他在车里犹如欣赏凡·高油画般领略大自然微妙的变化，和蛙声、树影、明灯喁喁私语。我开始循着他的脚印寻找、寻找。或许，他早已顺流南下。

茶香三色
——读徐春林的报告文学《中国宁红》

朱　芳

那天傍晚徐社长郑重地把《中国宁红》交到我的手上，普通的黑白A4打印纸，仿佛还带着新鲜出炉的余温。他说你是《中国宁红》的第一读者，这是一个历史时刻，并咔嚓一声用手机留了下来。捧着这一沓纸，我也有些激动，这是宁红的幸事，亦是修水的幸事。自徐社长决定正式动笔的那一年以来，我便很少见到他的身影了，溪流文学社群里他分享着关于书的进程。前期大量烦琐求真的调查和收集，后面高度投入沉淀精神，再一遍遍字斟句酌，耐住苦和寂寞，呈现的是一片辽阔的土壤，是速度与质量齐飞的精品。

返回办公室的路上，我边走边翻，"一片茶叶的重量"首先闯入眼帘。我继续翻阅着，一些尘封的往事在苏醒，一种宁红精神百炼成钢。敬畏修水山水的恩泽，根植于修水厚重的文化沃土，演绎一段茶叶的繁华，传承修水茶人的工匠精神和气节操守，继往开来，这是《中国宁红》的重量。

绿色：人在草木间

小时候我喜欢跟着奶奶去采茶，因为热闹。农历三月，大地仁慈，茶叶鲜嫩冒尖，茶丛里鸟儿孵蛋，茶树桩子下蘑菇撑伞。大人提着大竹篓，小孩提着小篮子。采茶的女人们嬉笑怒骂，手上不停，嘴上也不停，唱得一台好戏。

现在我也喜欢去摘茶，因为静。阡陌交通，一顶草帽，一只竹篮，一张木凳，一壶好茶。春风和煦，耳得之而为声，目遇之而成色，安静又祥和。这大概是作家林清玄说过的人在草木间,天人合一,喝茶的最高境界吧。人在大自然中与草木相依,"松花酿酒,春水煎茶",犹怜草木,于万物有情。

在修水1400多年产茶历史长河中,茶选择了修水,修水人也坚定守护着茶。修水森林覆盖率高达72.8%,良好的自然生态非常适宜茶树的生长,种茶在带来经济效益的同时,又保持了水土。政府也提出了"实现绿色崛起、同步全面小康"的目标。宁红发源地的漫江到处是茶山,开门见绿、满眼入画,"大多数村民都依靠茶叶致富"。

《中国宁红》到处洋溢着对修水这一片好山好水的热烈赞美,也不吝啬表白茶叶布施修水的德泽。一方水土养一壶好茶,一壶好茶润一城绝色,天人合一,道法自然。

红色:长在热土上

江西是一片火热的土地,不仅是因为高温多雨的气候孕育的红色土壤,还因为这片土地也浸染着无数革命烈士的鲜血,红色政权在此诞生。修水县是著名的革命老区、烈士大县,是秋收起义的主要策源地,是中国革命摇篮的前身和中国工农红军的摇篮之一,是第一面军旗诞生的地方。

徐社长是一个很会感受生活的人,他审时度势,敏锐地感受到茶之于修水的重量,之于当前社会的正面影响。

徐社长先从宁红与当前的脱贫攻坚战与乡村振兴开讲。修水作为一个国家级贫困大县,近年来,为实现脱贫攻坚目标,修水县全力推进扶贫工作,终于在2020年4月正式脱贫摘帽。"这是茶叶赋予修水人民的希望,也是党员干群奋斗的结果。"《中国宁红》把这些人镌刻在书中,我们可以看到孙朝辉书记把89万修水人脱贫致富的凤愿沉重地压在心头,"在深山区移民工作中,有太多的驻村第一书记为了工作,连续几个月都没有回家和亲人团聚"。甚至还有把生命留在扶贫路上的,樊贞子、吴应谱这对年轻的夫妻,"90后"扶贫专干程扶瑶,杭口镇党委书记匡美健,党委委员、副镇长邓旭等,"他们都是一心为民的好干部,共产党员的楷模"。

茶树保持水土发挥着它的生态价值,茶叶发挥着它的经济作用,茶人吞吐着它的精神涵养。写茶也是写人,从书中我们可以看到每一代茶人经商有道,致富有方,也在秉承着一种历史使命。"茶工祖师"罗坤化"成为富商之后,不多置田产,而乐助公益";在巴拿马博览会摘得茶叶最高奖项的郭敏生,晚年将茶行"一半捐赠了公益事业,用来修桥修路";莫家兄弟使得宁红茶达到"宁红不到庄,茶叶不开箱"的盛况,在日本全面侵华期间,莫雪岷坚决不发国难财,发出就算是饿死,也不会把茶叶卖给日本人的威凛凛之辞。正如吴觉农先生所言:"爱茶精神与爱国精神始终是血肉相连的;茶坛的命运与国家的命运始终是息息相关的;中华茶业的复兴与中华民族的复兴永远是同步驱进的。"

种茶的、喝茶的、写茶的、守护茶的,在这一片热土上,修水人如火如荼,耕耘着、收获着。

古色:识得此中味

"坐下当,戏下当,恰碗茶当。"这是我们修水人家热情待客必说的口头话。但凡有客来,主人赶紧拉来椅子请客入座,另一边已经开始泡茶了。我们的茶和一日三餐一样必不可少,不同的是饭一日三餐,茶可不止三杯。当修水人品茗的时候唇齿间溢满沁香,人的闲情和文的厚重从茶杯里绽放开来。茶水凉了又续,茶的故事常采常新,喝茶的人一代一代被驯服。

修水是一个诞生文化奇才的地方,文章奥府,人杰地灵。黄庭坚诗书双绝,"黄集咏茶诗最多,最工";陈门五杰书香世家,可以把江西写大;"华夏进士第一村"俊才星驰,走出72名进士,其中48名一朝一村一姓。有文脉濡养着,茶从口入,意从心出,宁红自古以来就不仅仅是一片叶子,一种消遣,她是一种文化,一种信仰,一种力量。

宁红,浩浩汤汤,在历史的沸水中翻滚、升腾,为中国的茶史添上了浓墨重彩的一笔。宁红茶不仅仅是茶,《中国宁红》也不仅仅是一本茶史。从茶到宁红茶,在保证纪实文学客观严谨性的同时,又给人以文学审美功能的愉悦。文中既有活灵活现的名人逸事、趣谈故事,还能一嗅皇菊的传奇,探寻茶马古道,由一对璧人的悲剧爱情改编的宁河戏《天下香》……徐社长把这些零珠碎玉以茶为主线,串成一本好书。

徐社长作为一名修水人,他家门前屋后种着茶树,自小喝着修水的茶,常常转悠在修城的大街小巷,闻着修水甜净的空气,留意着有关宁红茶的形形色色故事。所以他对"宁红"用情也是深厚的,《中国宁红》发出的声音带着亲和力。徐社长对宁红茶的辛苦记录,将与那些茶人一道成为修水宁红、中国宁红的幸运。

千年茶史,百载兴衰,一家之言
——略论《中国宁红》的史学品格

赵小虎

《中国宁红》的体量是庞大的,内容是丰富的,刻画的人物是众多的,结构是螺旋繁复的,艺术成就是多方面的。作者弃用了线性叙述的模式,而是采用一种网状结构,立体交叉式地、多角度地表现了宁红茶的历史发展、自然地理、主要品类、品质特征、生产工艺、经营销售、民俗文化,堪称是一部关于宁红茶的百科全书。徜徉在这样一座文学的大厦之中,笔者特别感受到其间一种历史的纵深,倾听到遥远的回响,体会到作者为"宁红茶"修志立传的勃勃雄心和《中国宁红》资料翔实、求真求确的史学品格。

在本书中,作者钩沉拾遗,披沙拣金,用扎实的文献资料追溯了修水茶叶的千年历史,尤其是近一百年的浮沉兴衰,为宁红茶修谱立传。在《我家江南摘云腴》中,作者记述:"据《修水茶志》记载,唐贞观元年(627),江西属于江南道,修水的绿茶开始盛行。公元733年,江西属于江南道西道,在陆羽的《茶经》里被划分为全国八大茶区之一。修水产茶距今已有1400多年的历史。据《茶谱》记载,宋朝时期修水就盛产'双井白芽',它是绿茶的一种。"

关于修水茶的最早文字记载,按文中资料记载,最早可见于东晋葛洪《幕阜山记》,距今有1700多年。上文提到的"双井白芽",则最早出现在隋唐书中。

修水茶在宋代发展兴盛。以修水乡贤黄庭坚为代表的文人雅士交相推介、推波助澜,又更加助长了茶叶发展的新局面。《江西史稿》载:

"南宋时,分宁岁产茶叶228万斤。"至元、明、清三朝,修水茶叶继续蓬勃发展。

"至元代,修水的茶叶生产仍很旺盛,各地茶叶种植面积陆续增加,其产量仍呈现增长趋势,茶税成为元统治者的重要赋税来源。江西征茶税的官署(榷茶都转运司)设在九江江州。修水自宋起驻有课税局大使一人,九品官,曰典税事,至明英宗正统年间裁减。仅凭这一点,说明修水是重要的茶叶大县。"

清道光年间,修水茶铺林立,商贸繁华。这时茶生意尤其兴旺。《申报》记载:"修水茶庄,多集中于该县城西摆上,漫江次之,其他各乡额少。……又该县茶庄,非全系本县商人经营,外地商人来此经营者颇多,惟以本帮人数占多耳。据调查所知,去年修水箱、篓、菁各种茶庄,共计七十三家。"

作品回溯了修水茶叶一千多年来的简要发展历程,是一部修水茶叶的发展简史。

在本书中,作者对很多重要史实和资料进行了记录和还原,对很多重大事件进行了艺术再现。像在本书中作者郑重地记述了容易被现代人忽略的"万里茶道"。"万里茶道是继丝绸之路后,于17世纪末到20世纪初,在欧亚大陆兴起的又一条重要的国际商道,也是中西文化交流融合之路。万里茶道从中国福建崇安(现武夷山市)起,途经江西、湖南、湖北、河南、山西、河北、内蒙古,从伊林(现二连浩特)进入现蒙古国境内,沿阿尔泰军台,穿越沙漠戈壁,经库伦(现乌兰巴托)到达中俄边境的通商口岸恰克图,全程约4760公里,其中水路1480公里,陆路3280公里。茶道在俄罗斯境内继续延伸,从恰克图经伊尔库茨克、新西伯利亚、秋明、莫斯科、彼得堡等十几个城市,又传入中亚和欧洲其他国家,使茶叶之路延长到13000公里。"

文中详细地记载了万里茶道路线图,是宝贵的历史资料。笔者曾经在中央电视台纪录片《中华万里行·晋中茶商》这一集中看到了类似的表述,成为这一史料的重要佐证。本书还生动地铺叙了中国宁红发展史上的重大历史事件,如横跨百年两夺国际金奖(1915年获巴拿马万国博览会茶叶最高奖甲级大奖章、2015年获米兰世博会金奖),如1891年罗坤化与俄国沙皇太子尼古拉的会见。

人以茶聚,茶以人传。本书还叙写了大量的与宁红茶有关的历史或现当代人物。他们或是历史的文化名人,如欧阳修、苏轼、司马光;或是家乡的先贤,如黄庭坚、陈衡恪、陈寅恪;或是重要的茶叶专家或商人、企业家,如罗坤化、郭敏生、莫雪岷、胡元龙、吴觉农;还有政界名人如俄皇太子尼古拉,以及当代有关党政领导和企业家。他们虽然时代、身份、职业各有不同,但他们都是与宁红茶"有缘"的人。

茶运联系国运,茶叶见证变迁。在当下,宁红茶又在脱贫攻坚、乡村振兴中扮演着重要的角色。《中国宁红》无疑是一支献给红土地的颂歌,一部致敬中国茶叶的力作,而且因为它具有文献价值,它将来必定会成为一座宁红茶研究者绕不开的"学术重镇"。

心中有信仰，脚下有力量
——读徐春林的报告文学《中国宁红》

胡丹丹

片片茶叶，沉浮之间，展现人生百态；

浓浓情愫，流年须臾，书写日朗乾坤。

翻开徐春林的《中国宁红》，你会感觉一股沁人的茶香翩然而至。这部书写茶史的报告文学，不仅真实再现了修水近百年来几代"宁红"茶人的风雨人生，而且借建党100周年的宏伟背景，讴歌了几代县委、村委书记等为宁红茶事业所做出的贡献，以及在脱贫攻坚路上帮扶干部的大无畏精神。为宁红发声，为家乡代言，这是徐春林创作《中国宁红》的初衷，也是他走上文学之路的一个信仰。修水，这个厚植了他几十载的故乡，他一直怀揣着深深的敬畏和热爱。家乡的一草一木一茶叶，在他眼里，都是美的企盼、力量的象征。

诗意唯美的语言，为叙事冗长的报告文学镀上了一层金辉。在这部报告中，无论是标题、引子，还是主体，目之所及，皆灵动如画，诗意绵绵。一代代茶人的群像，刻画得栩栩如生；一个个茶人的故事，建构得亲切自然。

真实性，是报告文学的一大特点。为掌握作品的第一手资源，作者常翻山越岭，深入基层百姓去调研采访；常泡在图书馆，翻阅历史古籍；常造访茶界名人，了解"宁红"的前世今生。因为热爱，他用脚步丈量着家乡茶业的每一个角落；因为热爱，他用手里的笔书写家乡"宁红"史上的神话。茶道即人道。这本集知识性、故事性、文学性于一体的作品，生动描述了"宁红"一世兴衰沉浮，也真实重现了几代茶人的辛酸与辉煌。

把茶文化和地域文化有机地融合在一起，赋予了这本报告文学独特的个性。走近《中国宁红》,我们不仅能感受到那沁人心脾、齿颊留香的"宁红茶",还能欣赏到与它同脉相连的"金丝皇菊"和被称为神仙茶的"青钱柳";不仅能看到带领"宁红茶"迈上万里茶道的祖师罗坤化,还能见识到取得巴拿马茶叶最高奖的郭敏生;不仅能了解"陈门五杰"之一陈衡恪的传奇故事,还能一睹修水文学家黄庭坚的风采……美景趣事、名人雅言,无一不具有文学的欣赏性。

紧贴时代的脉搏,无形中为这部报告文学提升了品位。作者扎根基层,立足脚下这片他深爱的土地,他以一位普通民众的视野聚焦问题的痛点。"脱贫攻坚",在他敏锐的思维下,一个个鲜活的故事轮番上演。在书里,在脱贫攻坚的路上,我们仿佛又看到了宁红茶的百年发展轨迹。

一花一世界,一叶一乾坤。修水因茶而荣,因茶而兴。徐春林以他厚重的文化底蕴将《中国宁红》载入史册,将宁红精神发扬传承。他始终怀揣着一种信仰,并坚信:梦想能到达的地方,总有一天,脚步终能到达。

一款名茶背后千年的"人情世故"

——主题视域下的《中国宁红》探析

张蕴华

翻开徐春林的报告文学《中国宁红》,便是翻开了有着1400多年历史的这款中国名茶的历史与现实面貌。之前,只知道有祁红、滇红,后来甚至知道了正山小种、英红九号,又从《茶人三部曲》中对中国的茶文化有了进一步的了解,却依然不知红茶中有宁红这号大神的存在。阅读《中国宁红》的过程,便是经由馆主春林的导引,沿时间的径道,行进在博大精深的宁红博物馆,很多关键的地方春林会娓娓讲述宁红的发展历程及其背后的引领者们,引我们更久驻足。"木末芙蓉花,山中发红萼。涧户寂无人,纷纷开且落。"牵引着宁红沉浮的,从来不是茶树茶叶茶花本身,而是一片茶叶与一方山水的际遇和合,是她背后千年的"各种人情世故"(源自王冰剑),是党员干部、致富能手与"宁红人"共同谱写的脱贫致富金曲,是千年来宁红人"栉风沐雨、薪火相传、奋力前行的中国故事"(源自高伟),是茶史与文脉的交相辉映,也是春林的引以为豪。

《中国宁红》,抒写了一款红茶与修水山水的际遇和合。中国是茶的故乡,是世界上最早发现和栽培茶树、使用茶叶的国家。茶叶命名有按发酵深浅程度的,有按颜色的,还有按地域的,但不管哪一类茶,能登堂入桌的,对其地理、水土与气候都有严格的要求,越是名品,对自然环境的要求越高。

宁红茶与修水山水的相遇是彼此的幸运,是相互的最好成就。中国宁红茶产区的江西修水县位于赣西北边隅,幕阜、九宫两大山脉蜿蜒其间,山多田少,峰峦起伏,林木苍翠,年降水量1600~1800毫米,日照时数1700~1800小时。在春夏之间,正当茶树萌发之时,常云凝深谷,雾罩山岗,浓雾日达80~100天,相对湿度80%左右;土层深厚,多为红壤黏土,土质肥沃,有机物质含量丰富,给茶树发育生长以良好的生态环境。所以该地区从唐朝开始种植茶叶,茶叶品质精良。

《中国宁红》,展现了一款名茶发展历程背后千年的"各种人情世故"。翻开《中国宁红》,透过黄庭坚与吕晋夫、黄庭坚与欧阳修之间的交往看出,茶是媒介,我们从中也可以看到,在封建社会,宁红茗茶更多的是上层社会人士酬唱馈赠之佳品。清末是宁红发展历程中一个重要的历史时期,对内,因为有陈宝箴的推荐,宁红得到了李筱荃、张之洞、辜鸿铭等的喜爱;对外,宁红得以通过俄国商人进入皇室,继而进入欧洲市场,俄太子尼古拉欣然提笔为宁红写下"茶盖中华,价甲天下"的匾额。

透过《中国宁红》,我们知道这款名茶在历史上有三个鼎盛时期,其一是北宋年间,修水人黄庭坚的关键作用,使宁红走出山野,与文化结缘。其二是清末民初时期,宁红走出国门走向世界,但因仰洋人鼻息,道路异常艰辛。第三个鼎盛时期便是当下,党和政府"存茶于民"的理念,"公司+基地+农户"的订单农业经营方式,"靠山养山、兴山富民"的产业扶贫之路,让茶人与茶企业可以铆足了劲发展。扶贫攻坚的好政策让宁红得以富民的同时再现辉煌,诞生各级龙头企业,出现众多专业合作社、示范社,获得世博会"百年世博、中国名茶"公共品牌金奖、企业品牌金骆驼奖,成为亚运会官方唯一指定茶叶,成为中国国礼……千年世事沧桑,多少古今人事沉浮,修水宁红才成为今日的中国宁红!

一片小小的树叶,要成为茶叶,要经过采摘、筛选、晾晒、发酵、烘焙、揉捏、包装、运输、浸泡等工序,经过无数双的手,走过千山万水后,方能成为香茗。透过《中国宁红》的字里行间,我们看到1400多年以来,在中国大地上发生的每件事,她无一例外没能逃脱掉。中国与中国人被列强欺侮时,没有地位的宁红茶挺着脊梁为自己发声,为国争光,为民立命;中国与中国人在世界上扬眉吐气的时候,扬眉吐气后的她富国富民,富国富民后的她熠熠生辉。一树千年宁红的"人情世故",正是活着的修水的历史、中国的历史。《中国宁红》最成功最功不可没的地方之一,正是作者以记者与学者的眼光,还原了这段历史,我们不能忘记,也不该忘记的历史。

《中国宁红》是一部茶业史,更是一部宁红人的历史传记。在中国宁红与修水的际遇中,宁红人的作用正如春林所言,"世界上所有的茶都是从土里生长出来的,没有一棵茶树是可以离开茶人的"。宁红人,既是个体,也是集体。

透过《中国宁红》,我们才能知晓,让"宁红"走上万里茶道——古丝绸之路的重要人物"茶工祖师"罗坤化;我们才知道宁红的第二代茶人是郭敏生,他与他的宁红茶捧回了"巴拿马茶叶最高奖";我们也因此知道了宁红真正意义上的第三代茶人莫雪岷四兄弟;我们才知道把宁红从小山村背出来,绘制在万里茶道的版图上的大椿茶叶世家——从吴忠荣到吴香华,再到吴文胜,再到吴章金一家四代走过的艰辛。宁红的发展史,还铭刻了涂翌利的临危受命;文燕的社会责任担当;吴觉农义不容辞的改良;"现代宁红茶第一人"俞旦华父子两代人毕生心血的全部倾注;退伍军人孙全兴的打假与品质守护;茶叶达人新生代桂普群的传承与创新;李新华三十年如一日的打造与技术带动;北京商人俞学文与朱丽俐夫妇的发展壮大;广告天才梁天柱的宣传;上海知青、茶叶书记徐明华四十多年的引领与推广;还有"90后"扶贫干部樊贞子、吴应谱的英勇献身……宁红的发展还见证了程泉海由懒变勤,由穷变富,通过种茶改变自身命运;见证了高龄农妇莫双菊凭借勤劳的双手成为采茶能手;也见证了贫困户阮世英成为"采茶王"后为老大难的儿子娶上了志同道合的儿媳妇……

这些人里,他们的关系有祖孙四代、兄弟四个、父子二人,有夫妻、婆媳、师徒……他们中有土生土长的修水人,还有来自北京、上海,后来扎根于修水,或者因为茶叶与修水结缘的来自五湖四海的没有被记录在案的人。他们的身份是千年前的封建官吏,是今天的县委书记、县长,是党的乡村基层干部,是农夫农妇,是茶艺师、教师、记者,是商人、军人……他们每个人身上有多层身份,他们是一个个鲜活的个体,也是一个无法分割的集体。他们都有一个共同的名字,那就是勤劳、智慧、坚韧,敢于奉献、甘于奉献,有责任有担当的中国宁红人。春林倾心著《中国宁红》,正是在为宁红人立传。

《中国宁红》用一款茶叶赓续修水千年文脉。茶事是中华文化最有代表性的事物之一,茶文化是中华优秀传统文化的代表,种茶、采茶、制茶、品茶的每个环节,都深深打上了中华文化的烙印。

以茶为媒,凝茶为魂,山水共荣,茶水交融,宁红茶在修水的出现,宁红茶在古今宁红人的培育、呵护、发扬下走过的每一步,无不使得"宁红精神""宁红茶文化"成为修水人文与文化的象征。

读过春林的《中国宁红》,你会由衷感叹,修水有灵山秀水,才引宁红来栖;修水是一方福地,才能孕育出大儒黄庭坚、帝师陈宝箴、"近三百年来一人而已"的陈寅恪……从春林到以宁红精神为荣、以宁红文化为傲的修水人,他们得修水源远流长的宁红精神与文化润泽滋养,才得以厚积薄发,赓续修水千年文脉。

徐春林报告文学《中国宁红》研讨会发言摘要

程绍武: 青年作家徐春林的报告文学《中国宁红》研讨会现在开始。这个研讨会是《中国作家》杂志社主办的。徐春林是近年出现的一个优秀的青年作家,他近几年的创作成绩比较突出,不仅在报告文学领域,在小说、散文、诗歌领域均有涉猎,而且佳作不断。他的作品无论是艺术水准还是思想价值都很高。2021年第5期《中国作家(纪实版)》全文发表了长篇报告文学《中国宁红》,这部作品把中国宁红百年的历史茶文化和脱贫攻坚结合得比较好。再过四天建党百年大庆就要开始了,在这样一个时间节点能够开这样一个会,意义特别重大。下面首先给大家介绍一下与会的领导和各位专家。

中国作协副主席、中国报告文学学会会长何建明

中国水利作家协会副主席、水利部离退休干部局党委书记巫明强

安徽文艺出版社总编辑姚巍

《文艺报》总编辑梁鸿鹰

中国作家协会创研部主任何向阳

中国报告文学学会常务副会长李炳银

中国作家协会创研部原主任胡平

作家出版社原总编辑张陵

鲁迅文学院常务副院长徐可

《民族文学》主编石一宁

《中国作家》副主编高伟

中国作协创研部副主任、中国报告文学学会副会长李朝全

中国作协社联部副主任李晓东

《当代》杂志社社长、主编孔令燕

中国作协创联部综合处副处长赵兴红

中国水利作家协会秘书长易文利

安徽文艺出版社编辑韩露

江西省茶叶学会副理事长、九江市修水茶叶科学研究所研究员吴东生

江西回坑作家村秘书长何明生

江西修水县大椿茶厂总经理吴章金

江西修水县溪流文学社副社长韩汤

《大地文学》编辑部主任、中国地质大学驻校作家刘能英

中国诗歌学会品牌战略部主任马文秀

《中国青年作家报》编辑只恒文

《中国作家（纪实版）》编辑部主任佟鑫

《中国作家（纪实版）》编辑张冰

中国水利作家协会副秘书长、《大江文艺》执行主编徐春林

以及来自《文艺报》、中国作家网、中新网、新浪网、腾讯网的媒体朋友们，对于大家的到来表示热烈的欢迎和衷心的感谢。下面就进行会议的第一项议程，由中国作协副主席、中国报告文学学会会长何建明讲话，大家欢迎。

何建明：首先我要祝贺徐春林写了一部好的作品。中国的茶我没有研究，但是看了徐春林这部作品，我第一次才知道，原来宁红茶也是特别好的茶。这本书写了宁红茶的"前世今生"，写得特别好。这本书前半部分讲了中国红茶的历史，我原以为红茶是国外的，我们就只有绿茶，现在才知道我们中国才是世界红茶的起源地。

我最近一直在讲党课，其中有一段文字写列宁对我们中国茶做了很大的贡献：有一个中国的茶王是广东人，太平天国以后逃到了武汉，武汉当时是茶叶的出口岸，所以俄国一个商人波波夫把他带到格鲁吉亚，轰动当时的俄国。1903年，列宁带着27岁的斯大林专门跑到格鲁吉亚去

拜访这个中国的茶王,列宁在搞革命的时候希望中国的茶王来支持他。我知道十八九世纪这段时间中国的茶叶在欧洲销量很大,贸易逆差非常大。鸦片战争在欧洲不叫鸦片战争,叫茶叶战争。16世纪一个英国的王后为了喝这杯茶要两根金条,这么贵,所以英国人想用工业文明跟我们中国交换,拉平这个逆差,结果发现中国人不喜欢工业革命的这些东西。英国人一发现中国人喜欢抽大烟,所以在印度种了很多大烟,就拿大烟到中国来跟我们做生意。然而,中国人知道大烟是毒害人的,不干,所以引发了鸦片战争,欧洲叫茶叶战争,可以看到茶叶在欧洲影响极大。刚好跟咱们这部修水的茶叶是接上头了,我一开始接不上头,列宁1903年带着斯大林去见这个茶王,让他支持俄国革命。列宁建起了政权以后把这个茶王请到他的办公室,希望他支持苏维埃政权。列宁专门为他开了一张通行证,苏联所有地方,中国的茶王都可以走。列宁去世后,斯大林推出了一个政策,所有的外国人都要从苏联的境内驱逐出去,唯独把中国的茶王请到自己的办公室,希望他加入苏联的国籍。这个茶王不太愿意,斯大林说他不愿意只能请他出境。1933年,这个人回国了。他回国的时候很高兴,因为十几年没有回到自己的国家。他在哈尔滨学骑马,冬天哈尔滨路很滑,他从马上摔死了。

这部书把中国宁红茶的"前世今生"写得非常好,讲了我们中国精工细作的茶。这部作品里面引用了托尔斯泰说的两句话:"我需要喝很多茶,因为没有它我就无法工作。茶会唤醒萦绕在我灵魂深处的灵感。"确实是这样,一个俄国作家能够说出这样的话,能够对中国的茶有这种感觉,这就是茶文化的力量。我们把中国的茶写好,意义非常重大。书中有很多人物写得非常精彩,罗坤化这个人物写得特别鲜活。

这部书是知识性、故事性、文学性结合得比较好的一部作品,这本书我从头到尾很认真地看完了,而且看得非常细、非常入迷,主要有这几个原因:一是这本书的知识性丰富。以前我知道和不知道的,比如巴拿马博览会,以前我知道中国有很多产品,包括茅台酒厂都参加了1915年的巴拿马博览会,获了一个奖牌,政府高兴得不得了。这本书提供了很多有趣的数字,比如参加那个博览会的奖是多少,25527个奖,参加的基本都可以获奖。所以这是给我们长知识。发奖发了那么多,我们中国拿了1218个,宁红茶是其中之一,我这是第一次知道。我老家的苏绣、沈绣也在那次博览会中获了奖。1218个奖中,我们现在知道的可能就是十来个,还有1200个到底是什么都不知道。当年我到茅台酒厂,酒厂的人告诉我,因为开始外国人对白酒不太感兴趣,后来有一个人很生气,干脆把酒瓶砸了,没想到整个会场弥漫着一股浓郁的香味,久久不散。茅台酒这才获了金奖。二是书的故事性强。书的整个故事都构思得非常好。故事性是我们报告文学的灵魂,作品的好坏就是故事讲得好不好,如果没有好的故事,报告文学"立"不起来。故事考验一个作家叙述的能力。三是文学性。书的整个架构设置得非常好,非常符合报告文学的特征,小标题也处理得非常好。四是写出了中国的茶道,这个茶道写的是中国的人道。茶是有道的,因为人在茶上下了功夫。我认为写茶其实是写人,里边写到的在修水倡导宁红茶的人物都很鲜活,如吴东生、徐明华等,给我留下的印象很深。还有书中写俞学文、朱丽俐夫妻俩到北京开创了更香茶集团,一直到2015年宁红茶再次在米兰博览会获了大奖,这个过程虽然讲的是茶道,但都是人在里面起作用,这是这部作品的核心,也是宁红茶的灵魂。第四章写到了菊花茶和青钱神茶,跟前面红茶有什么关系?是另外一个品种吧,我不是特别了解。第五章把宁红茶的继承、发扬同扶贫结合起来。宁红茶就是一种中国茶、中国的修水茶、中国修水人的茶,把这些写好,这部作品就非常成功了。这本书应该说是一部中国名茶的史记,也是地方茶的史记,很独特,很好看,我看完以后就想赶紧喝这种茶,今天应该喝你这种茶。现在的茶叶太多了,红茶也有很多,信阳、贵州都有红茶,制作都差不多。宁红这个品牌我是第一次知道,这是这部书的全部意义所在。这部书的目的就是推出这种宁红茶,不是简单地为宁红茶做广告,是要告诉读者这个土地上的人酝酿出了一种中国的茶,我觉得这是徐春林做的一项特别重要的事业。我也相信不光是外国人喜欢喝红茶,我们中国人现在也越来越喜欢,我觉得红茶比绿茶好喝,更香。

我充分肯定这部作品,写得非常好,徐春林非常适合写报告文学,在一个地方上把一个产品的特色写好,是我们地方作家、行业作家的使命。这部作品有几个优点:一是题材小,这样的题材在很多地方都有,就是地方的某一个产品,但是你要把它写好很不容易,不要以为这个就好写。这部书前面的故事叙述得非常好,把中国茶的来龙去脉和它跟世界的融合一块写,写得非常到位。江西作家这几年进步非常快,江西地方特色的产品非常多,如果都像徐春林写宁红,把它写好,也是对我们中国的文学,特别是报告文学做贡献。

巫明强:我能够看到我们行业的作家在这个地方开研讨会,非常激动。今天何建明主席百忙之中来到北京,刚才也发表了重要的讲话,高度评价了春林的这本书,给了我们很多指示性的意见,让我们受益匪浅。

《中国作家》杂志社给中国水利界作家徐春林的报告文学作品《中国宁红》举办研讨会,既是作家本人的自豪和骄傲,也是对中国水利作协及广大水利作家们的重视和鼓舞,请允许我首先代表中国水利作家协会对《中国作家》杂志社表示衷心的感谢。

徐春林的这本报告文学《中国宁红》是中国水利作协向中国作家协会申报的深入生活定点项目,他付出了难以想象的心血,所以与他今天获得肯定的评价是匹配的。他这几年的创作成绩斐然,作品已经在《人民文学》《诗刊》等全国七十多家文学刊物上发表,有三百多万字。徐春林的成长离不开江西作家协会、中国作家协会的支持,也离不开他个人自身的努力,当然还离不开今天在座各位老师的支持,我也想借这个机会代表中国水利作家协会向徐春林同志表示真诚的祝贺,并诚恳地希望他以此次的成功作为新的动力和起点,再创文学佳绩。

李晓东:非常高兴参加这个研讨会。我讲作品的四个优点。第一点是本书确实把民族精神和时代精神结合在一起。这本书一开始讲县委书记听到他们修水县脱贫摘帽激动的情形,到最后把整个故事拉回到脱贫攻坚的主题上来,中间讲到一百多年来宁红包括菊花贡茶等其他茶叶发展的历史。时代的要求是脱贫攻坚,里面体现了一种民族精神,特别是罗坤化,他作为宁红茶的创始人和奠基人,体现出来一种低调、内敛,既能把握机遇,同时又善尽聚义,没有给子孙留下什么财产,留下的是一种精神和家风。这种风气也确实凝聚在修水县和江西省整个大地上,所以这个时候感觉民族精神是脱贫攻坚非常重要的内在依托和精神滋养。

第二点是他把修水红茶文化的古今写出来了。茶叶一口叫品,两口叫饮,三、四口是喝,现在大家喝茶已经从解渴变成文化的品鉴,这个时候茶叶的核心竞争力在文化,所以他把黄庭坚、陈宝箴、陈三立、陈寅恪这些修水历史上的世家大族和文化名人写出来。这个时候就写出了宁红茶不仅仅是一种饮品,更多的是一种中华文化、中华文脉的承载,这种情怀确实把茶叶不仅仅做成一种茶叶,更多的时候是做成一种文化产品和外宣品。我们现在就是讲好中国故事,那个时候中国故事就是茶叶的故事,通过一种产品打通了中外古今。

第三点就是,确实找到了地方上发展文化产业或者是发展地方的特色产业应该走的一条路子。本书是从文化角度开始讲的,找到了经济效益、社会效益和文化效益结合非常好的路子,我感觉它不仅仅是一部报告文学作品,更多的还是反映一个地方的脱贫致富,包括现在的乡村振兴,可以作为参考的一本指导书。

第四点是他把红茶的历史从1915年的巴拿马博览会一直写到2012年米兰博览会,还有园博会等,从一个国际的平台把宁红茶展示出来,借助外界的力量把茶人的形象塑造起来,这个路子是非常对的。

何向阳:我没有去过修水,但是江西生态非常好,绿水青山。书里写的所有的茶,刚才的宁红茶我品尝了,喝得最多的茶就是金丝黄菊,这是新开发的一个品牌。一片茶叶为什么有这么大的重量?我觉得主要是它承载着一种中华文化。我觉得讲中国茶叶的故事确实是非常困难的,但是看了这本书之后,我感觉徐春林虽然是一个80后的作家,但是他还是圆满地完成了任务。比如说他对典籍当中的茶文化,做了一个非常好的梳理。书中提到了万里茶道。我上个月去了一趟福建,在福建我专门去了夏梅村,它是万里茶道的起点。他写宁红比祁红要早90年,都有依据,也写到了很多茶文化。这个确实是有历史、文献、典籍价值的。书里也讲了很多人,如宋代的黄庭坚、苏轼、欧阳修,另外也提到了罗坤化,他是古丝绸之路当中一个重要人物。他讲到茶的历史、茶叶和禅宗的关系,又讲到了近现代陈氏家族在修水的历程。在宋代的时候茶是非常受欢迎的,当时开封还有斗茶之说,最后斗茶传到了日本。所以万里茶道对于中国经济、文化的影响,对世界的影响都很大。

总体来说,像这样一部写茶的作品确实具有文献价值,也有文化的价值,当然也有现实意义。和乡村振兴的衔接,在后半部再衔接紧一些,把万里茶引申的意义、历史的延展性,再加强一点效果会更好。

李炳银:我也喝茶,但是对茶并不在行,用汪曾祺的说法,算牛饮了,解渴而已。此前我知道宁红、建红、祁红,但是对建红、祁红知道更早一些。这次看了徐春林的《中国宁红》,我长了很多知识,接收到了很多信息。《中国宁红》讲了修水,讲了修水的宁红,使我们对修水的文化、自然环境有很多的了解,总的来说收获还是不少。书里面讲了宁红茶的历史,讲它在当年和今天的表现,从当年得到了俄罗斯的关注,然后有了宁红茶,后来到了武汉,又到巴拿马拿了奖。这些年来,李冰池等一些人在宁红茶方面所做的工作,对我们到一个地方了解一个物种有很大的帮助。过去有一句话讲,千源不取,视为无能,大自然给我们提供了很多的资源,而当地的人不善于利用开采加工这些物质,你受穷,生活艰难,那是你无能的表现。修水的人曾经拥有宁红茶,但是由于各种各样的原因,没有很好地开发,没有很好地利用而陷入贫困、陷入窘境,这和修水人的作为是有很大关系的。比如茅台酒、普洱茶带动当地经济,中国很多地方都是靠一种产品来致富,这都是当地人有作为的表现。

修水的人民最后还是发现了宁红茶的价值,发现了宁红茶可以推广,在脱贫攻坚期间和改革开放之后,重新使宁红茶走向国内、走向世界,发挥了它的巨大价值和作用,所以这本书写得很好。徐春林的文笔还是不错的,他把修水的文化、修水的环境和风物写出来了,把宁红茶的历史故事写出来了。但是茶叶作为一种独特的品种,它的价值在哪儿呢?它的价值就在于它的味道。我觉得作者把故事写得很多,但是对宁红茶独特的味道写得少。文学作品还是要写人的。茶是一片叶子,别的树的叶子不行,宁红茶就可以,茶叶过去都是绿色的,通过加工手段变成红茶、黑茶或者别的茶,这些茶都是有区别的。宁红茶独特的味道写得不是很充分,这样让人进入不到味觉的感觉当中去。王旭峰做过茶叶的一个电视片,人家把一片茶叶对文化的、人性的这种美的感觉,阐述得非常好。人在渴的时候喝一杯宁红茶的那种感觉,你如果都写出来了,那这部作品蕴含的文化就更丰富,就会让人知道宁红茶确实不错。我不是喝茶的专家,所以说不出来,但是我感觉到这本书还是非常好的,使人们对修水的宁红有更深的了解。刚才我喝了这茶,感觉确实不错,甘甜,还比较润,不像有些茶叶喝了很猛。

文学作品写茶叶,不是为了写茶而写茶,不是专门为这个物种来作传,做历史的陈述,而是要写这个茶与社会和人的关系。过去的文学都是围绕着人来写,写人的感觉、人的喜爱、人的利害关系,但是我们现在要考虑人和自然的关系。实际上茶里面也有人和自然的关系,自然给我们提供了这样一个独特的物种,它和人之间可以有很好的交流,我们写的时候要找到它和人交流关系过程中那种美妙的东西。这样把物种和人结合起来,不是简单的利用,不是简单的开发,而是怎么在和谐共处当中使这种物种能够很好地发展,同时又能够给人带来一个很好的帮助。如果书中融入这些内容,作品就比较丰盈了。这本书给我的感觉,故事写得很好,信息量很大。

这本书虽然写的是宁红茶,但是要写宁红茶背后的故事,比如宁红茶的发展过程,宁红茶的效益、作用,把这些写出来,书的思想、主题、深度、高度就有了。

梁鸿鹰：这部作品为我们打开了一个新的窗口，让我们认识跟我们日常生活关系非常密切的茶叶。茶叶在人类社会的发展过程当中，扮演了很重要的角色，它跟我们国家的关系，在整个世界历史发展过程中，在人类的经济生活中，茶叶地位是非常重要的。但是如何认识茶叶，从它的种植到它的来源、品质、生产、储藏、运输等，我们知道的并不多，知道这些我认为能够增长我们对自然的认识，了解人类和自然发展的关系。人类繁衍和发展到今天，有了物种，有了植物，我们跟自然界的关系，跟经济生活的关系，研究这些是非常有价值的。茶本身所承载的经济和文化、人文的内涵，对于丰富人的精神世界也是非常有价值的。作品选取江西修水这样一个地域，以茶在这个地方从古到今的流变和产业的发展为主要内容，写茶在社会生活、人民生活当中的作用，写乡村振兴当中发挥的作用和产业振兴的关系，它的脉络、主题是非常清晰的。它是要写修水这个地方的风物志，同时也写修水这样一个地方人的奋斗史，写茶文化的流变史，所以它的内涵有非常好的认识价值和启迪意义。

这个作品最大的亮点就是前半部分，对历史的回述，对修水与茶的关系，从典籍上看，从历史上看，它一步一步怎么过来的，特别是陈氏家族祖孙三代，他们跟宁红茶的关系的梳理，在文化上的见解娓娓道来。到了新中国成立之后，特别是新时代以来这些接续奋斗的脉络是非常清晰的，有历史上的认识价值，也有人文内涵的认识价值。作者也不回避问题，讲了宁红保健茶出现了问题，宁红保健茶出现的问题也折射了我们国家很多企业的问题。当这个企业火的时候，一些官员塞各种亲戚朋友进去以后，把企业的风气搞坏了，因为他们安插了这些人，能力有问题，一般报告文学不会写这件事，这是很有普遍意义的事，很多企业都是因为这样垮掉的，作者不回避矛盾。还有他也讲到了像俞学文和朱丽俐在北京的创业，确实是感人至深的故事。他们是中国故事、中国声音的一部分，非常有价值。

这部作品当中比较有光彩的是他写这个地方的实地、人文、土壤、种植跟宁红茶发展的关系,特别是脱贫攻坚和乡村振兴过程当中的这些故事,大家都指出这部作品前半部分和后半部分造成风格的不统一,在报告文学创作当中的大问题普遍存在。报告文学的自发性写作和邀约性写作之间造成的影响,这是一个非常大的课题。对对方的出版部分或者是领导对宣传自己的重视,这是好事,但是对于报告文学的创作来讲,必然会有一些影响,有一些影响是好的,有一些影响可能会损害它的文学性。报告文学很难处理这个问题,就跟我们现在评论写作一样,文学评论的写作有好多是应邀的形式,我是你的朋友,所以说话就带有主观性。所以报告文学的创作存在的问题,一方面是能力问题,另一方面也是存在着现实问题。作者为什么在写过去的时候就会好一些,觉得他放得开,非常舒展,但是写到当下和他关系密切的人的时候,就会发生一些偏移,这个也是没有办法的,如何处理好这个关系,我们认为这也是报告文学创作非常重要的话题。

这些年以来,《中国作家》推出了许多非常好的报告文学作品,它成为主旋律的阵地,成为一个反映主流价值观、反映当下现实生活的主阵地。所以它曾经申报其他奖也有一些不俗的表现,我们期待从《中国作家》上读到更多的好作品,真正把报告文学的文体锻造好。也期待徐春林在今后的创作中写出更多更好的作品,他这么年轻就能写出这么好的作品,还是值得赞许的,谢谢大家。

胡平:《中国作家》近一段时间真是佳作频出,大体上我觉得《中国宁红》可以属于一种方志类的报告文学。报告文学作品有各种类型,其中一种称为方志类,方志也是集中史志,记录四方风俗物产等。这部作品里面有两个关键词,一个是修水,一个是宁红。修水是一方,宁红是物产,两者结合得特别紧密,宣传修水就是宣传宁红,宣传宁红也就是宣传修水,两者是不可分割的,所以这部作品在这一点上特色还是比较鲜明的。方志起源于史,但是也脱胎于地理学,比如这部作品用不少文字描写修水的地理特点、森林覆盖率、丘陵、山脉、空气湿润等等这些都写得很好,没有这些条件茶叶怎么会长得这么好呢。在方志中有一类是突出写地方特色和物产的,比如历史上《遵义府志》就是着重记载遵义的发展,属于当地有标志性的事物。《中国宁红》也属于这样性质的作品,当然修水过去也有《宁州志》这样的文献,《中国宁红》也会参考这类文献,但是内容大大丰富了。这类文献作品是需要一代代相传的,这类作品还是很有价值。首先《中国宁红》最大的价值是资料价值,通过这部作品我们可以了解修水这个地方的方方面面,包括历史沿革、宁红在修水发展的整个历史。在作品中我们可以看到过去修水对于它自己的茶叶史的记录似乎是有些欠缺的,有些空白的,有些事情还搞不清楚,作者也是通过这次采访下了功夫去努力搞清的,比如说红茶的起源在修水过去也有。徐春林比较采信吴东生的说法,应该在乾隆年间最早产宁红茶。后来徐春林又采访冯绍裘的后人,从后人口中得到的结论,后人说的宁红不是历史上记载的宁红,应该是使用机械化首次生产出来的宁红。所以这部作品里可以看到作者澄清了一些东西,做的这些工作还是很有用的,有些内容是填补空白的。这是这部作品最大、最重要的价值,其他的内容都可能没有这个重要。

中国历史上各地的官府屡屡出现焚书的情况,但是各地的官员都很少焚烧地方志,因为方志的资料性太强了,所以各朝代的人都能够接受。就从这一点上来看,这部作品的价值也是稳定的,这部书应该说是能够流传下去的,因为它有这些东西来支撑。所谓的隔代修史,当地修志,《中国宁红》这样的作品也是重视当代记叙的,比如对宁红集团历史、扶贫的书写,比如县委书记孙朝辉改造全县面貌,这是时代记录,也是一种记载。《中国宁红》在文学性上也是给予重视的,一方面重视文字的色彩,对景物都做了细致的描写,让我们闭上眼睛对修水优美的自然环境、茶叶都有比较直观的印象;另一方面,作者还是比较注意人物的刻画,比如对罗坤化的书写比较形象。作者亲自去采访罗坤化的孙子,亲眼看到罗坤化留下的那把铜壶,写他如何研制新茶。特别是写他到汉口去推销,在罗坤化去汉口的途中我们注意到,那一段用了很多文字,我觉得这个写法好,把当时的景象都写出来了。这正是报告文学的写法,后来见到俄国使馆的巴诺夫很有戏剧性,一张嘴就是一百两白银。这本书里最好的故事就是罗坤化支持老秀才把《天下香》剧本放箱子里流传四地,是可以改编成电影的。作品对修水文化的传统点做了一些梳理,不能光写茶叶,还写当地的文化。

如果从方志的角度去看,这部作品确实有古籍的价值,但也存在一些不足。比如我们读这部作品的时候总是感觉到条理上还应该更清晰一些,我们每读完一段进入第二段的时候,往往第二段是从前面没有谈到的人物写起,我们对这个人物又不太明白,所以一下子脑子有点转不过来,到了下一段又出现前面没有提到的人物,这应该花一些文字来过渡,让大家读得顺畅。有的时候倒叙也很好,有一些线索安排更清楚,比如宁红集团几起几落,被打乱了以后就不是很清楚,贡献到底是什么,作者今后可以注意。

石一宁:徐春林的长篇报告文学《中国宁红》从三个方面给予我阅读的触动。首先是它的知识性和认识价值。茶产业和茶文化是中国所常见的,中国人所熟悉的,但中国的茶叶品种众多,茶也是各异,衍生出各具特色、异彩纷呈的茶文化。茶文化并不是抽象的、融合的,它总是跟地域文化融合在一起,是地域文化的一个组成部分,所以每个品种的茶所形成的茶文化都有它独特的个性,都是特殊的、特别的。《中国宁红》在这一点上满足了我的阅读需求,我喝过不少茶,但还没喝过宁红茶,我看完这部报告文学之后真产生了对宁红茶的向往和兴趣,正想着什么时候能够去江西品尝一下修水的宁红茶,今天在这里如愿以偿了,非常感谢主办方。

这样的一种阅读接受效果也会发生在其他情况和我相似的读者身上,宁红茶的味道如何,以及它的生产和销售怎么样,这部报告文学里以一种生动的让人兴趣盎然的叙述给读者答案,知识的增长、视野的放大,确实给人一种阅读的愉悦。二是作品写出了宁红茶所蕴含的人文内容。茶是一种饮料，但是对于中国人来说，茶又不是一种单纯的饮料，它是一种文化饮料。中国人喝茶讲究品，既品茶的自然味道，又品茶的文化韵味，正像作品里面所说的："鸟瞰中国的茶叶版图，不难发现，茶无论是在思想上还是在文化上，都给村庄带来了外部审视和观照中国基本生活的关系。从某种意义上，它在统治着乡村，在改善落后的同时，也在神秘地、不可思议地体现着中国人的乡村生活，为人们增添了无限的生活情趣。"其实我觉得它也在为中国人的城市生活增添了生活的情趣。上品的茶是山川大地、毓秀钟灵的结晶，也是历史文化氤氲熏陶的结果。以茶为题材的文学作品多不胜数，但其中的皎皎杰作都是承担着历史人文的元素，散发着文化清香，是有历史、有故事，而且是大有来历、大有讲究的。报告文学《中国宁红》注意发掘历史、发掘故事、发掘宁红茶的来历，也就是说它找到了很好的讲述宁红茶的方式，呈现修水的历史文化。从人文地理来说，修水也是一块文化宝地，自唐代至清朝共有进士201人，北宋时期双井村就出了48名进士，这在全中国都是罕见的。修水是宋代开创江西诗派的诗人和宋代四大家之一的书法家黄庭坚的故乡，近代以来还孕育了陈氏三代四杰。这部报告文学在寻觅和追溯宁红茶的历史连接和文化蕴含上，的确下了很多的功夫。采访和收集资料、史料双管齐下齐头并进，并且还要有一种锲而不舍的精神和韧劲，才会有今天我们看到的作品，我觉得这是需要再三向作者致敬的。

三是作品描绘了宁红茶一代代茶人的群像。正像作品里面所说的，茶的故事其实就是人的故事，茶字被解构成人在草木之间，将更深厚的情感寄托于创造他们的茶人。作者显然十分明了并且抓住了写好宁红茶故事的关键，茶人的故事在作品里有十分生动的讲述，宁红茶的第一代茶人罗坤化，第二代茶人郭敏生，第三代茶人莫氏兄弟的故事，都富有传奇色彩，也散发着历史的魅力。宁红茶在第一代茶人罗坤化的手里赢得"茶盖中华，价甲天下"的盛誉，在第二代茶人郭敏生的手中又摘得巴拿马博览会甲级大奖，在第三代茶人莫氏兄弟的手里又创下了"宁红不到庄,茶叶不开箱"的声望。作品里面还写了诸如俞学文、朱丽俐、吴章金、俞旦华等这些宁红茶的当代传人,作品力图通过他们的事迹呈现一代又一代茶人的坚守、传承,才使得宁红茶技艺得以熠熠生辉。

张陵: 听了刚才大家的发言我也很有启发,茶叶这个题材确实比较难写,以茶为题材的作品特别多,好作品比较少,跟我们这个大时代相衬的作品比较少。我记得王旭峰的《茶人三部曲》已是一个高峰了,以后写茶的作品要超越这个高峰,特别是小说超越这个高峰很不容易。这个不是我们大家写作,特别是青年作家写作的负担,而是他们积极的动力。因为有这么一个标杆放在那个地方,所以大家在写茶的时候都会有一个标杆跨越,有没有跨越过去不知道,但是这种努力、积极性还是可以看出来的。所以这部作品是这么多作品当中的其中一部,是一直在向一个时代的高地,向时代艺术的高地、思想高地冲击的一部作品。读的时候我强烈感觉到作家创作有一股热情,要把这个题材写透写好,所以他收集了很多资料,特别是修水宁红茶的历史资料,收集了很多。他也很善于把这些资料化为文学的一种历史佳话,比如作者写几代茶商对宁红茶近百年来历史上黄金时期的描写,包括罗坤化这个人,开辟了宁红茶最活跃的时期。罗坤化到武汉非常戏剧性地见到一个俄国商人,把修水宁红出口到了俄罗斯。后来几个茶叶方面的商人,包括莫家兄弟都写到文章里头,他们也对茶叶的发展起了很重要的作用。作家在这方面是很清晰的,历史捋得很顺。

另外把茶叶文化的内容挖掘得比较深,比如讲到黄庭坚跟苏东坡以茶叶为缘而成为朋友。修水很有幸出现了黄庭坚这么一个大诗人、大文豪,还有很多虽然不是当地人,但是跟他有很多交往。在修水这个地方以茶为媒,以茶为缘,很多人写了很多以茶为题材的作品。对文化内涵的挖掘,作者是非常注意的,刚才大家讲对此很有兴趣,我也是读了很有兴趣,这是作品的优点。作品最重要的优点大家没有特别注意,那就是作者有自己的思想。虽然大家提了一些意见,但是我觉得他有自己的思考,除了刚刚我讲的惯常做法,你拿到一个题材一般会这样写,一定会讲历史。宁红茶最重要的东西跟今天这个时代,它的发展跟我们今天的时代、跟改革开放的时代、跟新时代发生了什么关系,为什么成为脱贫攻坚很重要的内容,那就是助力于扶贫。这点非常重要。

我最近读一些作品,发现大家很热衷于写历史上文化的辉煌,写历史上的传奇人物。如果你从今天的时代来看,特别从今天脱贫攻坚的高度来看,历史的辉煌确实给地方带来一些繁荣,但是有没有真正改变这个地区人民的生活呢?文学就是写人民,你说繁荣大家都会讲繁荣,上次我们讲到茶马古道也是讲历史上的繁荣,但是其实当地人的日子还非常苦。所以我们看到这些文化故事背后是人民在支撑,劳动人民很辛苦,其实当地在宁红茶最繁荣的时候,我们没有资料表明当地人民是过什么样的生活,作者也没注意到,但是我们知道那个时代的人民过的是饥寒交迫的日子。今天为什么以人民为中心,要脱贫攻坚让大家走共同富裕的道路,就是因为只有在新中国这样一个时代,才有机会让普通的人民过上好的日子。出现几个富豪,老百姓的获得感、幸福感都是非常低的,不管这个地方有多么繁荣,包括修水的茶叶,真正能发挥作用的是跟我们今天的时代脱贫攻坚、扶贫、摆脱贫困的斗争联系起来的时候,这个意义才体现出来。这一点作者也是非常清醒的,这种清醒可能也超越其他同样题材的作品。我是比较看重这方面,尽管说后来写的没有传奇故事那么精彩,可读性也没那么强,但他啃下了这个硬骨头。今天摆脱贫困不是传奇,而是实实在在的生活,这些故事都是实实在在的,很难一下子变成文学佳话、历史传奇,但是作者面对这种难题,写出来的东西不如前面那么生动,这不是作者的问题。中国人民在摆脱贫困中,文学起了什么样的作用,这才是有意义的,叫作当代故事、中国故事。中国故事不是为了好看,不是为了有传奇性,而是要反映中国人民在摆脱贫困当中怎么获得成就感、幸福感。这几个词大家不断地使用,但其实它有真正的含义,有时代的精神,我是这么认为的。

作者的创作思路和创作构想,我从作品当中可以看出来,这部作品的立意就比较高。他在写作过程中怎么挖掘这些题材,比如他在写改革开放的时代,宁红茶也碰到了很严峻的考验,就是市场经济发展所带来的困难,最终这个产品被市场淘汰了。当然更香茶叶的老板就比较明白,比较清醒,在探索市场规律的时候,她就比较注重环保、原生态有机茶的开发,最后她成功了。反映了在改革开放的时代,这样的产品碰到了很多问题,也在探索解决这些问题,这部作品其实是带着这些矛盾和冲突去写的。所以我个人认为他的问题导向意识非常清楚,这是他创作积极的一面。

徐可:当年春林跟《中国作家》结缘我是红娘,我把这部作品推荐给了《中国作家》,不仅发表了,而且获得了好评并开作品研讨会。我到鲁迅文学院招第一届高研班,他是那一届的学员,我们在鲁院相处了4个多月的时间。今天来参加《中国宁红》的作品研讨会,我非常高兴。《中国宁红》正如大家刚才讲到的是一部优秀的报告文学作品,它通过对宁红茶叶百年历史的回顾和叙述,展现了宁红茶坎坷曲折的发展史,讴歌了一代代修水茶人敢为人先的开创精神和不屈不挠的奋斗精神,深刻揭示了宁红茶兴衰与国运兴衰的关系。我们常说讲好中国故事,这是讲好中国故事的具体的实践,讲好中国故事中修水的故事、宁红的故事。正如作品序里所说的,一部宁红茶的百年史就是一部修水人民的生活史、风俗史、社会生态史。我觉得一部宁红茶的百年史也是修水人民的奋斗史、修水的发展史,正因为此,作品开头就从当下开始写起,从2020年4月26日修水宣布脱贫切入,点出了宁红茶叶在脱贫致富中的巨大贡献,从而将我们的目光引向了一片片茶叶,也讲述了茶叶与修水发展的关系。

作品视野空阔,纵横捭阖,说古到今,历史与现实交错,显示了作者掌握重大题材的功力。写茶业的历史,就是写茶的历史,茶是人种出来的,历史也是人创造的,所以写宁红茶的百年历史也就是在写人。这部作品写了众多的人物,从"茶工祖师"罗坤化到第二代茶人郭敏生,到第三代茶人莫家兄弟,到主持宁红茶改革的陈范一,一直到当下,塑造了一代代茶人的形象,他们在宁红茶的发展史上都发挥了重要而独特的作用,做出了巨大的贡献。不仅如此,作品还写了很多与宁红茶,与修水有关的历史人物,包括俄罗斯的太子尼古拉、德国茶商,还包括历史上的张之洞等等,将近有上百个人物,当然有的人物个性更鲜明一些,浓墨重彩,有的人物一笔带过。是不是笔墨集中在少数几个人身上写更好?我倒觉得不妨写这么一个群像,里面可以重点写一两个人,也适合百年历史,可能几个人涵盖不住,但几个人都是栩栩如生、个性鲜明的。

《中国宁红》的另外一个特点就是语言很美,富有诗意,从开头看就是一个散文的笔法,描述很有诗情画意。我也觉得它的后半部分相对来说稍微弱了一点,包括写到一些当代的文学爱好者,我不太明白这跟主题有什么关系,确实也是写了当下,写了现实,而且对一个作家而言也是一种考验。我们去写历史的时候想象空间很大,当写到现实的时候确实不太好去想象和展开,未必就是作者有一种顾虑。比如写了当下的一些官员,你可能发挥的空间不大,但是确实写现实想象空间很小,包括写的细节,可能是一种失实的地方。但是我认为未必如此,比如开头说县委书记手机里面收到短信,这恰恰是作者的想象。县委书记肯定知道他们已经脱贫了,但是省政府当地正式公布名单,以公布为准,就好像很多事情我们明明知道已经发生了。开会的时候秘书收到短信,是从省政府办公厅的官网上看到这个消息的,这样作者更没法想象。

总之,这是一部成功的作品、优秀的作品。

李朝全:我读这部作品的第一个感受,那就是徐春林写这部作品一定是感到很幸福的,一个作家写他喜欢的、感兴趣的题材,而且愿意写,一定是很幸福的。看他的后记的时候已经印证了这个感觉,因为他写的是家乡的事情,用这本书向家乡致敬,也是为了回馈家乡,这部作品里面有浓厚的乡情在里面。

第二个感受,这是徐春林第一本长篇报告文学,他原来主要写长篇小说、散文,因此看到《中国作家》的编辑同仁对他的书给予了很大的支持和关爱。春林作为一个年轻的作家非常谦虚,可以说是几议起稿,编辑给他提了很多意见,甚至是颠覆性的意见,第一次就让他重写,而且他都虚心接受了。写的过程也很愉快,他努力求真求实,努力写得真实。报告文学就是要写出真实性来。这部作品对他很重要,春林认为这是他个人一次具有标志性意义的写作,我也是这么认为的。一个作家能够为家乡写一本书的时候一定是很幸福的,就像他自己说的,是对生活的感怀还有生命重新诞生的意义,这是很好的一种感觉,也是写作最好的姿态。

第三个感受,春林说要给宁红写一个小传,他要写的是宁红茶的历史,同时也是茶叶志。我觉得这本书确实有一种地方志的意义。地方的风物、风土人情,包括物产是很重要的一部分。我们对修水了解不多,但是有了春林的这本书,我们知道了黄庭坚、陈宝箴家族。一部报告文学写修水、宁红茶,你说没有为它起到宣传的意义,肯定不可能。因此一部报告文学肯定要处理好它的宣传价值和文学价值。春林从开始写报告文学就有这样的立意、高度是难能可贵的,不只是为了给宁红做宣传,更重要的是要写出方志来。修水独特的地理、文化、历史、人物,这是一个作家的抱负和胸怀。看到修水的介绍让我们感觉很新鲜,大多数人都没去过这个地方,为什么宁红会走红,跟这个地方独特的气候、山水是关联在一起的。

第四个感受,春林在书里写到写茶叶就是写茶人,写茶的目的就是写人的故事,反过来,人的故事也是茶的故事,立意是非常正确的。书中用了很多笔墨,写了宁红茶发展历程中百年烟云关键节点的关键人物,这些人对宁红茶叶的发展历程起到了重要作用。文学作品就是讲故事,写好人的故事,这可能同《中国作家》的点拨有关系。

最后一个就是作家写这部作品落到新时代宁红,因此这也是大家觉得他有一点还没写开或者写饱满的部分。新时代宁红的故事,一片叶子富了一方百姓。去年王国平写了《一片叶子的重量》,实际上就是写白茶,红茶也是一样,宁红也富了一方的百姓。春林作品的开篇就是县委书记宣布我们县脱贫了,确实这片叶子带来了共同的富裕,改变了当地的民生。写茶叶就是写民生,写老百姓的生计。修水县在茶叶上下了很大的功夫,茶叶原来只有两千亩,现在有七万亩,老百姓靠茶叶就能走上致富路。因此最后落笔也是对的,肯定要这么写,不这么写宁红历史是不完整的。

孔令燕:刚才几位专家已经把这部作品讲得非常透彻,尤其是好多细节上,我就讲几点自己的感受。我对春林的写作关注比较多,这部作品到现在还没有成书,我主要讲三点。我认为这本书还是非常有价值的,从这本书里面能够看到春林的创作实力和未来的创作潜力。

第一是通过这部作品处理了一个作家与时代写作的关系,这一点非常重要。春林目前是80后作家里面受到关注比较多的,我们能从这部作品里面看到他的才华。江西这个地方是出散文家的地方,春林的写作也是以散文为主,最早进入文坛也是因为他的散文创作,所以他的散文化的笔法非常优美。这个作品显得大气,有时代感,就是处理好了文学本身与时代、国家大事之间的关系。文章写得再好,如果仅仅停留在文学本身的雕饰上,可能只能是在象牙塔中的自我欣赏。他没有仅仅停留在这个地步,而是关注到一方水土,用自己的才情去书写一个非常重要的产业的发展。中国是茶文化的大国,也是产茶的大国,而且从中国的丝绸之路、"一带一路"的建设,到文化的传播,茶是非常重要的承载,跟丝绸一样,它与中国的文化方式、传播方式都是结合在一起的。咱们现在经常讲要讲好中国故事,作为一个文化人,作为一个作家本身的使命就是在这儿。我们要讲好中国故事,中国故事在哪儿?茶肯定是非常重要的一个方面。虽然这本书可能是春林的第一次尝试,但是我觉得他的起点非常高,出发点也非常好,就是把茶文化跟中国的关系、跟目前中国与世界的关系写透,可以朝着这个方向去讲。

第二个是他确实有创作的实力和未来的潜力,我们经常看到各种报告文学,为一个地方立传写作,但是这本书的呈现方式是不一样的。春林的作品有散文化的优美,遣词造句十分讲究,非常有特点,尤其是前半部分完成得更好,把修水这个地方对他的滋养,对于这个地方的情感都用非常优美的词汇、语句表达出来。春林的文字里面带着这种文学气、文人气,我觉得这一点就特别好。创作不是一部作品就定了一个作家的未来之路,文章千古事,写作的道路还很长,相信春林会越写越好,题材可以更广,可以把自己的才华跟素材之间的关系处理得越来越好,希望他能把文学之路走得越来越宽广。

赵兴红:《中国宁红》中写的茶的故事其实是人的故事,但是我在这部作品当中读出的茶的故事不仅是人的故事,还有人的精神、人的性格、人的地域特征、人的文化内涵、人的集体意识。其实我特别喜欢作品当中把茶字解构成人在草木之间,这样的解构符合修水的文化地理,符合江西文人的文化气质,更符合天人合一的中国文化。所以我非常喜欢这个解读,我也把它作为我今天发言的题目。徐春林身上有一种文雅、低调、含蓄的文人气质。他是鲁院首届自然作家班的学员,自然文学的写作有一个特点,认为文学是从大地当中生长出来的,诗与远方都在大地之上,从大地中到文学中去。如果我没记错的话,我在鲁院工作的时候与北京作家做过一个文学对话,那个时候没有注意到低调、含蓄的徐春林,真正给我留下印象的是他参加过中国作协组织过的一日活动。徐春林每次交来的稿子都特别早,而且拍的视频、照片很耐看,这可看出他的创作态度非常认真端正,也能体现一个作家深入生活的能力和扎根人民的创作态度。

《中国宁红》是水利作协推荐的,入选了2020年中国作协定点深入生活作品,在此也特别感谢程主编和《中国作家》对定点作品的支持与推

介。这部作品有以下几个特点:

第一是把茶的历史与中国精神互为表里来写。作者把宁红冠以中国宁红,一方面宁红茶经过百年纵横开阖,代表中国茶走向世界,还有不同阶段的茶产业、茶功能、茶文化在一定程度上代表了中国发展不同阶段的理念。作者通过挖掘宁红文化来梳理茶文化与中国文化的交融渗透甚至反哺的关系,揭示茶代表的上善若水、低吟浅唱、淡泊宁静的中国精神。本书是以"南方有嘉木,修水出宁红"为写作本体,冠以"中国宁红"为标题,体现了作者从宁红到修水,到南方,再到中国的写作理想和写作抱负。我非常赞同朝全主任说的揭示宁红茶的兴衰与国运之间的关系,还可以再往宏观层面上继续提升,在道德层面继续提升,这一点还有待进一步的挖掘。

第二是把茶的拂尘与故事交织来叙述。写作其实像做一道工夫茶,工夫代表着精湛和要求,写作也一样,下了多少功夫,作品所呈现的文字的面貌是不一样的,文字所蕴含的韵味也是不一样的,如何把文字写得密不透风,是需要下一番功夫的。春林在《中国宁红》当中追根溯源,翻阅历史,刨根问底,把茶叶的历史做了一番考证。刚才各位专家也讲了,从茶工祖师一直到四代茶文化的创业人,其实他们身上有敢为天下先的开拓精神,有精益求精做工夫茶的工匠精神,更有精诚合作、团结一心的中国精神。

第三是这部作品优越的特点是把茶文化与修水的文脉一起来写。吟诗作画、品茗悟道是中国古代文人的生活方式,所以书院文化、禅宗文化都离不开茶,茶文化与禅文化又融合成茶禅文化,也是我们对世界文明的一大贡献。当然得益于人在草木之间的一花一叶,以及还有修水源远流长的文脉,从历史上的作家到回坑作家村的作家们,这些名字都很熟,包括江西的江子、小军,他们的文脉是一脉相承的。一个地方能产一种好茶,这个地方肯定也是人杰地灵的。每个当下的写作者是修水文脉延续的一分子,文脉灌溉着修水,也让他们每个人为此感到自豪和浸润,因此他们把宁红当成他们心灵的河山,文学就成为他们精神的袈裟。以上是我对《中国宁红》的一点解读。

高伟:刚才前面一些专家的发言我都非常同意,我就想谈一谈这本书的意义。首先来说茶与中国的文化,与我们自己的生活甚至于当下社会经济活动密切相关。中国的茶叶要上溯起来应该上溯到几千年前,关于茶叶文化中国历史的文字太多了。讲到当下的茶叶与我们自己的关系,刚才说到王旭峰是写茶叶的专家,她是茶叶博物馆数一数二的专家,她说过她每天起来如果不喝茶,这一天就没醒过来,必须先喝了茶,才算这一天正式开始,我也是这样。前不久我出去参加一个活动,晚上没有别的事就斗茶。中国有好茶的地方太多了,雅安的蒙山安露茶、安吉的白茶、信阳毛尖等等,但是我觉得以茶为载体的报告文学我看的不多,王旭峰写的《茶人三部曲》,那是小说,但是徐春林这部作品写的是茶人和文化的传承与当地的方志。这部报告文学从选题上来说还是有一定难度的,既要有方志、有风物、有历史记载,同时还要把报告文学的历史导向纳入写作的载体之中。他不是光写宁红的历史历程,还要把茶叶百年兴衰的历史融入当下的背景里面。比如当下是脱贫攻坚,要纳入作品里面,通过茶叶的兴衰来反映修水百年历史文化的传承以及茶人的精神。这对徐春林这样一个初次开始写长篇报告文学的年轻作家而言,我觉得是有难度的,难在方志和导向的结合。

另外题目叫作《中国宁红》,是借修水的宁红茶写出中国的高度,既要写出中国,又要写出宁红茶历史的溯源以及考证,所以还是有很大的难度。这次写作也体现了徐春林作为一个年轻作家的文化担当,他通过这次写作做了一件很有意义的事情,为修水的历史文化,为修水宁红茶的品牌建设和推广做出了贡献。通过这次写作,报告文学界出来一个比较成熟的年轻作家,出来一部好的作品,同时这本书对修水的茶叶以及由茶叶延伸到修水的历史文化、社会推动都具有它的意义。比如这本书目前这样一个形式已经申报了当地文化的LOGO,我相信这本书会成为当地的一个文化品牌和名片。从这个意义上来说,徐春林借助这次写作将自己的文学创作建构在一个文化传承的高度之上,体现了他的抱负和野心,同时借助这个写作让自己跟宁红茶一起走向历史,这个写作本身是很有意义的。

在修改的过程中,徐春林有他自己的语言特点。我觉得给我印象更深刻的是他虽然很年轻,今年才40岁,但是他有自己的文学抱负,是一个很有野心的作家,而且给我印象非常勤奋,听完意见以后很快马上拿出一稿来。所以我觉得对这样一个作家我抱有很大的期待,希望他今后能够创作出更多的佳作。

易文利:很偶然的机会遇到徐春林,他给我的第一感觉是默默无闻的,但是一到我们作协来以后就非常突出。他是江西修水县一个水利局的职工,我问他文学创作上怎么能有这么大的成就,他说他从学校毕业以后十年就是在写作,除了写作以外没有干什么事情,周末休息的时候就吃碗方便面再写作。我听了他的话以后觉得他的成功不是偶然。第二个感受,我感觉文学真正回归到了原有的状态,以前我们对商业关注太多,我们今后真的应该多关注到基层作家,多关心他们。第三个感受,水利作协也是在慢速爬坡,我们还是有差距的,正在慢慢往前赶,所以今后要加大对像徐春林这样的青年作家的扶持,争取取得一些成绩。

吴东生:修水可以用古色、红色、绿色、美色来概括。所谓的古色是修水在古代的时候叫古艾国;红色,修水是秋收起义的策源地和发源地,第一面旌旗是在修水设计制作并打出来的,秋收起义第一枪在修水打响;绿色,我们是南方的57个重点农业县之一,森林覆盖率达到72.8%,我们是江西第一大船舱县,也是第一大茶叶县;美色,特别是修水出美女,江西美女多,修水是个美女窝。修水产茶历史悠久,茶文化深厚,特别有名的是双井绿茶,欧阳修称为茶中第一,当时苏东坡、欧阳修这些大家对这种茶的赞美写了很多诗。

那时在香港、汉口这些口岸有一个"宁红不到庄,茶叶不开箱"的行规。巴拿马博览会中国拿了那么多大奖,好多奖只是一个奖词,最高奖是甲级大奖,宁红茶拿的是甲级大奖。修水的茶在历史上很有名,除了气候、环境、土壤、品种以外,还有精湛的制作工艺。

今天的会议对我本人来讲受益匪浅,第一是见到了这么多久仰的名家、大家。第二是亲耳聆听了这么多老师的高见,可以说是听君一席话,胜读十年书。第三是启发大,关于茶与文化、茶与经济、茶与人文怎么结合的问题,特别是现在我正在写一本《修水茶志》,这次会议让我对茶志的构思和修改有较大的启发。

徐春林:尊敬的各位老师,在此我首先要表达对文学的敬意,也感谢各位老师对《中国宁红》的肯定和批评。我小时候就对文学产生好奇,2013年5月因为文学第一次来北京,参观了鲁迅文学院。2019年3月我第二次来北京,我在鲁院待了4个月,那4个月至今阳光普照。我在修水县城工作生活二十余年,一直没有中断写作,在困难的时候我便想起巴金先生的一句话:一本书会带来希望的。2010年我出版第一部书时,把这句话写进后记中,后来这句话变成了我写作的动力。但是每写一部作品对我来说都十分困难,写《中国宁红》是从鲁院开始,首先我得感谢高伟老师,是他的悉心指导才有了我写这本书的动力、写作的初衷。大概也就是出于对故乡的热爱,我想通过文学的语言替宁红说话,但是我担心我的能力配不上我的野心,我表达出来的宁红不一定会让人满意,因为它历经百年承载着太多的时光。我还得感谢北京,这是一座开放包容的文化之都,是它承接了我的文学梦想。

今天我感到莫大的荣幸,因为我见到了何建明老师、赵兴红老师,赵兴红老师是我在鲁院自然班的班主任。在这里还见到我在鲁院时的徐可老师、高研班的孔令燕老师，在鲁院时我一个人去过《当代》杂志社好多次，孔老师每一次都很热情地听我叙说，然后和我探讨文学。当然特别要感谢的还是今天来参加研讨会的各位老师，为了我的文学之梦聚在一起，帮助我、鼓励我、指导我，这对我来说弥足珍贵，随着时间的远去我会越发体验到今天这次研讨会的宝贵。

这次来北京显然不是很顺，订了两次机票都因各种原因而被退回，所以只好从武汉坐高铁来北京，巧的是中国水利作家协会秘书长易文利老师也是这趟列车。中国水利作家协会办公地是在武汉，我是第一次和易文利老师见面，我也没去过中国水利作家协会，可是中国水利作家协会一直默默支持我，无私地帮助我。

我的发言看起来与《中国宁红》无关，实质上却是因为文学的缘分才让我一直坚持，才有了《中国宁红》这部作品。最后我特别要对组织这次研讨会的《中国作家》杂志社程绍武老师、高伟老师、佟鑫老师、张冰老师表示我最诚挚的谢意，让我感受到文学的温暖。还要感谢鲁院，一个"养育"我的地方，再次感谢与会的各位领导、各位嘉宾、各位媒体记者以及工作人员。村上春树说迷失的人会迷失，相逢的人还会再相逢，我想将来还会与各位老师遇见，我将继续扎根基层，深入生活，写出更好的作品。期盼各位老师到修水走走看看，我在那里向各位老师泡上一杯宁红茶，为大家做导游，特别声明的是这份邀请是真心实意的，谢谢大家！

（《中国作家》杂志社整理）